小早川隆景

毛利を支えた知謀の将

野村敏雄

PHP文庫

○本表紙図柄＝ロゼッタ・ストーン（大英博物館蔵）
○本表紙デザイン＋紋章＝上田晃郷

小早川隆景　目次

誅殺の秋《とき》

一

「夜陰、かいめい（海鳴）す」

天文《てんぶん》十九年（一五五〇）七月八日、亥《い》の刻（午後十時）過ぎ、その日の日記（『小早川日記』）の最後に、こう書きとめて隆景《たかかげ》は回廊へ出た。

生あたたかな風が、掃くように足元を吹き過ぎた。麓の城下は闇に沈み、ざわめく樹々の黒い梢《こずえ》が、魔物のように見える。

瀬戸内に面し、警固《けいご》衆（水軍）を抱える竹原小早川家では、海鳴りなどめずらしくもないが、今夜は、天地晦冥《かいめい》の静寂を破って、何かが起こりそうな感じもする。

背後に人の気配がして、隆景はふりかえった。近侍《きんじ》の植松四郎が入ってきた。植松は片膝を折ると、

「郡山《こおりやま》から、御使者が参りました」

そう言って、右手に持った鷹の羽を隆景に見せた。使者が携えた合印《あいじるし》である。

郡山には父の毛利元就《もうりもとなり》がいる。元就が使う合印は数種あるが、合印を用いるときは、機密の用件と決められていた。

「これへ呼べ」

隆景は、みじかく応えると、行きかける植松に人払いをするよう命じた。

ほどなく使者の渡辺善次が姿を見せた。渡辺は、毛利の忍び衆二十五家の一人である。元就から託された密書を、懐中から取り出して隆景へ手渡した。

隆景は灯台へ近づいて密書を開いた。

「井上一族を誅滅する」

密書には、元就の筆で、いきなりそう記されていた。

「来たか――」

隆景は小さくつぶやいた。

毛利の宿老である井上の一族が、旧功をかさに、長年、専恣《せんし》横暴を極めてきた事実は、家中でも知らぬ者はいない。

じつは、井上党誅殺は、この春すでに、元就から密かに三人の子（隆元、元春、隆景）へ伝えられていた。ただ実行の時期が明かされなかっただけで、いずれ鉄の粛清が下されることは隆景も承知していた。

つづいて密書は、近々、井上元有《もとあり》が一族を代表して、隆景の小早川相続を祝福しに竹原へ行くはずだから、そのとき、又四郎（隆景）の手で元有を討ち取るように、と命じてあった。

（この手で――）

思わず隆景は自分の手を見た。われながら白くて指の長い手だった。

初陣いらい十八歳の今日まで、戦《いくさ》は何度か経験してきたが、誘殺は初めてである。

隆景の初陣は、天文十六年十五歳のときで、元就とともに大内義隆に属して、備後神辺《かんなべ》城を攻め、山名理興《やまなまさおき》の兵と五箇《ごか》、坪生《つぼふ》に戦い、これを破っている。

だが理興が籠もる神辺城は、尼子《あまご》の援助をうけて容易に落ちぬため、元就は隆景を備後にとどめて、平賀隆宗《ひらがたかむね》と協力して包囲攻撃を続行させた。このため理興は力尽きて出雲へ走り、十八年九月、神辺城はついに陥落して、備後は平定された。

隆景の戦功が大いに称賛されたが、そのとき、元就が隆景に贈ったのは、孫子にある次の言葉だった。

「士は武勇も大切だが、兵（戦）は詭道《きどう》（謀略）なりと心得よ」

隆景は、ふっとそのことを思い出し、父の元就がなぜ、わざわざ井上元有を竹原へ送り込み、隆景の手で斬れと命じてきたのか、その意中を理解した。

元就が、安芸吉田《よしだ》三千貫にすぎない領土を、尼子や大内という大国に挟まれながら、今日まで守り抜いてこれたのは、不断に智略、策謀を用いてきたからである。元就は、あらためて、詭道を駆使することの重要さを、若い隆景に知ってほしかったのだ。

「遠路、ご苦労だった。父上には委細承知したと伝えてくれ。返書は、後刻、したためておく。退ってゆるりと休むがよい」

隆景は渡辺をねぎらうと、別間へ引き取らせ、それから植松に、

「新右と左近に、すぐ来るように」

と命じ、家老屋敷へ走らせた。

誅殺といっても、隆景一人で勝手にやれるものではない。

まもなく前後して二人があらわれた。

磯兼左近大夫景通《いそかねさこんだいふかげみち》は小早川の譜代で四十歳、鵜飼《うかい》新右衛門元辰は、隆景に従いて竹原へ入った毛利の宿将で三十五歳である。

夜分、それも突然のことで、両人とも表情が硬い。座に着くなり、景通が、

「ご用の向きは」

と性急に訊いた。

「郡山からだ」

隆景は、元就の密書を二人の前へ押しながら、おちついて言った。

「拝見」

景通が手に取って先に読み、読み終えると元辰にまわした。景通も元辰も、井上一族の誅伐はいま初めて聞くはずである。案の定、二人の顔色が変わった。

不安と動揺が入り混じった複雑な表情だったが、井上一族の横暴は彼らも先刻承知で、誅殺を肯定しているふうにも見えた。

井上一族も古くから吉田に蟠踞《ばんきょ》した豪族で、元就の曾祖父・熙元《ひろもと》の代に毛利の宿老となったが、元就が幼年の頃も、父・弘元から譲られた三百貫の地を、一族の井上元盛に横領されたことがあった。

だが元就の相続を助けたのは井上一族で、当時、元就を支持した宿老十五人のうち、五人までは井上一族だった。とくに当主の井上元兼は、家督後の家中騒動でも、元就を助けて謀叛人を出させなかった。

さらに井上一族は、戦のたびに目覚ましい働きをし、毛利の生き残りに貢献した。今でも戦になれば、井上一族の実力は無視できない。その一族を誅亡すれば、毛利の戦力が低下することも明らかだった。

こうした実績が一族の驕りとなり、ついには、主人を主人とも思わぬ権勢を振るうに到ったのである。

元就が、一族粛清後に数え上げた彼らの罪状は次のようである。

一、評定その他の招集に応じない。

一、正月その他恒例の出仕をしない。

一、無断で隠居と称して奉公をしない。

一、段銭も段別通りに納めない。

一、城普請ほか普請役に応じない。

一、元就の直轄領を横領する。

一、寺社領を横領する。

一、傍輩の所領を横領する。

一、着座の席次を守らない。

一、郎従をけしかけ非道の争いをする。

さらに元就は、隆景にも次のような手紙を書き送っている。

『わしは、兄・興元の死いらい四十年間も、井上の者どもが、主人顔で振る舞うのを、ずっと堪え忍んできた。その悔しさがどんなものか、又四郎にわかるだろうか。四十年もの長い堪忍だ、言うも愚かだが』

隆景は、その手紙をもらったときから、居室の壁に「堪忍」の二字を書いて貼っていた。

二

「井上党の誅殺より、沼田《ぬた》の反対派を始末するほうが先だと思っていた」

隆景が言った。

小早川家は、本家の沼田小早川と分家の竹原小早川とに分かれているが、隆景がはじめ養子に入ったのは分家の竹原である。

竹原では、天文十年に陣没した当主の興景《おきかげ》に子がなかったため、家臣が相談して、元就の三男・徳寿丸《とくじゆまる》（隆景）を嗣子《しし》に迎えた。興景の妻が、元就の姪という関係だからで、興景の三回忌を待って、隆景は竹原へ入城した。隆景は十二歳だった。

ところが沼田でも、天文十二年に当主の正平が出雲で討死し、その跡を嫡子の繁平《しげひら》が相続したが、繁平は眼病を患い、やがて失明したため、当主の勤めが果たせなくなった。

このため沼田の家臣は、隆景を竹原から迎えて繁平の妹と結婚させ、沼田を継がせて小早川を統一しようとする重臣・乃美景興《のみかげおき》の一派と、あくまで正嫡《せいちゃく》の繁平を当主と仰ぐ田坂全慶《たさかぜんけい》の一派とが対立し、大勢は隆景の相続に傾いたものの、隆景の沼田入城は、まだ宙に浮いたままなのである。

夜が深くなった。肌に絡《から》みつくねっとりした風と、海鳴りがとどろく中で、主従の密談はつづく。

「大殿（元就）は、井上党も沼田の反対派も、このさい一挙に始末を付けるご所存なのでしょうか」

元辰が言った。

元辰も景通も、沼田問題が解決しない前に、井上一族の誅伐があるとは予測していなかった。それだけに誅伐の波紋が、家中にどう響くか不安なのだろう。

だが元就の決断は、考え抜いた末に出された結論だと隆景は納得していた。

「井上党の誅伐は、ぎりぎりまできている。いま討たねば、この先一族は、毛利に代わる勢力になりかねない。それからでは遅い。父上はそう判断されたのだ」

「井上の族党が、毛利に取って代わる。まさか」

と景通が首をななめにした。

「まさかは油断につながる。現にわしは父上と一緒に、去年、下剋上の手本をこの眼で見てきた」

「と申されますと、山口の……」

「そうだ、大内館《やかた》だ」

一瞬、景通も元辰も視線を遠くした。周防山口へ気持ちが走ったのだろう。

　隆景はつづけた。

「山口では、義隆公が出雲遠征に敗北してから、戦に倦《う》んで武を怠《おこた》り、国政をかえりみない。家老の陶隆房《すえたかふさ》の諫《いさ》めにも耳をかさず、文人上がりの相良武任《さがらたけとう》を重用して、日々風流を事とし、人心遊離して、家中は文治派と武断派に分かれて争い、昨今は、武断派の頭領・陶の周囲に謀叛の噂がしきりだ」

　隆景の脳裏に、大内館で対面した大内義隆の貴公子然とした姿が浮かんでいた。公家の衣装にくるまった京都かぶれの義隆とは対照的に、大紋直垂《だいもんひたたれ》姿で現れた陶隆房は、力士のような大兵《だいひょう》肥満の武辺者だった。

　隆景が、兄の吉川《きっかわ》元春とともに、元就に伴われ、山口の大内館を訪問したのは、去年の三月である。

　訪問の目的は、元春の吉川家相続と、隆景の小早川家相続を、大内義隆に承認してもらった御礼言上のためだったが、詭道の手練《てだ》れである元就が、この訪問を単なる儀礼の旅で終わらせるわけがなかった。

　山口では、下へもおかぬ義隆の歓迎をうけ、元就父子は三月も当地に滞在したが、この間に元就は、大内家に下剋上の風潮が兆しているのを、しっかり見たのだ。

（このままでは、遠からず大内の屋台は、陶の手で引き倒されるだろう）

　陶氏はもともと大内氏の一族で、代々周防の守護代をつとめ、家中では重臣筆頭の地位にあり、大内氏の発展に尽くしてきた武功の家である。

その陶を井上に置きかえれば、これは他人事ではない。元就が井上党の誅伐を決意したのは、おそらく、山口訪問から帰国した直後であろう。帰国後も元就は、忍び衆二十五家の諜報組織を使って、大内家の内情に注意を怠らなかった。

「父上の決断は、遅すぎたとしても、早すぎはしない。父上が、以前わしに言われたことがある。その家の主人が家来を斬るのは、自分の手足を斬るようなもので、悪事としてこれ以上の悪はない。だが、そうする他に方法がないときは、断固、決断せよ、とな。その時がきたのだ」

隆景は自分に言い聞かせるような口調で言い、それから老巧の二人を見て、

「元有誅殺の手順を話し合おう」

「――――」

老巧二人は、無言でうなずいた。灯台の明かりで、明暗の影を分けたその表情が、いかにも密談の場にふさわしく映った。

闇の彼方で、海鳴りが緩やかに遠のいていくようだった。

三

小早川隆景は端正な男である。

容姿にも精神にもそれが言えた。老成という感じさえする。四つ違いの兄・吉川元春は、顔半分に熊のような鬚《ひげ》を蓄えているが、隆景の面色は雪のように白く調《ととの》っている。調いすぎるといってもいい。

誅殺の瞬間も隆景は端正だった。

その日、七月十二日、井上元有が十数人の供を従え、竹原木村城へやってきた。時刻は、巳《み》の刻（午前十時）である。

遅きに失した憾《うら》みはあるが、元就の要請で、隆景の沼田相続を祝いに来たのだ。

隆景は折烏帽子《おりえぼし》に大紋装束で、大手前まで出迎えたが、元有と正面に向かい合うと、おもむろに声を放った。

「推参者、井上元有、潔く誅《ちゅう》に服せ」

日常と変わらぬ穏やかな物言いだった。

元有が、気がついて太刀を払ったときは、隆景は影のように、すでに相手の胸元まで接近し、いつのまに引き抜いたのか、脇差が、誰の目にも触れずに、元有の胸を刺していた。元有がゆっくりと腰からくずれた。

血しぶきも怒号もおこらず、まるで白日の下で演じられる能を観ているような静けさに包まれた惨劇だった。

血なまぐさい殺戮は、その直後に生じた。武装して門の脇に潜んでいた仕手《して》（刺客）衆が、磯兼景通の合図でいっせいに飛び出し、元有の従者十数人を取り囲むと、あっというまに皆殺しにした。

一陣の風が惨劇のあとを吹き抜け、木村城にもとの静けさがもどった。

すぐさま報告の使者が郡山の元就のもとへ放たれた。それを待っていたように、郡山では、元就の指図にしたがい、翌十三日早朝、井上党の首魁《しゅかい》・河内守元兼《もとかね》と一族が、つぎつぎに殺戮された。

まず元兼の長男・就兼《なりかね》が郡山城へ呼び出されて桂就延《かつらなりのぶ》に誅殺され、同じ頃、福原貞俊、桂元澄《もとずみ》が、手勢三百を引き連れて、元兼の屋敷を襲撃した。元兼は次男・就澄《なりずみ》とともに防戦したが、力尽きて自殺した。

竹原で殺された元有の長男・与四郎、次男・元重もそれぞれの屋敷で討たれ、女子供まで容赦なく殺害された。

一族の犠牲者は三十数人に及んだ。

「井上党が殲滅《せんめつ》された」

事件は早くも四方に伝わり、郡山城下は騒然となった。

突如として断行された粛清に、家中は激しく動揺した。毛利の戦力の主要な部分が削ぎ落とされたのだ。事態は深刻である。さらに井上一族に目をかけられ、あるいは取り入っていた者たちは、脅え戦《おのの》いた。

だが元就は動じない。誅伐のあとに来る家中の動揺も、読みのうちに入っていた。

元就はただちに全領内に、

「向後《きょうこう》、家中の仕置きは、思いのままにおこなう」

と布告宣言した。

領内のことは、すべて元就の意志によって決定するというのだ。言いかえれば、元就の独裁、毛利の自立宣言である。

元就はさらに時を移さず、筆頭家老の福原貞俊以下、主だった家臣二百三十八人を城中に集めると、主家に忠誠を誓う起請文を差し出すよう一同に要求した。

家臣たちは、元就の気迫に呑まれたように、すぐさま全員連署の誓紙をしたため、

「井上衆の誅伐は、彼らの専恣横暴によるもので、当然の処置である。われらは今後も表裏別心なく、上様の命にしたがい、ますます忠節を励む者である」

と、あらためて元就に忠誠を誓った。

元就のすばやい対応で、家中は快い緊張に痺《しび》れ、結束の絆を強めたのだった。

竹原に沼田の筆頭家老・乃美景興がやってきたのは、誅殺のあった翌日である。

これまで隆景の沼田入城を強力に推してきた景興は、元就と同年の五十四歳で、元

就とは古くから親交があった。

隆景に会うなり景興は言った。

「お見事としか言いようがない」

「父上のことか」

隆景は苦笑した。

「これからは毛利の上様です」

「あの父からは、拾うものはあっても、捨てるものがない」

怖いような人だと隆景も思う。

「万が一、誅伐の秘密が漏れて、井上一族が謀叛したら大事だった。それにしても、よくぞ決断なされた」

「決断までには、綿密周到な準備があったのだろう」

「まさしく毛利を支え、吉田一千貫を三千貫にしたのは上様の器量だ。『家中の仕置きは思いのまま』と上様は申された。たとえ大内義隆公のお指図でも、毛利のことは毛利が決める。そういうことじゃ」

毛利は独り立ちしたのだと景興は言う。

今まで毛利家中で上様と言えば、大内義隆のことだったが、元就に忠誠を誓ってから、家中は元就を「上様」と呼びかえている。あきらかに家中は元就を通して、守護大名・大内家の衰退を見たのである。

かつて元就が家督した頃までは、毛利は尼子に属したが、まもなく尼子と絶って大内に従属した。大国の侵略に脅える小領主の宿命だが、その大内とも手切れの時期が近づいたのだ。

とはいえ、井上党の誅伐と元就の自立宣言で、毛利の前途がこれまで以上に険しくなることも確かである。

「平和を保てる安定した領土を得たら、天下を競望してはならない、と父上は言われるが、今の毛利は、まだまだ吉田三千貫の本地に毛が生えた程度にすぎない」

「いかにも今はそうじゃが、毛利が驥足《きそく》を展《の》ばすのはこれからです。吉川、小早川の両川《りょうせん》家が、宗家《そうけ》の鶴翼《かくよく》を担って、いよいよ飛躍するときがきたのです」

景興が胸を張って目を細めた。

隆景も、元就の両川構想に異論はない。むしろ卓識と受け取っていた。

隆景は言った。

「吉川の兄者は、わしと違って剛勇の生まれだ。父上には頼もしい存在になろう。家中には『鬼吉川』の驍名《ぎょうめい》もある。兄者が継ぐにふさわしい家だ」

元春の熊鬚が瞼《まぶた》にうかぶ。

だが両川構想も、すんなり進んだわけではない。元春が吉川の養子に決まったのは三年前だが、本拠・小倉山城《おぐらやま》へ入ったのは今年の二月である。

吉川家にも、元春の家督に反対の家臣は、少なくはなかった。元春の入城が遅れたのも、彼らの排除に手間どったからである。

それにしても石見《いわみ》、出雲に接する吉川、瀬戸内に面する小早川の両家を、毛利へ取り込んだ元就の手腕はさすがといえた。

「ところで、隆景様」

景興の様子があらたまった。

「いや、郡山の上様に倣《なら》い、向後、殿とお呼びします」

隆景にはぴんときた。景興が竹原へ来た本来の用事は、別にあるはずである。

思った通り、景興は本題を切り出した。

「井上党を除いたからには、殿に沼田へ入ってもらわねばなりませぬ。じつは昨夜、郡山から、反対派の一類徒党を鏖殺《おうさつ》（皆殺し）するよう、上様の内命がありました」

「鏖殺――」

喉の奥で、あとの言葉がつかえた。

隆景の中で、血がざらざらと乾いた音を立てて流れ出した。

伐るべきときは徹底して伐る――。

元就が持つ非情の一面を、隆景は重苦しく受け止めていた。

四

　小早川警固衆（水軍）の本拠は、竹原の東方一里半の海駅・忠海《ただのうみ》にあった。忠海は三原海峡と大下《おおげ》瀬戸、柳瀬戸とが交わる海上交通の要衝で、沖合いに大久野《おおくの》、小久野《こくの》の島々が浮かぶ瀬戸内の眺めが雄大である。

　隆景は、警固衆を率いる乃美賢勝《かたかつ》、宗勝《むねかつ》父子の親船《おやぶね》に乗っていた。海面にかがやく朝日がまばゆい。颯々《さつさつ》たる潮風をうけて、色とりどりの幟《のぼり》や旗を飾り立てた大小の軍船が、帆を孕《はら》み、舳艫《じくろ》を銜《ふく》んで、紺碧の海に遊弋《ゆうよく》している。華やかに勇壮な小早川警固衆の船揃えである。

　水軍の船揃えは、陸でいえば武者揃えだが、洋上で綺羅を競う船舶の行列は、地上とはちがって天海無辺のおもむきがある。

　だが爽快な潮の香に浸りながら、隆景の気分はいま一つ楽しまなかった。

　というのは、この時刻、沼田小早川では、隆景の入城に反対する田坂全慶、羽倉義友《はくらよしとも》ら六人の首謀者が、元就の指令で殺戮される手筈だからである。

　殺戮に船揃えの日を選んだのも元就だった。華やかな船揃えの当日、謀叛人を皆殺しにする。家中に対し、誅殺を強く印象づけるための選択だろうか。

隆景が船揃えの閲兵を終えて竹原へもどったのは、申《さる》の刻（午後四時）である。まだ日は高かった。供は近侍の植松四郎と椋梨《むくなし》清兵衛の二人だけである。城下を流れる小川の土手で、乳母を連れた少女が釣り糸を垂れていた。見たような――と思ったら、八歳になる鵜飼元辰の娘だった。釣りが好きとはちょっと変わっている。

「珠《たま》ではないか」

隆景は馬上から声をかけた。

珠が乳母と一緒にふりむいた。あどけない笑顔を隆景に向けて、ぺこりと会釈した。

「何を釣っている」

「鯛です」

珠は真顔でこたえた。本気らしい。

「釣れたら、わしに馳走してくれるか」

隆景も真顔で応じた。

「はい。釣れたら殿様に差し上げます」

無邪気な少女は、元気な返事をして、すぐに釣りにもどった。

少女に出会って、隆景の顔にもやっと明るさがもどった。

帰城して居室におちつき、茶を飲んでいるところへ、鵜飼元辰がやってきた。元辰を見て珠を思い出した。

「麓で珠に会った。魚釣りをしていたが、鯛を釣り上げて、馳走してくれるそうだ」

隆景が笑顔を向けると、元辰は、

「困ったやつだ」

半《なか》ばうわの空で聞き流し、

「高山城（沼田）から、乃美殿の報告が届いております」

謀叛人誅殺のことだろう。

「終わったようだな」

「手筈どおり、首謀者六人とその一類、ことごとく討ち果たした由《よし》にございます」

「そうか」

隆景はみじかく吐き出した。素直には喜べなかった。

「これで小早川は一つになりました。殿の沼田入城も近うなります」

元辰の顔には安堵の色がひろがっている。

「繁平殿は、どうなる」

隆景は言った。

反対派六人の殺害は仕方がないとして、盲目ゆえに、城主の座を下ろされた小早川繁平はどう扱われるのか、隆景にはそっちの方が気になった。

「分かりませぬ」

「まさか、罪を受けることはあるまいな」

「それも、何とも申せませぬ」

元辰は首を振った。

隆景の沼田相続を、繁平がどう受け取ったかは知る由もないが、繁平は隆景より一つ年下で、まだこれからの若さである。押しつけの隠退には不満だったかもしれないし、だとすれば、反対派に擁立されて、隆景と争う気がなかったとはいえない。

だが失明さえなければ、隆景の沼田養子もなかったはずである。

「盲目でも繁平殿は小早川の嫡流だ。疎略があってはならない」

隆景は言った。すると元辰が言った。

「出家なさるのでは……」

「出家を」

「そのような話を、小耳にはさみました」

「繁平殿が発心《はっしん》されたのか」

「繁平様はまだ十七歳、盲目とはいえ昨日までは弓矢を好んだ若殿です。ご自身から出家発心を望まれたかどうか」

疑わしいという顔を元辰はした。

「だとすると、出家を勧める者がいたか」

「家中老巧の智恵ではございませぬか」

「なるほど、そうかもしれぬ」

反対派を始末したあと、繁平を出家させれば、毛利との信頼も保てるし、家中の鎮静も図れる。老巧の考えそうなことである。

それにしても、繁平のことを思うと、運命とは酷《むご》いものだと胸が痛んだ。

「殿、繁平様もさることながら」

元辰がふいに姿勢をあらためた。

「何だ」

「殿には沼田入城のあと、繁平様の妹君とのご婚儀も控えております」

「そうか、それもあった。失念していた」

隆景は思わず苦笑をもらした。

繁平ばかりが頭にあって、結婚のことなど、今の今まで忘れていたのだ。

出雲で討死した小早川正平の娘、つまり繁平の妹・永《えい》と隆景との婚礼も、元就と沼田の重臣とで取り決めたことである。むろん隆景も納得はしているが、これも政略のための結婚で、当人同士の意思や感情の入る余地など皆無だった。

「祝言の儀は、来年の春、それとも青葉の季節になりましょうか」

元辰が目を細めた。

何と言おうと、家と家とが結びつく婚姻は、戦勝に優る価値をもたらす。めでたさは格別なのである。

「そうよな、それまでに、珠の釣竿で何とか鯛を釣り上げてほしいものだ」

ふだん、あまり冗談も言わない隆景も、端正な眉目に微笑をひろげた。

五

元就の次男・元春の吉川相続も、隆景の小早川相続とほぼ並行して進められた。そして、ここでも元就による血の清算があった。

天文十九年九月二十七日のことである。

吉川の先代当主・興経《おきつね》が、妻子、郎党、乳母、家従らとともに、毛利領内布川《ふがわ》の地で斬殺されるのである。

吉川家は元就の正妻・妙玖《みようきゆう》の実家だが、元春が吉川へ養子に入るには、当主の興経と家臣の間にごたごたがあり、元就がこれに介入して、興経を条件付きで隠退させ、その後に元春が入るという経緯があった。

そのごたごたが片づくのに三年もかかり、今年の二月になって、元春はようやく吉川の本拠・小倉山城へ入ったが、このとき興経と元就が交わした隠退条件の中に、

「興経には隠居分として、山県郡《やまがたごおり》の有田を与え、与谷《よたに》の在城分を支給する」

という一条があった。

ところが、いざ隠退となると元就は、約束を無視して、興経に有田を与えぬばかりか、毛利領の安佐郡《あさぐん》布川へ移住するよう命じた。布川は山間の僻地である。島流し、幽閉と変わらない。

興経は憤激したものの、今や家臣の大部分から背《そむ》かれて、元就に抵抗するだけの力がなかった。やむなく興経は、十数人の家臣とともに布川へ移り住んだ。

その興経はまだ三十三歳の若さで、かつては「鬼吉川」の強者たちをひきいて、戦場を駈けまわった猛将である。無念だったにちがいない。

やがて興経の周辺に謀叛の噂が立った。身に憶えのない興経は、元就に対して、

「いささかも他意はない」

と弁疏《べんそ》するが、元就は聴こうとしない。

どころか、逆に弁解するのは疚《やま》しい証拠だとして、老臣の熊谷《くまがい》信直、天野隆重に命じて興経の居館を襲撃させ、妻子眷族《けんぞく》残らず斬殺してしまうのである。

興経の若さが、元就の詭道に嵌《は》められたというほかない。元就の両川体制は、ここ

に完結したのである。

元就について少し触れておこう。

毛利の先祖は大江広元《おおえのひろもと》と言われるが、安芸吉田の祖は毛利時親《ときちか》とされる。時親は広元の孫である経光《つねみつ》の次男で、父から安芸吉田庄の地頭職を譲られ、延元《えんげん》元年（一三三六）、父の領地・越後を離れて吉田へ移り住んだ。

吉田に郡山城を築いて毛利の本拠としたのは、時親の曽孫・元春で、元春から数えて八代目が元就だが、その頃までの毛利は、安芸国内に三十以上も群居する国人《こくじん》衆の中の、領地もわずか一千貫（約五千石）の小豪族にすぎなかった。

当時、中国地方は尼子氏と大内氏の二大勢力が抗争し、尼子氏は出雲の富田《とだ》城を本拠に、伯耆《ほうき》、因幡《いなば》、但馬《たじま》、美作《みまさか》、備前、備中から播磨《はりま》まで勢力を広げていた。大内氏は周防山口を本拠に、長門《ながと》、石見、安芸、備後、さらに九州の豊前、豊後まで広大な領土を延ばしていた。

この大国に挟まれた安芸、備後の国人衆は、小国の悲しさで、尼子氏に従ったかと思えば、大内氏に靡《なび》き、ふたたび尼子氏に寝返るということを繰り返し、懸命に寸土《すんど》を守ってきた。むろん国人同士の間にも反間乖離《はんかんかいり》は絶えなかった。

毛利とても例外ではない。元就も家督した大永《だいえい》三年（一五二三）から尼子氏に従属したが、このとき尼子方に元就の家督をよろこばず、ひそかに元就を除こうとする動きがあるのを知って、翌々年には尼子氏と断って大内氏に帰属した。

天文六年（一五三七）、元就は長男の隆元を人質として山口へ送ったが、天文九年になると、尼子氏が三万の大軍をひきいて安芸吉田に入り、元就の居城・郡山城を攻撃した。元就はよく戦って尼子勢を退けた。

天文十一年には、大内氏がこんどは尼子遠征の軍を起こしたが、遠征は失敗し、大打撃をうけた大内軍は、出雲から撤退した。元就も遠征に加わったが、この退却で殿《しんがり》となり、九死に一生の危難にあって、辛くも郡山へ帰り着いている。

元就が、大内氏の将来に不安を抱いたのは、おそらくこのときが最初だろう。その後の元就は、両川体制の工作に積極的に乗り出して、天文十三年には、隆景を竹原小早川へ送り込んでいる。

ところが翌年、元就は最愛の妻・妙玖の死に出あう。妙玖は四十七歳、元就は四十九歳である。妙玖の死は元就に一つの転機をもたらした。

翌年五十歳を区切りに元就は、二十四歳の長男・隆元に家督をゆずって引退する。もとより本気で引退する気はない。

隆元を当主に立てたその背後で、元就は隆元、元春、隆景の三子を後見し、隆元の毛利本家を柱に、吉川、小早川を左右の駒とする三頭立ての軍事体制を推進し、毛利の勢力扶植《ふしょく》と発展を策したのである。

隆景が、正式に沼田の高山城へ入って分家の竹原を併合し、名実共に小早川の当主となるのは、天文二十年十月だが、実際には、その前からすでに沼田へ移っていた。隆景は十九歳、新妻の永は十五歳である。

それより前、盲目のため、隆景に当主の座を明け渡した小早川繁平は、みずから剃髪して教真寺に入り仏弟子となった。

小早川の嫡流は絶えたが、血は永との結婚で辛うじて保たれた。

小早川の祖は源頼朝麾下《きか》の将・土肥《どい》実平《さねひら》である。元暦《げんりゃく》元年（一一八四）、頼朝に従って安芸、備後で平氏と戦って軍功をあげ、安芸の安直庄《あぢかしょう》、沼田庄の地頭職に補され、このとき小早川姓に改めている。

その後、実平の曽孫・茂平《しげひら》の代に、新たに都宇庄《つうしょう》、竹原庄の地頭職も兼ねたので、茂平は竹原を次男の政景に与え、政景は竹原小早川の祖となった。以後、本家は九代、分家は十一代つづいたあと、隆景が統一小早川の当主の座についたのである。

隆景が移った沼田（三原市）高山城は、海抜百九十メートルの山上に本丸、二の丸、北の丸、南丸、扇丸などを構えた広大な山城で、文治《ぶんじ》三年（一一八七）、小早川の祖・土肥実平が最初に築いたといわれ、三百六十余年の春秋を経ている。

麓には三原湾にそそぐ沼田川が流れ、その流域に開けた村落が沼田郷である。

高山城に移徙《いし》して初めての秋が訪れた。

あと十日で重陽《ちようよう》の節句（九月九日）を迎えるというその日、

「陶隆房、挙兵」

の報が城中にもたらされた。

周防山口で、主人・大内義隆に反旗をひるがえした陶隆房が、八月二十八日、五千をひきいて若山城を発し、山口市内に向けて進撃したという報せである。

おりから隆景は、近侍の椋梨清兵衛を相手に碁に興じていたが、思わず石を打つ手を止めて、清兵衛と顔を見合わせた。

「陶が謀叛した」

「いよいよでございまするな」

何がいよいよなのか、清兵衛が面白そうな顔をした。

もっとも隆房の謀叛は早くから予測され、毛利はむしろ一族をあげて隆房を支援していたのである。謀叛八日前の八月二十日には、元就・隆元の父子は、安芸佐東《さとう》郡にある大内方の銀山《かなやま》城を攻略していた。

六

陶隆房がひきいる反乱軍が、山口へ乱入すると、大内義隆は居館の築山御所《つきやまごしょ》を脱出して北山の法泉寺へ退いた。

陶謀叛の噂は数日前から山口にも流れていたが、義隆は謀叛の前日まで、築山御所で能楽に興じていた。法泉寺へは三千の兵が従ったが、夜中に二千に減り、明け方には千を割っていた。そのほとんどが反乱軍へ寝返ったのだ。運の末とはこんなものである。

反乱軍は、翌二十九日の正午には法泉寺へ迫っていた。義隆は夜になって数十人の近臣と法泉寺を出て、山越えに長門へ入り、大津郡仙崎《せんざき》へ落ち延びた。

仙崎からは船で、石見の三本松城主・吉見正頼《よしみまさより》を頼り、そこで再挙を図るつもりだったが、おりから暴風雨にあって船は進まず、主従はやむなく引き返して、深川《ふかわ》の大寧寺《たいねいじ》へ入った。

すでに死を覚悟した義隆主従は、寺で行水をして身を清め、住持《じゅうじ》の異雪慶殊《いせつけいしゅ》と対談し、歌を詠み、最後の湯漬けをとった。やがて反乱軍が山門に迫った。義隆は、異雪和尚に乞うてその弟子となり、「瑞雲珠天《ずいうんしゅてん》」の戒名を受け、辞世をしたためて自刃した。享年四十五。天文二十年九月一日のことである。

隆房の謀叛は、両川体制をととのえた毛利にとって、芸備の間に毛利の勢力を扶植する好機になった。隆房に協力する姿勢を見せながら、元就は抜け目なく活動した。

謀叛直後の九月四日、元就は、早くも安芸西条《さいじょう》の頭崎《かしらさき》城を攻めて、大内方の城将・平賀隆保《たかやす》を走らせた。隆保は逃れて槌山《つちやま》城へ入ったが、元就はこれを追って槌山城を囲み、十四日、城は落ちて隆保は自殺した。

この戦には小早川隆景も加わったが、戦後、元就は平賀一族の平賀広相《ひろすけ》を後継にした。広相は元就に恩義を感じて毛利の麾下となり、小早川隆景と誓紙を交わして兄弟の誼《よし》みを結んだ。

次いで元就は、熊谷信直と桂元澄に命じて、瀬野川畔の鳥籠山《とこのやま》城を攻めて、城将・阿曽沼広秀《あそぬまひろひで》を追い落とし、阿曽沼の家中を毛利の傘下に取り込んだ。

翌天文二十一年七月になると、元就は尼子の属城・志川滝山《しかわたきやま》城を攻めてこれを抜いた。城将・宮光寄《みやみつなり》は備中に走った。

それより前の三月、陶隆房は、豊後・大友義鎮《よししげ》の弟・八郎晴英《はるひで》を迎えて大内家の当主にした。晴英が大内義隆の姉の子だからで、隆房自身は晴英の偏諱《へんき》を受けて名を「晴賢《はるかた》」と改め、晴英も、将軍の偏諱を得て「義長《よしなが》」と名乗った。

翌二十二年四月、甲山《かぶとやま》城主・山内隆通が旗返《はたがえし》城主・江田隆連を誘って尼子晴久に通じた。このため晴久は自ら軍をひきいて備後へ入り、旗返城の守備を固めた。元就は陶晴賢に援軍を要請して、尼子軍に当たり、五月、荻が瀬で尼子の先鋒を破り、ついで旗返の支城・高杉城を攻略し、十月ついに旗返城を陥れた。晴久はこれをみて、備後の経略をあきらめ出雲へ帰国した。

晴久が帰国すると、十二月、山内隆通は元就に和を乞い、誓紙を差し出して毛利の麾下になった。つづいて多賀山城主の多賀山通続も元就に隷属した。

ところがこのあと、元就が、

「旗返城は尼子に対する防衛線であるから、毛利が預かりたい」

と晴賢に申し出ると、晴賢はこれを許さず、陶の部将・江良房栄《えらふさひで》を城番として旗返城へ送りこみ、毛利の動きをひそかに監視させようとした。

明らかに晴賢は、急速に伸長している毛利の勢力に不安を感じたのである。もとより元就も晴賢も、最初から信頼しあって同調してきたわけではない。両者の関係はこのあたりから、しだいに怪しくなった。

ちょうどその頃(十月)、津和野《つわの》三本松の城主・吉見正頼が、陶晴賢討伐の兵を挙げた。正頼は大内義隆の姉婿である。以前から晴賢とは対立抗争してきたが、ついに義隆の復讐戦に立ち上がったのである。

正頼は下瀬左京を使いにして、郡山城の元就に援軍の要請をしてきた。ところが晴賢の方からも、同時に出兵をうながしてきた。

元就は、隆元、元春、隆景の三兄弟をはじめ、福原貞俊、桂元澄、口羽《くちば》通良《みちよし》らの重臣を郡山城中へ集め、陶か吉見か、どっちに加勢するかで協議を重ねた。

結論は容易に出ない。出ないというより、元就の引き延ばし戦術といっていい。その間、吉見からも晴賢からも、しきりに催促が来る。晴賢などは、

「来春、大軍をもって吉見征伐に向かうが、毛利が味方するなら、重臣四人を人質に出してもよい」

とまで言ってきた。

それでも元就は答えを出さない。会議は延々五カ月にもおよんだ。恐るべき元就の辛抱強さである。元就は最初から、

「わしは、山口へ下向（陶に加担）してもよいと思っている」

という意見だったが、決断は下さない。嫡男の隆元が、終始、強く反対したからだ。反対があるかぎり、結論は出さないという元就の態度である。隆元らの主張は、

「山口下向には絶対反対です。父上に万一のことがあっては一大事。たってとならば、この隆元と元春が名代《みようだい》として参じます」

隆元の妻は大内義隆の養女なので、晴賢は養父の仇でもある。

「陶晴賢は主殺しの逆賊として、かならず天の報いをうけて滅びましょう。もし毛利がこれに加担すれば、ともに天罰をうけて命運尽きるは必定です」

これに対し元就は、

「しかし、吉見に加勢して陶を敵に回せば、かならず尼子が侵入して来よう。陶と尼子に攻められては、今の毛利に勝ち目はない」

依然として初めの考えを曲げなかった。

だが元就の腹はとっくに決まっていた。

毛利が陶に味方しても、将来、晴賢はかならず毛利討滅を企てるだろう。すでに旗返城で、元就はその答えを出していた。

（毛利と陶は相容れない）

元就一人が、陶加担を消極的に言い続けてきたのは、時間稼ぎのためであり、陶の間者《かんじゃ》を欺くためであり、それによって晴賢の反応を見るためだった。

元就の策略は序々に効を奏してきた。

毛利の返事が得られないため、晴賢の吉見攻めは停滞していた。肥満した巨体に焦《あせ》りをつのらせた晴賢は、ついに毛利麾下の国人たちに、じかに密書や使者を送り、

「毛利を離れて、津和野へ馳せ参じよ」

と命令し、従わなければ敵と見なすと脅した。毛利の内部に切り崩しをかけてきた

のである。だが、元就に対する国人たちの信頼は厚かった。

その一人、小早川隆景と兄弟の契りを結んだ平賀広相は、陶から来た使僧を捕らえて、密書とともに元就のもとへ送りこみ、忠誠の真心を示した。

決断を下す時がきた。国人たちの信頼を裏切ってはならない。物事には潮時というものがある。元就はあらためて、三子の兄弟と重臣たちを郡山城内へ招集した。

乾坤《けんこん》厳島《いつくしま》戦

一

「陶《すえ》と断つ」

と決めてからの毛利の動きは素早かった。

この半年、元就は、晴賢《はるかた》からの出兵要請を引き延ばす一方で、晴賢と手を切ったさい、どうしたら毛利の小勢が、陶の大軍に勝てるか、それを考え続けてきた。

まだまだ毛利には、正面から当たって陶を倒せるだけの力は備わっていない。となれば、必勝の秘策を見出す以外、毛利が生きる道はない。

五月十二日、元就は、毛利と両川《りょうせん》の軍勢三千余をひきいて、郡山《こおりやま》城を進発した。陶晴賢の主力が津和野《つわの》三本松城を攻めている隙に、安芸にある大内方の属城を略取する方寸である。

元就は、まず佐東《さとう》郡の銀山《かなやま》城を降し、進んで西南の己斐《こい》城を落とし、さらに西へ転じて草津、桜尾《さくらお》の二城を抜いて、廿日市《はつかいち》の洞雲寺に布陣した。同日、熊谷《くまがい》信直らは石道、五日市に進んで晴賢の軍勢を破り、厳島、仁保島《にほじま》を略した。

六月初めには、元春、隆景、熊谷信直、阿曽沼《あそぬま》広秀らが佐伯《さいき》郡の明石、白砂、久島で晴賢の兵を破り、十八日には、小早川警固《けいご》衆（水軍）が周防の富田浦へ出動し、晴賢の本拠地・富田若山城の湾岸地帯を、海上からおびやかした。

半年も焦《あせ》らされたあげく、元就の挙兵を知った晴賢は、巨体を揺すって憤激した。八月下旬、晴賢は、春いらい交戦中の三本松城主・吉見正頼と急きょ和議を結び、九月上旬、軍監の宮川房長を安芸へ向かわせた。

兵七千をひきいた宮川房長が、桜尾城の奪還を図って、廿日市の西、折敷畑《おしきばた》山に布陣したのは九月十五日である。

元就は、全軍をひきいて桜尾城に入ると、敵情を偵察したのち、野戦による殲滅《せんめつ》作戦を立てた。すなわち、

「小早川隆景は厳島の対岸、地御前《じのごぜ》へ出て、七尾の南から敵を攻撃する。吉川《きつかわ》元春は折敷畑山の北側へ出て、敵の側面から攻撃する。宍戸《ししど》隆家と福原貞俊は折敷畑山の背後から敵陣を衝く。元就、隆元の主力軍は折敷畑山の正面から敵にかかる」

というもので、四方から総攻撃をかけて、敵を壊滅させる大胆な作戦である。

そこへ、出陣まぎわになって、厳島神社の棚守房顕《たなもりふさあき》から、御供米《ごくまい》と戦勝祈願の瑞祥《ずいしょう》を記した巻数《かんず》が元就のもとに届けられた。

元就はにっこり笑うと、全軍を前に、

「こたびの戦は厳島明神の御加護で、味方の勝利は疑いなし」

と大声を発して鼓舞激励した。

味方の士気は高まり、将兵は勇躍して出撃した。午《うま》の刻（正午）、折敷畑山は戦場と化したが、戦は作戦通りの展開を見せ、味方は、陶軍の大将・宮川房長を討ち取り、七百五十余の首級を挙げる大勝をした。

小早川隆景は引き続き、水軍をひきいて安芸能美島に晴賢の与党を討った。

元就は十六日、銀山城へ引き上げ、ついで郡山城へ凱旋した。だが戦《いくさ》はこれで終わったわけではない。

近い将来、毛利の命運を賭けて陶との決戦が待っている。戦をしているときだけが戦なのではない。戦のないときも戦である。

『兵（戦）は詭道《きどう》（謀略）なり』

の元就に休息はない。

毛利の敵は陶だけではない。背後の尼子《あまご》への目配りも忘れてはならない。後門《こうもん》に不安を抱えながら大勝負は打てないからだ。

尼子の侵攻を防ぐには、国境の守備も大事だが、尼子の内部を攪乱《かくらん》するのも有効な手段である。そこで元就は、早くから忍び衆を尼子領内に放ち、

「新宮党の頭領・尼子国久が毛利と通じ、当主の尼子晴久に謀叛を抱いている」

という噂を、執拗に流した。

新宮党は、富田城外の新宮谷に住む尼子の一族で、尼子の戦力を支える最強軍団として知られていた。一族の長老・国久は歴戦の老将で、当主晴久の叔父だった。

元就は、この老将・国久と当主・晴久の離間を謀ったのである。

噂は初めのうちこそ問題にされないが、執拗に反復されると、人の心は微妙に変わるもので、元就の狙いもそこにあった。

頃合いを見て、元就は次の手段を用意する。

ある日、富田城下の河原で、巡礼の斬死体が見つかった。調べてみると懐中から一通の密書が出てきた。密書の内容は、

「尼子晴久を討ち果たされたら、かねて所望の出雲、伯耆《ほうき》の二国を与えよう」

というもので、元就から尼子国久に宛てた手紙だった。

むろん元就の偽作だが、晴久がその手に嵌《は》まった。すでに国久謀叛の噂で、疑心暗鬼に陥っていた晴久は、密書を見て逆上し、国久の謀叛を事実と信じたのである。晴久は、一日、登城してきた新宮党を包囲させ、国久・誠久《さねひさ》の父子をはじめ一族全員を

誅戮してしまうのだ。

元就が仕掛けた詭道は鮮やかに決まった。最強軍団を葬り、戦力の低下を招いた尼子は、態勢を立て直すまで、当分外征はできなくなった。

後門の憂いを絶った元就が、つぎに狙いをつけたのは、前門《ぜんもん》の虎・陶晴賢の重臣で、晴賢の信任厚い江良房栄《えらふさひで》である。

房栄は、さきに元就が攻略した旗返《はたがえし》城へ、城番として派遣され、毛利を監視した武将だが、それ以前に、元就と何度も戦を共にしたことがあり、元就も、その力量を買っていただけに、できれば味方に引き入れたい相手だった。

そこでまず元就は、房栄に誘いをかけてみた。房栄はいったんは応じたものの、恩賞に不服で加増を要求した。この房栄の態度に、元就は不安を感じた。

もし房栄の要求を容れて味方にしたとしても、将来、同じことが起こるとしたら、これは問題である。信頼できないばかりか、裏切りの危険がないとはいえない。

慎重な元就は、そこで考えを一転させ、逆に房栄が内通した事実を、反間《はんかん》を利用して晴賢に密告させることにした。

反間とは、敵が放った間者を逆に利用して、敵の計略の裏をかくことで、このとき、元就の側には、晴賢の勘気《かんき》にふれて主家を追われたという宮川善左衛門が仕えていた。

元就は、宮川が晴賢の間諜と見破っていたので、房栄内通の証拠を書いた手紙を宮川に渡し、素知らぬ顔で、房栄へ届けるように命じた。案の定、宮川は房栄のもとへは行かず、そのまま晴賢のもとへ走った。

手紙を見て晴賢は激怒した。まさか房栄が内通するとは思ってもいなかった。晴賢はただちに重臣の弘中《ひろなか》隆兼を呼び、

「房栄を殺せ」と命じた。

天文《てんぶん》二十四年（一五五五）三月十六日、岩国の琥珀院《こはくいん》で江良房栄は誘殺された。毛利との決戦を前に、晴賢も貴重な戦力を失った。

元就の詭道はまだつづく。

二

江良房栄が欠けても陶の軍事力は強大だった。周防、長門《ながと》、筑前、豊前の四カ国から動員できる兵力は三、四万は見込まれ、安芸、備後を押さえたばかりの不安定な毛利の動員力は、せいぜい五千である。まともに戦ったのでは勝ち目はない。

小勢が大軍に勝つためには、狭い地域に敵をおびき寄せる以外にない。元就は陶軍

を封じ込める決戦場として厳島を選んだ。

厳島は広島湾の西南に浮かぶ小島である。東西三・五キロ、南北十キロ、周囲三十キロで、島の北方に弥山《みせん》五百三十メートルの主峰がそびえ、麓に平家ゆかりの厳島神社を祀った神域である。

西岸の有ノ浦《ありのうら》は瀬戸内交通の商港として古くから賑わった。風光明媚の地で、のちに日本三景の一に数えられるが、島自体は花崗岩《かこうがん》の山塊で、小部隊のゲリラ戦にはあつらえ向きの離れ島である。

此処しかない。この島へ陶の大軍を上陸させることが出来れば、毛利の勝利も不可能ではない。問題はどうやって厳島へ上陸させるように仕向けるかである。

元就は厳島有ノ浦に宮ノ城を築いた。陶軍の内海航行を脅かすかに見せかけて、実は敵を島へ誘い込むための囮《おとり》の城である。重臣の多くは反対したが元就は強行した。小さな砦《とりで》だが海上に突出して三方が海、背後は山で、味方の水軍と連絡できる海賊城の造りである。五月末に完成した。

元就は、宮ノ城に、毛利に降伏してまもない己斐豊後守《ぶんごのかみ》と新里《にいざと》宮内少輔《くないのしょう》を入れ、六百の兵を与えて守備させた。

それがすむと元就は、例のごとく忍び衆を敵地へ放ち、かれらの口から、

「宮ノ城を築いたのは元就一代の誤算だった。今もし、晴賢が宮ノ城を攻めてくれ

ば、城はたちまち落ちてしまうだろう。情けないことだが、今は晴賢の上陸がないのを祈るばかりだ」

と吹聴させる攪乱戦術に出た。

このときすでに、晴賢は、大内義長を山口にとどめ、防、長、筑、豊の兵二万をひきいて山口を発し、岩国の永興寺に布陣して、安芸出撃の機をうかがっていた。

そこへこの風評である。だがこんどは晴賢も、元就の虚言には簡単に乗らなかった。

しかし元就の詭道は奥が深い。

晴賢も戦にかけては歴戦の勇将だが、元就のしたたかさは、晴賢の人間をよく観ていた。三十五歳の晴賢に対し、五十九歳の元就では四半世紀の年輪の差がある。

元就がつぎに用意したのは、毛利の宿老・桂元澄《かつらもとずみ》を晴賢に内通させるという、意表をついた手段だった。

桂元澄には、つぎのような過去がある。

元澄の父・広澄は、かつて元就が毛利を継いだとき、元綱（元就の異母弟）を擁立して元就に反逆したのが因で自刃した。このとき元澄も父の後を追うつもりが、元就から説諭され、自殺を思い止まっている。

元就は、密かに元澄をよび、この過去を利用して、晴賢に内通するよう説得した。

元澄はいったんは元就の頼みを断ったが、さらに説得されて引き受けた。

元澄はさっそく密書をしたため、晴賢のもとへ送った。密書の要旨は、

「このびの戦こそ、亡き父・広澄の恨みを晴らす絶好の機会です。もし晴賢公が厳島へ渡海なされば、元就もかならず宮ノ城の応援に向かい、干戈《かんか》を交えることになりましょう。この隙に、それがしは毛利の本拠・吉田郡山城を攻め取ります」

というもので、恩賞よりも過去の怨念が動機であることに、晴賢は心を動かされた。

（これは信じてよさそうだ）

事情はちがうが、晴賢にも、止むなく主家に謀叛したという負い目がある。元澄の恨みと主殺しの呵責《かしゃく》が重なり、元澄の寝返りが真実に見えるのだ。

しかし、陶の家中にも、ものが見える忠臣はいる。宿将の弘中隆兼は、先の噂と結び付けて元澄の内通を疑い、

「たばかられてはなりませぬ。これはおそらく元就の謀略です。万一厳島に渡海して、元就が後巻《うしろまき》（味方が攻めている後ろから敵に攻められること）に攻めてきたら、味方の安否が気遣われます」

そう言って厳島上陸に反対したが、

「毛利にそんな力はない」

晴賢は老将の諫言を一蹴した。

もっとも晴賢は、どんな条件であろうと、決戦となれば毛利に負ける気はしなかった。これまでも晴賢は、しばしば宮ノ城を攻撃したが、晴賢は晴賢で、決戦を前に毛利の戦力を量っていたのだ。

五月十三日には、陶の水軍が厳島を急襲し、有ノ浦を焼き払い、宮ノ城を攻めたが、城兵はよく防いでこれを退けた。

六月八日には、元就が宮ノ城の修築と防備を厳にするため厳島へ渡った。その途中、陶軍の兵船三隻と遭遇して洋上戦となり、陶の将・桑原隆祐《たかすけ》が討死したが、元就はこのとき得た敵首を、宮ノ城の麓に掛けならべ、

「厳島合戦大勝利の奇瑞《きずい》なり」

として毛利の士気を鼓舞した。

七月七日、晴賢は水軍の将・白井賢胤《かたたね》に命じて、ふたたび宮ノ城を攻めさせたが、城兵の抵抗は強く、白井は撃退された。

さればと晴賢は、七月十日、部将の三浦房清に軍船十五隻と七百の兵を預け、仁保島の攻撃に向かわせた。仁保島の守将・香川光景は水際に迎えて激戦となったが、日没のため、三浦は兵を収めて引き揚げた。

数度にわたる前哨戦で、晴賢は毛利の抵抗が意外に手強いのを知り、いよいよ総大

将の自分が出撃すべき時がきたと感じた。

九月二十一日、晴賢は二万余の大軍を五百余艘の軍船に分乗させ、岩国を出湊《しゅっそう》して厳島へ押し渡った。

全軍上陸すると、晴賢は宮ノ城の南十町ほどの塔の岡に本陣を据えた。二万を超える軍勢が、小さな岡を中心に、犇《ひし》めき合うように充満した。

海上には宇賀島《うがじま》衆、屋代島《やしろじま》衆など大内水軍の軍船が、毛利の襲来に備えて船首を本土へ向けて錨《いかり》を下ろした。塔の岡の本陣にも、海上の船舶にも、色とりどりの軍旗や幟《のぼり》が、龍蛇のようにひるがえった。

晴賢は、ただちに本陣の床几《しょうぎ》から、

「宮ノ城攻撃」

を三浦房清に命じた。

陶軍の作戦は、毛利軍が到着する前に、宮ノ城を攻略して厳島を占領し、本土の安芸へ進攻して元就の本拠・吉田《よしだ》郡山城に迫ろうというもので、それだけに宮ノ城への猛攻は凄まじかった。

城兵は陶軍の猛攻によく耐え、よく抵抗した。だが囮として築かれた小砦の抵抗には限界があった。

三

隆景が、忠海《ただのうみ》警固衆（水軍）をひきつれて草津の沖合に軍船を繋《つな》ぎ、上陸して草津城へ入ったのは、九月二十七日の巳《み》の刻（午前十時）である。城中には、すでに元就をはじめ隆元や元春、譜代衆、国人《こくじん》衆、川内《かわうち》警固衆（毛利水軍）が集結していた。

元就は郡山城の留守を宍戸隆家に預け、二十四日に吉田を発し、途中、熊谷信直に命じて宮ノ城の救援に向かわせ、昨日、草津へ着いたところである。

そして今朝はもう馬廻りをつれて、海岸づたいに地御前の先まで視察に出かけていた。厳島上陸の下調査であろう。もどったのは昼過ぎだった。

隆景が挨拶に出ると、元就は湯漬けをすませたあとで、側近の若い者たちと和歌作りをしてくつろいでいた。

わずかな時間でも暇ができると、元就は家臣と親しむように心掛けている。酷薄非情の反対側で見せる情愛の深さである。和歌の他にも囲碁や蹴鞠《けまり》、茶会などをよく開いた。

側近たちが遠慮して退がると、元就は穏やかな目を隆景に向け、

「宮ノ城が危ない。敵は濠を埋め、水の手を断ち切って、城の下に坑道を掘り進め

た。土台から城を引っくり返すつもりだ」

「味方が上陸するまで、何とか支えてほしいものです」

「伊予の海賊衆しだいだろう」

かすかな焦りが言葉の端にのぞいた。元就にしてはめずらしいことである。

「宗勝はまだもどりませんが、もうそろそろ吉報を携えて帰ってまいるでしょう」

隆景が言うと、一変して元就は厳しい表情をつくり、

「宮ノ城は落城寸前だ。これ以上は待てない。明日は地御前まで陣を進める。それまでに伊予衆の来援がなければ、毛利の船だけで厳島へ渡海する」

「はい」

止むを得ないと隆景も思った。

隆景が、伊予の海賊衆を味方に引き入れるよう、元就から指令されたのは昨日のことである。今日まで海賊衆と接触しないできたのは、ただ秘密の漏洩を恐れただけで、じっさいは、毛利が厳島の陶軍に奇襲をかけるには、その前に、海戦に練熟した水軍の味方が、どうしても必要なのだった。

伊予の海域には能島《のしま》、来島《くるしま》を本拠にして、大名の支配を受けず、独自に行動する海賊衆がいる。村上一族の水軍である。

陶軍との激突を目前に、いま元就の最大の不安といえば、毛利水軍の弱小だった。

陶の水軍は五百艘を超えるが、毛利は川内警固衆の五、六十艘、小早川警固衆の六、七十艘で、合わせて百数十艘にすぎない。

だが伊予衆が加われば、因島《いんのしま》村上が百艘、能島村上が百二十艘、来島村上が百二十艘で、船数で陶軍とは互角になる。しかも海戦となれば村上水軍の強さは抜群である。

隆景は、すぐさま警固衆の将・乃美宗勝《のみむねかつ》を伊予に向かわせ、能島の村上武吉《たけよし》、来島の来島通康《みちやす》を相手に、毛利に味方するよう交渉説得に当たらせた。ところがその宗勝が、まだ草津へもどらないのだ。

「伊予の海賊衆には、陶からの誘いも掛かっていよう。宗勝の折衝が長引いているのは、そのためではないか」

元就が言った。

「海賊衆が、どっちの味方に付くか、迷っていると申されるので」

「毛利の条件より、陶の条件が勝っていれば、ふつうなら陶の方を選ぶだろう」

「村上水軍は誇り高い海賊です。主殺しの逆賊に合力《ごうりき》するとは思えませぬ。それに宗勝と村上武吉は縁類で、来島通康と武吉は舅と婿の関係です。他にもまだ……」

「厳島の駄別銭《だべちせん》のことか」

隆景の先をくぐって元就が言った。

駄別銭は瀬戸内を航行する船舶の通行税で、厳島では従来から村上水軍の特権だったのを、陶に取り上げられたという旧怨が、村上海賊にはあったのである。

「海賊衆は毛利に合力します」

隆景は声を強くした。海賊衆よりも乃美宗勝を隆景は信じていた。

「海賊衆のことは天運に任せるほかないが、宮ノ城は落城させるわけにはいかない。万一、明日の発向までに乃美が帰らなかったら、又四郎、そなたに忠海警固衆の指揮を、引き続き執《と》ってもらう」

「心得ました」

隆景は応えると、そこからも見える海へ目をやった。秋の日は足が早い。穏やかな海面がさっきより翳《かげ》って見えた。その海上に、とつぜん、厳島神社の鮮やかな朱の大鳥居が浮かび上がった。そして耀くばかりの天空の青さと厳島の緑が、その背後を飾った。

（あんな美しいところが戦場になるのか）

若い隆景の脳裏に、一瞬、そんな思いがよぎった。

一夜が明けた。

乃美宗勝はまだもどらない。

辰《たつ》の刻（午前八時）、元就は全軍に前進を命じ、草津を発《た》って厳島の対岸・地御前火《ほ》立岩《たていわ》に本陣を移した。ここからは厳島のこんもりした緑の島影がよく見える。

元就は本陣の幕営に諸将を集めると、厳島渡海の作戦会議を開いた。

乃美宗勝はまだ帰らない。海上に村上海賊衆の船影も見えない。

（こんなぎりぎりまで手間取るのは、何か不測の事態でも起こったのか）

軍議の席でも隆景は落ち着けなかったが、元就は腹を据えたように自若《じじゃく》としていた。

軍議では、全軍を一軍と二軍に分け、これに水軍を加えて、それぞれの部署と役割を、つぎのように決めた。

一軍は、地御前から川内警固衆の兵船に分乗し、厳島の北東に迂回して鼓ガ浦に上陸し、背後から塔ノ岡の晴賢の本陣を襲撃する。

二軍は、小早川警固衆の兵船で、西側から塔ノ岡坂下に上陸し、宮ノ城の城兵とともに、正面から敵の本陣を攻撃する。

川内、小早川の水軍は兵員輸送を終えたら、陶水軍の攻撃にうつる。村上水軍の来援があれば、毛利の水軍と協力して、共に陶水軍の殲滅を図る。

軍議を終えても地御前の沖に変化はない。諸将は持ち場へもどった。それから間もなくである。

「船だ、船が見えたぞ！」

「伊予の海賊衆のようだ!」

にわかに物見の櫓《やぐら》が騒がしくなった。

騒ぎはまたたくまに陣中にひろがった。将兵たちが、ばらばらと浜へ飛び出して、沖へ目を向けた。左方の海面に船影が見えた。一隻ではない。舳艫《じくろ》を連ねた船影が、見るまに数を増して海面を滑ってくる。

やがて満風をうけた帆に、◯に村上の上を染め抜いた船印が見えた。紛れもない村上水軍の軍船である。だが将兵たちはなおも固唾《かたず》をのんで、船の行方を見守っていた。

船印だけでは、まだ海賊衆がどっちへ付くのかはっきりしないからだ。船首を右へ向ければ毛利だが、左に取れば陶である。

「巴《ともえ》の船がいる!」

誰かがそのとき叫んだ。

先頭船団の中で、一隻だけ巴印の船が帆走しているのを見つけたのだ。巴は小早川警固衆の船印である。

「乃美宗勝様の船だ」

火立岩の浜にどっと歓声がわきおこった。

四

村上水軍は三百艘の軍船を、地御前の浜先へつけて投錨《とうびょう》した。力強い援軍である。毛利の士気はいやが上にもあがった。

翌二十九日、元就は全軍に軍令を下した。

「上陸決行は三十日の日没、合印は白鉢巻に縄の襷《たすき》、合言葉は〔勝つ〕に〔勝つ〕、兵食は三日分として餅一袋、焼米一袋、米一袋、各人は柵の木一本、縄一束を携行する。乗船下船の順序を守る」

「全船に篝火《かがりび》を焚かず、灯火を点《つ》けない。元就の座船のみ一灯を掲げ、続く船はこれを目標にして渡海する。掛け声、櫓《ろ》拍子など一切物音を立てない。一夜陣につき船には兵糧を積載しない」

一夜限り——戦闘は一日で決着がつくと、元就は見ている。同時にそれは背水の陣ということでもあった。

明けて、九月三十日は午後から雨まじりの強風が吹きはじめ、日没頃には暴風雨になった。海上は白波が逆まいて荒れ狂い、ときおり雷鳴がとどろき雷光が走った。

家中将兵や水夫の間にさえ、渡海を危ぶむ声が出てきた。

老臣・国司元相《くにしもとすけ》は、元就に万一のことがあってはと、渡航延期を進言したが、

「何を言う、元相。これこそ厳島明神のお加護であろう。こんな時こそ、敵は油断しているものだ。風も追い風で、われらに味方している」

すでに緋威《ひおど》しの鎧に赤熊《しやぐま》の兜を着て、床几にかけていた元就は、厳しい表情に笑いとゆとりをのぞかせて言った。

元就の気迫と自信のほどを見て、元相も微笑を返すとすぐ引き退った。

酉《とり》の刻（午後六時）、元就は予定通り親船に乗り込み、荒天をおかして暗黒の地御前の浜から出航した。親船につづいて二百艘の兵船も漕ぎ出し、激浪に揉まれながら、一番船の灯火を目印に鼓ガ浦へ向かった。

追い風のため船足は速かった。亥《い》の刻（午後十時）には鼓ガ浦に入り、一時間後には全軍が、一兵も損なうことなく、上陸を終わった。その頃になって、風もようやく和らぎ、雨も小降りになってきた。

元就は全員の上陸を確かめると、兵員輸送を受け持った児玉就方《なりかた》を呼び、荒天下の運送をいたわってから、こう命じた。

「軍船をすべて地御前へ帰投させよ」

「すべてと申されますと、御座船《ござぶね》は」

「それもだ」

「しかし、万一に備えて、御座船だけでも残されませぬと」

就方は進言した。

御座船は元就が乗ってきた船である。万一を考えれば、川内警固衆（毛利水軍）を任された就方としては、当然の配慮だった。

だが元就は首を振った。

「わしは部下の将兵を島に残して、自分だけ助かろうとは思わない。こんな時こそ、大将の船は真っ先に帰すべきだ」

「心得ました」

就方が復命すると、元就は言った。

「就方、明日の戦に万一はない」

「御武運をお祈りいたします」

就方は一礼して船へもどった。

まもなく身軽になった兵船が、次々に鼓ガ浦から出ていった。船団は沖合でいったん停泊し、そこで一斉に灯を点した。二百艘の船に点された松明《たいまつ》は、暗い海上に夢幻の世界を現出した。

上陸して背水の陣を敷いた友軍へ、しばしの別れを告げたのだ。陸の将兵たちは、その軍船に手を振って応え、大将の元就が率先して御座船を帰したと知って、あらためて、勇気百倍したのだった。

まもなく部隊は、吉川元春を先鋒に博奕尾《ばくちお》の峰をさして登った。すでに雨は止んでいた。あらしに払われた雲の上から、月光がふりそそいだが、人も通わぬ博奕尾の原生林には、道もついていなかった。

だが、先を行く松明が、樹木の折れ枝を照らし出しては前へ進んでいく。元就が前もって忍び衆に踏査を命じ、枝を折って道しるべにしておいたのだ。折れ枝を辿《たど》れば、やがて、陶軍の本陣・塔ノ岡の上に出るという。将兵たちは、いまさらながら元就の用意周到さに舌を巻いた。

艮《うしとら》の刻（午前三時）、先頭の松明が博奕尾の峰に着いた。つづく二千の兵も次々に到着する。陶の本陣・塔ノ岡はすぐ目の下にあった。数カ所で篝火が細く燃えていた。二万もの兵が陣取りしたら、寝場所もないと思えるほど狭い場所である。

応永の頃、大内氏が寄進したという五重塔が、岡の上に影絵のように浮かんでいた。晴賢の本営はどのあたりにあるのか、黒い緑がこんもり岡を覆って判然としない。

元就は夜明けまで兵に休息を与え、自分も野陣の座所でくつろいだ。

明日は卯《う》の刻（午前六時）を期し、小早川軍と呼応して、前後から陶軍の本拠を襲い、一挙に撃滅する手はずである。

それにしても静かだ。寂《じゃく》としている。

「こんな時刻に、毛利の兵が本陣の裏山に取り詰めているなど、よもや敵は思ってもおらぬでしょう」

元就のとなりで隆元が言った。隆元も明日のことを思っていたのだろう。

「ここは博奕尾の峰。さっき上陸した浜が鼓ガ浦。博奕も鼓も、どっちも打つものだ。撃つとはまこと縁起がよい」

元就は言って、会心の笑みを浮かべた。

博奕尾の峰に立って塔ノ岡を見下ろしたとき、元就はすでに明日の勝利を確信していた。いついかなる時も、能《あた》うかぎりの武略、計略、調略を尽くして目的を遂げてきた元就の笑いは、時にぞっとする凄味があった。

五

隆景や熊谷信直がひきいる二軍は、村上海賊衆と連合し、百五十艘に千五百の将兵を分乗させ、乃美宗勝が先導となって時化《しけ》の海へ漕ぎ出した。

こっちは厳島の正面・大鳥居を指して南南西に進んだが、一軍が東へ迂回して、追い風をうけたのとは反対に、二軍は、沖へ出ると逆風を受けた。

風雨が叩きつける甲板の小間《こま》で、船の揺れに身体を合わせながら、

「龍王様は御機嫌斜めです」

宗勝が言って苦笑した。

「どうする」

隆景が訊いた。

「前へ進めなければ後ろへ進むまでです」

安芸沿岸の海域や潮流を知りつくした宗勝は、かるくうなずくと、側にいる水夫《か》《こ》頭《がしら》に、船の進路を変えるように命じた。

小早川警固衆を束ねるこの男は、どんな場合も「退がる」とは絶対に言わない。つねに「進め」である。思い切りがよくて無理をしない良さがある。

「どこまで進むつもりだ」

「大野の瀬戸まで行けば、あの辺りは風も波も静かになります。うまくすれば追い風に乗れるかもしれません」

「上陸に間に合うのか」

大野瀬戸まで後退すると、厳島の三分の二くらい南下することになる。そこからまた引き返すのでは、かなり時間を食いそうだが、

「正面から進むのと時間は変わりません」

宗勝はのんびりした調子で応えた。

船が大きく旋回をはじめた。

岸へ向かっているらしい。闇の中では船の動きもわからない。やがて少しずつ左へ曲がり、沿岸づたいに南下する様子である。船足が早くなったようだ。

二軍の海上指揮は、いっさい宗勝に任されていた。村上海賊衆といえども雇われ水軍である以上、宗勝の指揮に従わねばならない。闇を透かして見ると、後続の船影が波に揉まれながらしっかり従《つ》いてきていた。

「大野の瀬戸です」

宗勝が言った。

瀬戸とは陸地が迫った小さな海峡をいう。昼間なら眺めがいいが、真っ暗な荒天の海は、ただ恐ろしいばかりである。だが、たしかに風が和らぎ、風向きも少し変わり、波もやや穏やかになっていた。

船団はここでまた大きく旋回し、こんどは厳島寄りに水路を取って北上をはじめた。速度も増したように思えるが、変則な追い風に乗ったらしい。

「宗家《そうけ》や吉川は、上陸したろうか」

「多分、もう陸の上でしょう。宗家の軍勢は博奕尾の山越えがあります」

「わしらは大内水軍と海戦を控えている」

「そのことですが……」

と宗勝が身を乗り出すようにして、

「この闇と風は天の助けです。敵の警戒も緩んでおりましょう。海戦に入る前に、敵の警戒網を欺《あざむ》き通る手はいかがでしょう」

「無傷で敵中突破を図るというのか」

「上陸地点の大鳥居の海浜は、敵の船でびっしりでしょう。海戦になれば味方もそれなりに損傷を被ります。そこでわれらから敵に近づいて『筑前より陶方の助勢に参ったお味方でござる』と堂々と呼びかけ、敵船団の囲みを罷《まか》り通るのです。万一失敗《しくじ》ったら、そのときは合戦に及べばよい」

「おもしろい。それはいけそうだ」

隆景が小さく膝をたたくと、

「いけますとも。さっそく矢文をもって、その旨、後続の船に知らせましょう」

宗勝が腰をあげた。

船が進むにつれて味方の緊張も高まってきた。有ノ浦を過ぎると、上陸地点の大鳥居の浜はもうすぐである。小さな明かりが暗黒の海上に、ぽつん、ぽつんと浮かび出た。陶水軍の警戒の灯火であろう。宗勝の親船は、そっちへ船首を向けた。風はかなり静まっていた。雨も小止みである。

やがて闇の彼方に敵の船影が、何艘となくぼんやり見えてきた。船影は二重三重にかさなって、波間に揺らいでいた。暴風雨の被害を避けるため、船と船を厳重に繋いで、船筏《いかだ》を組んだのだ。こんな夜に、毛利の襲撃はないと見たのだろう。

舷側に立って敵情を確かめた宗勝は、上陸する将校たちを胴の間に集めると、

「敵の警戒は緩んでいる。海戦になっても勝利は堅いが、このさい味方は、無用の闘いを避け、筑前の援軍として敵をたばかり、無血上陸を図る。兵には、上陸に当たって私語を禁じるよう申し聞かせよ」

と上陸の作戦を伝達した。

寅《とら》の刻（午前四時）、毛利の船団は陶水軍の正面に出た。そのまま親船は先頭を進み、人影が見えるまでに敵船に接近した。

宗勝は大声が得意の天野金兵衛を呼んで船首に立たせた。金兵衛は両手を口に当てると、敵船に向かって雷鳴のような声を発した。

「陶殿が御船手衆《おふなて》に申す。われらは筑前より助勢にまいった大友の兵船にござる。聞こえまするか。筑前、大友の兵船にござる」

その声で、にわかに敵船内がざわめく気配が伝わってきた。ややあって敵船から、

「おうーっ」

という応答があった。

金兵衛はすかさず張り上げた。

「お願い申す。水路を開けてくだされ!」

すると、こんどはすぐに応えがあった。

「遥々《はるばる》の御加勢、かたじけのう存ずる。しばらく待たれよ」

二度目の応答には、味方をすっかり大友の援軍と信じきった響きがあった。

「上々首尾、これほど上手く運ぶとは思いませなんだ」

宗勝が隆景をふりかえった。

「うむ」

隆景は黙ってうなずいた。勝つときはこういうものかもしれない。敵までが手を貸してくれる。ついていると思った。

敵を味方と思い込んだ陶軍は、ほどなく軍船二艘を移動させて通路を開けた。その間を宗勝の親船が悠々と通り抜けた。暗闇で乗組員の人相や服装までは、識別できないのが幸いだった。

親船は厳島の正面へ寄せて停泊する。すぐさま小舟が下ろされ、将兵が乗り移った。つづく船隊も黙々と前進し、錨を下ろし、兵士を積んだ艀《はしけ》を出し、兵士は浜づたいに、つぎつぎ陸へ上がった。

あとには村上海賊衆が残ったが、彼らには彼らの仕事がある。毛利が陶本陣に総攻撃をかけるのを待って、海岸線の陶水軍を撃滅するのが海賊衆の任務である。

六

長いような短いような時間が過ぎていく。

敵の本陣・塔ノ岡の上空は、雲が切れて月が出ていた。総攻撃の合図を待って、岡の坂下に待機している将兵たちが、騙《だま》されたような顔で嵐のあとの月を見上げた。

隆景の瞼《まぶた》には、さっきから永《えい》の顔が、しきりと出たり消えたりした。

(こんなときに何だろう)

と首をかしげた。出陣前に、永が洩らした言葉を隆景は思い出した。

「和子《わこ》が欲しゅうございます」

宗家の隆元や吉川の兄・元春も、すでに男子を得ているのに、女子も授からないのは小早川だけだと永は言う。

「わしのせいだというのか」

「殿のせいとは申しませぬが」

「こればかりは運のものだ。待つしかない」

隆景は笑ってすませたが、永の気持ちもわからぬではなかった。

月が雲に隠れ、頭上でさやさやと葉ずれの音がした。夜と朝の境目のような、一瞬の世界がひらけた。そのとき、法螺貝《ほら》の音が、塔ノ岡の奥でおこった。

（合図だ――）

隆景は立ち上がった。周りもいっせいに立ち上がり、今にも飛び出す身構えになった。

つづいて、山上から鬨《とき》の声がどよめきおこった。大きなどよめきで、厳島全体が鳴動したかに思えた。

隆景は、兜の緒を確かめながら、采《さい》を振り上げた。両脇の兵が、待っていたとばかり、法螺貝を鳴らして山頂の合図に応えると、小早川勢も、どうっと喊声《かんせい》を上げた。するると、左方の山腹からも鯨波《げいは》が挙がった。宮ノ城の城兵である。

「掛かれ、掛かれ！」

味方は三方から塔ノ岡を目指して、一気に坂を駆け上り、敵本陣に襲いかかった。

陶軍は虚を衝かれた。二万の大軍が陣形もととのえず、狭い場所で、おまけに、その目は宮ノ城へ向いていて背後にはない。まさか背中の山から逆落としを食うとは思わなかった。油断があった。しまき（暴風）の中の渡海はないと高をくくっていたのだ。

奇襲は心理的にも奏効し、周章狼狽した陶軍は右往左往して、大軍だけに収拾のつかぬ大混乱に陥った。

陶の武将・弘中隆兼、大和興武《おきたけ》、三浦房清らが手兵をひきいて、晴賢の本営に駆けつけ、塔ノ岡から大御堂に陣を張って防戦につとめたが、浮足立った兵たちは、大将の叱咤号令も耳に入らず総崩れとなり、われ先に海岸へ走る者、山中へ逃げ込む者で、戦闘どころではなくなった。

海辺へ敗走した兵たちは、本土へ逃げ帰ろうと先を争って船に乗り、後からきた者を突き落としたり、槍や刀で殺したりした。人が乗りすぎて、船が傾いたり転覆したりして、水死する者も続出した。

運よく船を漕ぎ出した者も、沖で待ちうけている村上海賊衆や毛利警固衆に、ことごとく討ち取られた。

ここに大兵《だいひょう》肥満で歩行もままならぬ陶晴賢は、壊滅状態の味方を見て、いったんは自刃を決めたが、三浦房清に再挙を諭《さと》され思いなおした。このまま敵に討たれるのは、いかにも無念で、房清の言葉に従ったのだ。

晴賢は大元浦《おおもと》へ退去して乗船を探した。ところが陶軍の軍船は、すでに毛利・村上の連合水軍にことごとく撃破され、浦には一艘も残っていなかった。やむなく晴賢主従は、船を求めて西海岸へ向かった。

「全姜入道（晴賢）が西山へ落ちた」

という情報を得て、すぐに追跡したのは隆景である。

戦前、元就は帷幄《いあく》の諸将に、

「天地が裂けても、晴賢の首は厳島で挙げよ。構えて本土へ渡してはならぬ」

と厳命していた。だが隆景は、かならずしも、元就の命に忠実であろうとしたのではなかった。

天文十八年、十七歳の隆景は、山口の大内館《やかた》で初めて晴賢に会ったが、そのとき晴賢からうけた親切が忘れられなかった。

当時、大内家中は武断派の晴賢と文治派の相良武任《さがらたけとう》が対立し、両人とも格下の毛利父子を下にも置かず歓待した。どっちも毛利を味方につけたい下心からだが、それでも晴賢の持てなしは正直で心がこもっていた。

とくに若い隆景に親しみ馴染んで、みずから「西の京都」と呼ばれる山口市内を案内してくれたりした。

その晴賢が最期を迎えようとしている。どうせのことなら、晴賢の最期を見届けるのは、この自分でありたい、そう隆景は思ったのだ。功名心とは無縁だった。

ほんの手廻り数十人を引き連れ、隆景は晴賢を急追した。

西山の峠で晴賢主従に追いついた。敵将の三浦房清が反転してきて、隆景勢と激しい斬り合いになった。房清と隆景の従者合わせて十数人が斬り倒され、隆景も身に三カ所の手傷を負って危うかった。ところへ吉川の手の赤川光保、二宮俊実《としざね》ら数十人が駆けつけて敵を撃退した。

隆景はふたたび晴賢を追跡する。

その行く手に敵将・羽仁《はに》越前が手勢数百をもって押し出してきた。またも激戦となったが、さらにそこへ敵将・大和興武の七十が加わった。多勢に無勢で隆景は窮地に陥ったが、またも運よく吉川勢が駆けつけ、羽仁越前を討ち取って勢いを盛り返した。

その間に、危機を脱した晴賢は、大江浦へ向かったが、そこにも船はなく、やむなく東海岸を指して高安原《たかやすはら》へ入った。高安原から房清が東岸の青海苔浦《あおみごけうら》へ出てみたが、そこでも船は見つからず、ばかりか、もどり道で二宮俊実の吉川勢と出会い、力戦してついに壮烈な斬り死にを遂げた。

高安原へ逃げもどった兵から、房清の討死を知った晴賢は、もはや命運尽きたと悟り自刃を決めた。生き残ったわずかの家臣と別盃を汲み交わすと、部将の山崎勘解由《かげゆ》が最後の舞いを一さし舞った。

五衰《ごすい》滅色の秋なれや、落つる木の葉の盃、
飲む酒は谷水の、流るるもまた涙河……

このあと晴賢は、辞世をしたためて、自刃した。享年三十五である。

何を惜しみ　何を恨みん元よりも
このありさまの　定まれる身に

晴賢の最期を見届けた近臣たちは、その首級を晴賢の小袖にくるんで、敵に見つからぬよう、遠くはなれた岩の陰に隠した。それから青海苔浦まで出ると、そこで一同そろって自殺した。

晴賢が自害したあとも、なおも毛利に抗して最後まで戦ったのは弘中隆兼・隆助の父子だった。弘中父子は、晴賢を逃がすために、晴賢の自刃も知らず、三日間、頑強に戦い抜いて、全員討死した。

「弘治《こうじ》元年乙卯《きのとう》十月三日、軍《いくさ》止む、厳島浦波静かなり」

隆景は『小早川日記』にしるした。

雄高山《おだかやま》雑記

一

　和船を伏せたような郡山《こおりやま》に、狭霧《さぎり》が巻いていた。日が昇って光が射すと、白い霧が薄紫に映えてくる。紅葉に代わって城下をいろどる佳景である。

　今、その郡山に元就はいない。陶《すえ》氏残党の一揆平定で、周防の富山へ出陣中である。だが城中には三人の子息が顔を揃えていた。留守番ではない。長子の隆元が二人の弟を呼んだのだ。

「兄弟三人で集まるというのは、久々ではないか」

　隆元の明るい声が書院でする。

「生まれて初めてだろう」

と元春が言った。熊鬚《ひげ》の奥に白い歯がのぞいた。そういえば、隆景にもそんな記憶

いて

はない。元春となら何度もあるが、隆元が一緒のときはなかった。年齢が十も開いているせいもあったろう。

「では、あらためて念を押す、兄弟連署して父上に請書《うけしょ》を差し出すこと、隆景も異存はないな」

隆元は、なぜか隆景に向かって言った。

「ございませぬ」

隆景が応えると、

「請書はわしから父上に渡そう。席を改めようか、祝膳を用意してある」

隆元は笑顔をつくって腰を浮かせた。

隆元の笑顔を見るのも久しぶりである。

温厚で神経がこまやかな隆元は、内向することが多く、この春あたりから、父の元就ともしっくりしない様子で、隆景は何となく気になっていた。

もっとも、同じことは二人の弟にも言えそうで、元春も隆景も、郡山へ来て隆元と会っても、ろくに話もしないで帰ってしまうことが多かった。別に理由はないが、宗《そう》家《け》に対する分家の遠慮といった気持ちが働くのかもしれない。

周防に出馬中の元就から、三人の兄弟へ宛てて、同文の長い書状が送られてきたのは、そんな矢先である。全文十四カ条にも及ぶ書状は、兄弟結束して毛利の名を末代まで存続させよ、と諭《さと》した教訓状だった。

元就は、別に隆元へ一文を与え、

「毛利家をよかれと思う者は、他国は言うに及ばず、当家にも一人もいないはずだ。だから兄弟の仲が露ほどでも悪くなれば、毛利は滅びると思え。この教訓状は、かの張良《ちょうりょう》（漢の劉邦《りゅうほう》に仕えた軍師）の書物一巻にも勝るものと心せよ」

と書き添えてきた。

隆元は、事態を軽視できず、すぐに二人の弟を郡山へ呼んだのだ。

その『教訓状』の中身がどんなものか、以下、骨子要諦を抄訳し、箇条で示すと、

一、元春と隆景は他家を継いだが、これは当座のことである。毛利の二字を疎《おろそ》かにして、忘れることがあってはならない。

一、三人の仲で、少しでも懸け隔《へだ》てがあれば、三人とも滅亡するだろう。

一、隆元は元春、隆景を力にして、内外のことすべて申し付けよ。毛利さえ強固ならば、元春、隆景も、その力をもって吉川《きっかわ》、小早川を存分に支配できるが、毛利が弱くなれば、人の心は変わるものだ。

一、元春や隆景に、意に沿わぬことがあっても、隆元は長男だから堪忍せよ。また隆元に意に沿わぬことがあっても、弟たちは兄に従うのが順序だ。

一、亡母・妙玖《みょうきゅう》の供養を怠ってはならない。

一、五もじの嫁ぎ先・宍戸《しし ど》家を兄弟同様に扱え。五もじと三兄弟の間が、少しでも悪くなったら、これ以上の不孝はない。

（元就の子供は〔系図によれば〕九男二女で、そのうち上から隆元、女、元春、隆景の四人が正室・妙玖〔天文十四年、四十七歳で死去〕から生まれている。五もじは、この長女のことで宍戸隆家に嫁いだ）

一、虫けらのような子供たちがいるが、彼らにも情けをかけてやり、どこかに領地でも与えてやってほしい。ただし力のない者は、どう処置してもかまわない。

（虫けらのような子供たち——とは、側室の腹に生まれた四男・元清以下のまだ幼い子供たちのことである）

兄弟は書院から祝膳が用意された別間へ移った。そこで隆元がいきなり言った。

「父上から教訓状がまいったのは、わしのせいだ」

「宗家のせい？　何故に」

元春が隆元のほうを見た。

隆元は苦い思いを吐き出すように、

「じつはこの四月、大内義長を谷の長福院で生害《しようがい》させたすぐ後だ。父上から隠居したいとの仰せがあった。わしは強く反対した。今のわしには、とても父上の業を継ぐ器量はない。それでもと仰せなら、わしも幸鶴丸《こうつるまる》（輝元）に家督を譲って隠退すると申し上げ、やっと今までどおり、後見として止まるよう納得していただいた」

「父上もお老齢《とし》だし、無理もないな。年が明ければ六十二だ」

「わかっているが、それではわしが困る。今の毛利は陶を倒した頃の毛利ではない。内外多難で混乱している。そんな時に、父上に隠居されては毛利の将来が危ぶまれる」

「それで——、どうしました」

「それで——だ」

隆元はちょっと言葉を濁してから、

「おことらのことを申し上げた」

「わしと隆景のことをですか」

「うむ」

「何と」

元春はぐいぐい先を促した。

隆元はさらに言いづらそうにして、

「弟どもは仲が良く、父上とも懇《ねんご》ろに見えますが、わしには疎隔で、この兄をば見限ったかに思われます、こんな状態のまま父上に隠居されては、家長としての重責が果たせませぬ、と申し上げた」

「それは兄者の誤解だ。わしらは疎隔した覚えはない」

元春は粗い顎鬚に手をやると、隆景のほうをふりむいた。おまえはどうだ、とその目が言っていた。むろん隆景も、隆元を敬遠した覚えはない。元春はうなずくと、

「よし、兄上の申し分はよくわかった。これからは教誡に従って、兄弟へだてなく心を合わせていけばよい」

隆元とちがい、次男の元春は迷いや悩みを引きずらない。

どっちが兄で、どっちが弟かわからない二人のやりとりを聞いていて、隆景は、兄たちのことより元就のことが気になった。

もしかして、元就が隠居を言い出したのは、三人の子に『教訓状』を発する伏線だったのではないか。もともと隠居する気などないのに、わざと隆元を脅して危機感を抱かせ、それをきっかけに、三兄弟の結束と自覚を促そうとしたのではないか。

今の毛利は、厳島《いつくしま》戦で陶を破った頃の毛利ではない。陶を討ち、大内を滅ぼして、あっという間に大内の旧領を合わせて四カ国を支配する大国にのし上がっている。

領土が拡大し、支配層が増大すれば、当然それに伴う困難も負わねばならない。国《こく》人《じん》土豪時代は、あっちに付き、こっちに寝返って、ひたすら戦《いくさ》に勝つことを考えればよかったが、これからはそうはいかない。

大国には大国の悩みがある。広大な領国の管理、運営。そのための政治組織、軍事体制の変革。さらに国（人）衆や領民への対応、中央（朝廷・幕府）との外交など、難問は山積している。

しかも、短期間で成り上がった毛利大国の地盤は、まだ限りなく軟弱である。足元は危険がいっぱいで、いつ崩壊の危機に遭うか予断も許されない。

毛利が直面している危機を、誰よりも強く元就は感じているのであろう。元就は『教訓状』の最後のほうで告白している。

『わしは今日までの四十年間、数えきれぬほど人の命を戦で失ってきた。この報いをどう償ったらよいのだ。わしには格別、武勇があるわけではない。胆力があるとも思えないし、知恵を授かったとも思えない。それなのに、ここまで来れたのは、不思議としか言いようがない』

（父上は、今のご自身が怖いのだ）

隆景は思った。

幼年期から人間不信を植えつけられ、小領主の辛酸をいやというほど舐《な》めてきた元就は、いつもどこかで孤独感を揺曳《ようえい》していた。そんな元就が信頼できるのは肉親だけであり、その肉親の三子の間に、溝ができるのを、元就はいちばん恐れたのだろう――。

「隆景、何を考えている」

元春の野太い声で、隆景はわれに返った。

隆元が目を細めて言った。

「隆景、盃を挙げよ。兄弟のわだかまりが氷解したのだ。われら兄弟、今日より一心同体ぞ。さ、乾《ほ》そう。めでたい固めの盃だ」

二

『教訓状』の効果がもっとも現れたのは、ほかならぬ隆元だった。情に脆くて優しいところがあるだけ、感じやすいのである。

元就から隠居すると脅されたときは、顔色を変えて狼狽し、

「まるで、骨が入っていない」

とまで言われたというが、このことがあってから、別人のように、何事も積極的に、毛利宗家の面目を立てるように、努力をしているようだった。

元春、隆景の両川《りようせん》体制も、

「北方（尼子《あまこ》）は吉川が当たり、下方（大友）は小早川が当たる」

という従来の役前が再確認され、当初の毛利中心主義が貫かれることになった。

何にしても兄弟三人が、心を通じあえたのはめでたいことだった。

年が明けた永禄《えいろく》元年（一五五八）五月、元就は隆元、隆景を従えて石見《いわみ》へ発向した。石見で戦闘中の元春を支援するためである。

石見では、元春、宍戸《しど》隆家、志道《しじ》通良らが、小笠原長雄《ながかつ》が籠もる尼子方の温湯《ぬくゆ》城を攻撃中だった。温湯城は、大量の銀を産出する大森銀山（山吹城）への通路に位置し、二年前から毛利の有に帰した銀山を保持するには、このさい邪魔な温湯城を、どうしても攻略する必要があったのである。

毛利の石見侵攻は、厳島戦後の弘治《こうじ》二年（一五五六）三月から、すでに始められていたが、その頃の銀山は、まだ大内義長《よしなが》の支配下にあった。だが、陶軍が壊滅し、大内勢も風前の灯《ともしび》という状況に、銀山の守将・刺賀長信《さすがながのぶ》は、あっさり降伏して銀山を毛利へ引き渡したのである。

いったい石見銀山の争奪は、銀山が発見開発されたといわれる大永《だいえい》六年（一五二六）以来で、当時は大内義興が支配し、その後、尼子晴久《はるひさ》が奪い取り、さらにまた大内義隆が奪還するということが続いたのである。

それほど重要な銀山を、こんどは毛利に奪われたため、尼子晴久は再三にわたって銀山の奪回を図ったが、その都度、守将の刺賀長信はよく防ぎ、尼子勢を退けてきた。

元就がみずから元春へ応援軍を発したのも、軍資金の宝庫・銀山を堅持するためで、元就は、すぐさま元春軍と合流すると、総勢一万二千で温湯城を包囲した。

これに対して尼子方も、尼子晴久みずから八千をひきいて温湯城の救援に駆けつけた。だが、おりから江ノ川《ごうのかわ》の増水で軍兵が渡河できず、やむなく尼子軍は後方へ退いた。

このため孤立した温湯城は、毛利の攻勢を支えきれず、八月下旬、ついに城将・小笠原長雄が隆景に降伏を申し出た。

ところがその間に、尼子軍は銀山を守る山吹城の糧道を遮断して、城兵を兵糧攻めにした。危機に瀕した城中は、元就に援軍を要請し、元就は一万をひきいて山吹城の救援に向かった。

だが毛利は忍原《おしのはら》の戦闘で、尼子軍から手痛い敗北を喫したのがひびき、九月三日、ついに銀山を尼子軍に奪還され、城将・刺賀長信は城を出て自刃した。晴久は山吹城に本城常光《ほんじょうつねみつ》を入れて毛利に備えた。

ところで、石見銀山を発見したのは、博多の貿易商人・神屋寿禎《かみやじゅてい》といわれる。寿禎は厦門《アモイ》（中国福建省の開港都市）に日本人町を持つほどの実力者で、番頭二人と明国の奥地へ入り、銀の精錬法を会得して帰国すると、石見銀山を開発して巨万の富を得た。

当時、銀山七谷には一万三千の家屋が建ち並び、鉱山町として賑わったというが、因《ちな》みに、博多の豪商で茶人としても有名な神屋宗湛《そうたん》は、この寿禎の孫であり、本編の後半にも登場する。

石見銀山の銀が豊富だったことは、永禄二年に元就が、銀山から採掘鋳造した銀貨の一部・二千貫を、正親町《おおぎまち》天皇の即位費用として、献上したことでも知られる。

このころの朝廷は、長い戦乱の影響で恐ろしく窮乏していた。代々の天皇は皇位を継承しても、即位の儀式が挙げられず、先代・後奈良《ごなら》天皇は十年、その前の後柏原《ごかしわばら》天皇は二十二年も経ってから、ようやく即位式を挙げたほどである。

元就の献金で翌三年一月、即位の大礼を挙げられた天皇は、大変によろこばれ、大礼後、さっそく元就を陸奥守《むつのかみ》、隆元を大膳大夫《だいぜんのだいぶ》、元春を駿河守、そして隆景を中務《なかつかさ》大輔《たいふ》に任命した。

さらに将軍・義輝《よしてる》からも、隆元を安芸守護職に補し、元就に錦の直垂《ひたたれ》の着用を許し、ついで元就、隆元は幕府の要職・相伴衆《しょうばんしゅう》に列せられた。

そのころ、義輝は国内の大名に和平の調停運動を始めていたが、元就のもとへも尼子と和議を結ぶよう勧告していた。だが、元就には今すぐ尼子と和解するつもりはない。

石見の平定と銀山の奪回を狙う元就としては、もうしばらく時間を稼いで実績を作り、毛利有利の状態で、尼子と和議を結びたい考えである。

そんな時期に、抜け目なく朝廷へ献金し、天皇への忠誠を示して、毛利の権威づけを図る元就の政治性は、したたかというほかない。

その元就のために、朝廷や幕府と外交折衝に当たり、情報収集に努めたのは、毛利家の菩提寺である安芸吉田《よしだ》の興禅寺住職から、永禄二年、京都東福寺第二百十三世の住持《じゅうじ》となった立雪斎竺雲恵心《りくせつさいじくうんえしん》だった。

毛利には、外交僧として有名な安国寺恵瓊《あんこくじえけい》がいるが、恵瓊は天文《てんぶん》二十二年（一五五三）、安芸安国寺で恵心とめぐりあい、その恵心を生涯の師と恃《たの》み、やがて恵心に代わって毛利のために辣腕《らつわん》を振るうようになるが、このとき修行僧・恵瓊はまだ十六歳で、表舞台へ出るのは、もう少し先になる。

三

永禄四年の新年がめぐってきた。

毛利は、三年前に尼子に奪還された銀山（山吹城）を、まだ取り返せないでいる。

尼子晴久の後押しをうけて、城将・本城常光が鉄壁の防御を固めて毛利軍を寄せつけず、毛利は数度の猛攻も犠牲を出すのみで、すべて失敗に終わっていた。

そんな時である。尼子晴久の死が郡山へ報じられた。それも今日、元旦の朝である。

「修理《しゅり》（晴久）が死んだ」

元就は、思わず口走り、束の間、宙を見つめた。その元就の表情は複雑だった。人の死が、たちまち僥倖《ぎょうこう》につながる乱世である。

晴久が死んだのは暮れも押し詰まった二十四日だった。卒中らしい。長年、大内、毛利と熾烈な戦いを続けてきた出雲の猛牛は、まだ四十七歳の壮年で、跡を継いだ次男・義久《よしひさ》は、弱冠十七歳である。

「好機到来――」

元就の目が非情の輝きを放った。

四月、元就は、寒さの和らぐ山陰の春を待ち、万全の態勢をととのえて、銀山奪回の軍を起こした。

こんどこそと意気込んだものの、銀山の守備は晴久を失ったことで、かえって強化されていた。毛利軍は、またしても奪還に失敗し、五月、仙ノ山へ撤退した。

山陰はすでに雨期に入っていた。

霖雨《りんう》に降りこめられた仙ノ山の陣中に、その日、下方（九州方面軍）からの伝令が入った。豊後の大友義鎮《よししげ》（宗麟《そうりん》）が、銀山攻防の間隙を衝いて、門司《もじ》城を攻撃してきたという報告である。

捨ててはおけない。門司城は、防長防衛と北九州侵略を兼ねる要《かなめ》の前線基地である。

九州では、これより前、大内義長が滅亡すると、豊後の大友義鎮が大内の旧領・筑豊へ勢力を伸ばして門司《もじ》城を占拠した。

門司は中国と九州を結ぶ咽喉《のど》で、ここに大友の拠点ができると、毛利としても脅威になる。そこで元就は、隆元と隆景を差し向けて門司城を奪取し、仁保隆慰《にほたかやす》を守将に置いて、防御を固めていたのだ。

ところが、永禄二年九月になって、義鎮はふたたび門司城を攻めてきた。元就は、こんども隆元、隆景に命じ、児玉就方《なりかた》の川内警固《けいご》衆、乃美宗勝《のみむねかつ》の沼田《ぬた》警固衆を付属させ、海陸から大友軍を攻めてこれを撃退した。

その後は、しばらく鳴りをひそめていたが、ここへきて毛利の石見出陣を知ると、にわかに立って豊、筑にある毛利の諸城へ、攻勢をかけてきたのである。

五月下旬、下方へ出陣のため、隆景と隆元は石見の前線を離れ、それぞれの居城へとって返した。

「銀山奪還が多少先へ延びても、このさい大友を徹底して叩く必要があろう」

途中、隆元と隆景はそんな話をした。

隆元とは吉田で別れ、隆景は沼田・雄高山城へ帰城した。

沼田郷も細雨に濡れていたが、瀬戸内に面した安芸の梅雨は、石見の梅雨より明るい。脊梁を越えてくると、それがよく分かる。

沼田には城山が二つあった。沼田川を挟んで雄（新）高山と雌（古）高山があるが、雄高山城は、隆景が小早川を継いでから新たに築いた城で、雌高山城は、それまで小早川代々が居城とした旧砦《きゅうさい》である。

新城を築いたのは、元就から、

「小早川の養子になっても、毛利の隆景であることを忘れてはならぬ」

として築城するように指示されたからだが、元就にすれば、小早川家中に対する示威でもあったろう。だが隆景は「毛利の隆景」の自覚は持っても、雄高山城で毛利をひけらかしたことはない。

外征から帰城したときは、隆景はかならず仏間へ入り、毛利と小早川、その一門の位牌に香を捧げる。沼田へ入城していらいこの習慣は変わらない。居間でくつろぐときも、胡座か正座をするかで、足を投げ出したり、寝転がったりはしない。

隆景は先祖への礼拝をすませると、ただちに重臣、側近と出陣発向の打合せをすませた。それがすむと、はじめて奥へ入った。

永《えい》が待ちかまえた様子で出迎え、隆景の前に両手をつかえた。

「お疲れでございました」

「御方《おかた》も留守を大儀であった」

隆景は微笑をうかべてこたえた。

その隆景は肩衣《かたぎぬ》に袴を着けて、永と向かい合っている。結婚いらいこれも変わらない。妻であっても永の前では、入り婿としての礼を崩さないのだ。

はじめのうちこそ、永はそんな夫が厭味であったり、他人行儀に感じたりしたが、いまはちがう。結婚当初に抱いた隆景への怖れや疑心、誤解が、一枚ずつ剝がされて、いまは全幅の信頼に変わっていた。自然に夫に抱かれていくような、穏やかで温かな気分に満たされるのだ。

「こたびのご出陣は……?」

「また豊前だ。門司城の後詰《ごづめ》にまいる。明朝、警固衆の船で出湊することになった」

「明朝でございますか」

男たちの出陣には慣れてはいるが、一夜の別れは慌ただしく、女の永には、やはり淋しい。

「お気をつけてお出でなされませ」

「そうだ、御方に頼みがある」

「何でございましょう」

「椋梨《むくなし》清兵衛が珠《たま》を好いているようだ。珠の気持ちをそれとなく確かめてほしい」

「まあ、それは気が付きませんでした。でも、珠はあのとおりのばさら……」

「そのばさらぶりに清兵衛は惚れたらしい」

珠もすでに十七歳である。今は永にかしずいているが、魚釣りの好きな少女は男勝りに成長し、男子にまじって弓馬の稽古をしたりするので、周囲の顰蹙《ひんしゅく》も買うらしい。

「近頃は警固衆の高田義助から、水練と鉄砲を学んでおりまする」

と永もなかば呆れ顔である。

「珠に異存がなければ、夫婦にしてやりたいが、御方はどう思う」

「珠に侍の女房が勤まりましょうか、それとも女房になれば、女らしうなりましょうか」

言いながら、永の瞳はやわらいでいる。

それにしても、律儀すぎて可笑しみのないような隆景が、男女の機微にも行き届いた目配りをしているのが、永には意外であり、怖いような気もした。

四

八月中旬、毛利軍一万八千は防府《ほうふ》に集結した。毛利隆元を総大将に、隆景、宍戸隆家、福原貞俊、口羽通良《くちばみちよし》らの諸軍である。

防府の沖には、児玉就方がひきいる川内警固衆と、乃美宗勝がひきいる沼田警固衆の軍船・六十余艘が、すでに着船していた。

総軍は、ここで敵情の報告を聞き、軍議をすませると、隆景が一万を従えて防府を先発した。同時に、川内、沼田の毛利水軍も錨《いかり》を巻き、周防灘を西へ向かった。豊前の海上封鎖をおこなうためである。

九月はじめ、隆景は門司城へ入ると、大友の後方で毛利と気脈を通じている筑前、豊前の諸豪（秋月種実《あきづきたねざね》、宗像氏貞《むなかたうじさだ》、高橋鑑種《あきたね》ら）と連絡を取り、大友軍の背後を牽制するよう要請した。

大友軍は門司城の南方・刈田の松山城を本拠にして、田原親宏《たわらちかひろ》、吉広鎮信《よしひろしげのぶ》ら一万五千が小倉へ進出、数度にわたって門司城を強襲してきた。隆景はそのつど城外へ出て敵を邀撃《ようげき》し、これを撃退した。しかし大友軍の攻撃は執拗で、戦線は長引いた。

激戦攻防がくり返される中で、潮流逆巻く早鞆瀬戸《はやとものせと》（関門海峡）に、いつのまにか秋色が訪れ、彦島《ひこしま》の島影に沈む夕日が、将兵たちの郷愁を誘った。

十一月五日の夜半、敵の主力六千が、小倉を出て浜伝いに門司城へ迫り、夜襲をかけるという情報が入った。

思わぬ吉報に、隆景は、めずらしく声を発して快哉《かいさい》を叫び、すぐさま城中に軍議を招集した。乃美景興、磯兼景通《いそかねかげみち》、鵜飼《うかい》元辰、井上春忠、渡辺長、水軍からも児玉就方、乃美宗勝、冷泉《れいぜい》元豊らが参じたが、諸将も一様に、

「敵を殲滅《せんめつ》する絶好の戦機」

と見た。

軍議は短時間で決定した。全軍を二つに分け、一隊を敵の正面に待機させ、一隊を敵の脇へ伏兵に置き、海上からは水軍が艀《はしけ》を仕立て、敵の背後から浜へ上陸して、三方から大友軍を袋の鼠にする作戦である。

敵の裏をかく奇襲の奇襲は見事に奏効し、虚を衝かれた大友軍は、暗闇に算を乱して潰走した。味方はこれを追撃し、数百人の首級を挙げた。

この大勝がきっかけで、味方は進んで松山城も攻略し、ここに天野隆重を入れて、豊前北部を毛利の勢力下に押さえた。

ところが、十二月に入ると、元就の使者・高木次右衛門が豊前へ下ってきて、

「急ぎ、石見へ帰陣するように」

という元就の命令を伝えた。

「音明城《おとあけ》の福屋隆兼が、にわかに尼子へ寝返り、吉川経安様の福光城《ふくみつ》を包囲しました」

「われらが豊前へ出張った隙を狙ったな」

隆景は言った。

福屋が裏切る噂は前からあった。

原因は毛利に降った温湯城主の小笠原長雄を、元就が助命したうえ、福屋が領する井田、波積《はづみ》の地を与え、福屋には別に替地を支給したからで、福屋はそのことを恨みに思っていたのだ。

「元就公には、ただちに石見へ入り、一方、元春様も福光城へ向かいました。すると隆兼は、福光城の囲みを解き、居城の松山城に入って防備を固めました」

しかし松山城を攻めるには、何分にも兄弟二人を欠いて兵力が不足のため、矢上《やがみ》に滞陣して、隆元、隆景の帰陣を待つことになったと、次右衛門は言った。

「尼子との和談はどうなっている」

と隆景は訊いた。

毛利と尼子の戦いには、一年前から将軍・義輝が介入し、内書を下して両者に和平を勧告してきたが、それがここへきて、和解が成立しそうな気配をみせていたからだ。

「御内書には従うと仰せです」

「父公がか、わかった」

隆景は、山陰の厳しい冬を前に、老齢の元就がひたすら子供らの帰陣を待ち侘びている姿を思った。

隆景は豊前の味方諸城の守備を固めさせると、急ぎ兵をまとめて豊前を発した。隆元も防府からいったん吉田へ帰り、翌年正月、矢上へ着陣した。

陣中で、久々に元就、隆元、元春、隆景の父子四人が会したのを見て、

「毛利の顔が、揃った」

元就はにっこりした。その元就は前よりも頰が瘦《こ》けて見えた。しかし、眼光は稜《りよう》稜《りよう》として、笑いは凄味を増したようだった。

元就はあたりを見回し、兄弟のほかに誰もいないのを確かめると、

「毛利は今年中に銀山を奪い、出雲に一文字三つ星（毛利家紋）の旗を立てる」

「しかし、父上」と隆元が言った。「尼子とは、この正月十三日、和談の起請（誓約書）を交わしておりましょう」

「それが何とした。（尼子）義久は向後《きようこう》、本城常光と福屋隆兼の援助はしない、という和談の条件を受け入れたのだ」

元就は、そこでまたにっこり笑った。

「……」

隆元は沈黙した。

その日、暗くなってから雪になった。

風の強い山陰の雪は吹雪のようで、音もなく積もるという風情が少ない。ときに生き物のような唸りを立てる。

「永禄五年壬戌《みずのえいぬ》正月二十日——。

暮夜《ぼや》、石州、八神（矢上）山、素雪霏々《そせつひひ》たり……」

陣所へもどった隆景が、『小早川日記』を付けているところへ、ふらりと隆元がやってきた。

「お邪魔か」

人なつこい顔で隆景を見た。元春とは何となくぎこちない隆元だが、隆景には気を許すのか、ときどきこんなふうに、前触れもなく現れることがあった。

火桶を挟んで向き合うと酒の臭いがした。

隆元はよく酒を飲む。気性が優しく内に籠もるせいもあろうが、元就はそれを嫌い、

『隆元、酒の儀、分を定めらるべきこと。かりそめも慰みあるまじきこと』

と文書に記してまで戒めている。

むろん元就は酒は飲まない。元就の祖父の豊元（三十三）も、父の弘元（三十九）も、兄の興元（二十四）も、みな飲酒が因で若死にしたと、元就は頑迷なほど信じていた。

「先刻、父上から、二月一日をもって松山城総攻撃の日とする旨、報せがあった」

隆元は言ってから、ふっと声を落とし、

「怖いお人だ」

「父上がですか」

「そうだ」

隆元はうなずいた。昼間のことだろうと隆景は思った。案の定、隆元は言った。

「父上は、本年中に出雲へ旗を立てると申されたな」

「はい。そう申されました」

応えながら、隆景は、

（出雲を征したら、あの父上は、都を目指すのではないか）

ふっとそんな気がしたが、黙っていた。

「それはよい。わしも賛成だ」

だが――と隆元はまた声をひそめた。そして、こんなふうに話した。

元就が、将軍の和議勧告を二年余も引き延ばしてきたのは、尼子と和解すれば出雲への侵略ができなくなるからで、このために朝廷や幕府に金銀を使った。

ところが晴久が死に、尼子の勢いがやや後退したとみると、福屋と本城を応援しないという条件を承諾させて、尼子と和議を結んだ。狙いは尼子を骨抜きにするためで、骨抜きにしたら、和議など一方的に破棄して、出雲へ兵を進めるつもりだろう。

「天下を競望してはならぬとは、日頃、父上の訓《おし》えだが、西国十カ国を略したら、つぎは京都へ旗を立てるおつもりだろう」

隆景は、自分と同じことを隆元も感じていたのにおどろいた。でも、それは口に出してはいけないことなのだろう。

隆景は別な言葉を口にした。

「兄上、われらに必要なのは武略、智略、計策の工夫でしょう」

「そうだ、それも父公の訓えだった。わしがした話はないことにしてくれ」

隆元は笑って言うと、元就のことにはもう触れず、しばらく雑談してから腰を上げた。とたんに、足元がふらっともつれた。

酔っているとも思えなかったが、

「大丈夫だ――」

隆元は片手を振って部屋から出ていった。

五

毛利軍は、二月五日から、福屋隆兼の松山城を攻撃した。尼子の応援を頼めなくなった松山城はすぐに陥落し、隆兼は居城の音明城へ逃げ込んだ。隆景軍が追跡すると、戦意を失った隆兼は、夜陰、城を捨てて海路を出雲へ逃亡した。

大森銀山を守っていた本城常光も、尼子の応援が当てにできぬとあって、六月、毛利に降伏を申し入れてきた。毛利は四年ぶりに石見銀山を回復し、その勢力は、ついに出雲の領内にまで及んだ。

かくて永禄五年七月三日、元就は隆元、元春、隆景以下一万五千の大軍をひきいて郡山城を雷発した。いよいよ出雲征服である。

尼子と交わした和議も、

「毛利が和平の努力を続けたにもかかわらず、尼子方が和平を乱した。和議が破談になった責任は、すべて尼子にある」

として一方的に破棄された。

毛利軍は石見から出雲へ入り、二十八日、赤穴《あかな》へ進み、八月さらに宍道《しんじ》へ出、周辺の国人たちを服属させた。赤穴久清、湯原春綱、三沢為清《ためきよ》らがつぎつぎに降伏してきた。

十一月には、かねて誅殺を決めていた本城常光と一族を始末した。

常光は銀山を毛利に明け渡してから、毛利の部将として宍道の幡屋《はたや》に、大部隊をひきいて布陣していたが、以前から、常光の倨傲不遜《きよごうふそん》を憎んでいた元就は、

「本城は他日、かならず毛利にわざわいをもたらす男だ。遠からず誅殺する」

と近臣に洩らしていた。

五日の未明、元就の命をうけた元春は、二宮木工助《もくすけ》、粟屋源三、森脇春方らと常光の陣所を襲撃して、常光と一族、被官を全殺した。その数千三百を超えた。

しかしこの大量殺人は、尼子方から毛利へ服属した国人衆を動揺させ、熊野久忠、桜井入道、松田誠保《さねやす》、牛尾久信らの国人諸将が、ふたたび尼子方へ寝返った。

思わぬ結果に、警戒を強めた元就は、いったん赤穴まで陣を後退させたが、大勢に影響なしとみると、十二月十日、ふたたび宍道湖畔から洗合《あらあい》に軍を進めた。

洗合は松江の西方にあり、近くには尼子支城中第一の白鹿《しらが》城がある。元就は洗合を出雲攻略の拠点として本陣を据え、ここに城を築かせると、白鹿城攻めに照準を合わせた。

これを見て、尼子方は九州の大友を誘い、背後から毛利を牽制しようと図った。

尼子の要請に応じた大友義鎮は、九月、戸次鑑連《へつぎあきつら》に命じて豊前刈田の松山城を攻め

させた。もともと松山城は大友の城で、去年、毛利に奪われたのを、奪還しようとしたが、城将の天野隆重がよく防戦したため、戸次は松山城を包囲するにとどめ、反転して門司城攻めに向かった。

門司城では十月十三日、冷泉元豊、赤川元徳らが戸次勢を城外に迎え撃ち、内裏浦《だいりうら》でこれを破ったが、元豊、元徳ともに討死し、十一月には、松山城が危うくなった。

急を知った元就は、懸屋《かけや》に布陣していた隆元に、福原貞俊ら三千余をつけて、十二月十九日、豊前へ向かわせた。

隆元は二十一日、厳島明神に詣でて元就の健康長寿を祈願し、

「もし父公が病難に遭ったときは、自分が身代わりになる」

ことを誓い、防府で越年して翌六年正月、豊前へ入った。

隆元の来援を聞き、大友勢はふたたび松山城を猛攻したが、城将の天野と隆元に撃退され、豊前の戦況は混沌としてきた。

その一方で元就は、またも将軍・義輝に銀銭を献じて、毛利と大友の和平調停を画策していた。義輝はさきに毛利・尼子の和議に失敗したにもかかわらず、元就の要請を容れて両者の和解斡旋に乗り出した。

和議交渉は曲折を経たのち、

「毛利は門司城を残して、松山城から撤退する。大友は防長に干渉しない」

という条件で、五月下旬、一応、両軍の間に和議が成立した。和議条件は毛利の不利に見えても、尼子攻略に専念できる実効は大きい。元就得意の詭道の勝利である。

六月、隆元は豊前を発って防府へもどり、七月六日、厳島へ渡った。このときも隆元は、出雲で長陣を続ける元就のために、一日も早く郡山へ無事凱旋できるよう、厳島明神へ祈念している。

父の影からどうしても脱け出せない毛利の当主は、父に孝養を尽くそうと努めることで、心の穴を埋めているかに見える。毎朝、亡母・妙玖のために、念仏を百遍唱える孝行息子である。

七月十日、隆元は多治比《たじひ》に着いた。ここから、郡山城はすぐだが、隆元は妻子のいる郡山へは立ち寄らない。炎夏の戦陣で全軍の指揮を執る老齢の父を思うと、自分だけ妻子と会うのが気が引けるのだ。隆元はそういう総領だった。

ただこのときは、十一歳になる世子《せいし》の幸鶴丸（輝元）を、郡山から呼び出して多治比で対面した。これが生きている親子の最後の対面になるとは、だが、当の隆元も子の幸鶴丸も、知るよしもなかった。

十二日、隆元は多治比から佐々部へ出て、式敷《しきしき》の蓮華寺に入った。佐々部には、出雲へ向かう諸軍が集結する手筈になっていて、隆元は、その後続部隊をひきいて、八月五日、出雲へ向けて北上する予定だった。

六

隆景は、隅櫓《すみやぐら》に立って宍道湖を眺めていた。椋梨清兵衛が一緒だった。

洗合城は湖に突き出た岬にある。三方が湖面で、白鹿城の向かい城として、舟運の監視にも絶好の位置にあるが、そんなことより、「一歩を行けば一景に当たる」と言われる湖の眺めがすばらしいのだ。

海洋とつながる広大な淡水湖は、水深が浅くて、湖面は時々刻々、綴《つづ》れ錦のような鮮やかな変化を見せる。とくに日の出と入日の眺めは、譬えようもない美しさだ。

（こういうところが、しばしば戦場になるのは、神々の戯れであろうか）

そのことが、いつも隆景はふしぎである。厳島のときも、門司のときも、戦士たちを抱いていたのは美しい自然だった。

「清兵衛、あと数日すると、あの緑の湖畔が鬼庭《おにわ》（戦場）に変わるぞ」

「宗家が御着陣なされるので」

「明日、佐々部を発つと報せがあった」

「始まりますか、いよいよ」

「守将は尼子先代・晴久の姉婿・松田左近将監《さこんしょうげん》だ。並みの相手ではない。熾烈な戦になるだろう」

「腕が鳴ります」

椋梨清兵衛が爽やかな表情で、前方に見える白鹿城へ目をやった。

竹原時代から隆景の兒小姓《こごしょう》に出て、側衆の今日まで十八年も隆景に仕えてきた、幼友達といってもいい清兵衛である。今は意中の珠を妻にして、雄高山の大手下に屋敷を与えられ、睦まじく暮らしている。

元就の出雲戦略は長期戦を見込んでいた。

落ち目とはいえ尼子一族は近江源氏・佐々木氏の裔《すえ》であり、かつては西国の雄として、大内と覇権を競ってきた名家である。

元就も尼子に服属した時代があり、簡単に倒せる敵とは思っていない。厳島のような戦勝は例外で、あれは陶晴賢《はるかた》だから成功した戦略だった。出雲の場合はまた違う。

このため元就は、京都の町衆《まちしゅう》（豪商）にわたりをつけ、外海（日本海）から物資や商人を宍道湖畔へ運び込んで、末次《すえつぐ》（松江）や洗合の城下を賑わし、城中にも連歌師や能楽の座を招いて、諸将兵卒が長陣に飽きないように気を配った。

しかし緒戦は、士気高揚のためにも華々しく盛り上げねばならない。そこで元就は、

「隆元と後続部隊の着到を待って、白鹿城総攻撃を決行する」

と、かねて全軍に報じていたのである。

宍道の湖面はいま残暑の日輪を浴びて、白銀を散りばめたように耀いている。

（厳島が神の島なら、宍道は神の湖だ）

と隆景は思った。

隆景と清兵衛が隅櫓を出ると、植松四郎が小走りに近づいてきた。四郎はできるだけ隆景の近くまで寄ると、小腰をかがめ、押し殺したような声で言った。

「御宗家（隆元）が、今朝がた、佐々部の蓮華寺で頓死なされた由《よし》にございます」

「なに――今、何と申した」

「は、御宗家が……」

「言うな」

突然のことに、一瞬、目の前が暗くなり、底無しの淵へ引き込まれる感じがした。

隆景は元就の居室へ急いだ。

信じられないが事実を知りたい。

奥の間には元就のほかに、熊谷《くまがい》信直、桂元澄《かつらもとずみ》、口羽通良、福原貞俊の老臣四人しかいなかった。元春も宍戸隆家もまだ来ていない。

元就は意外に落ち着いていた。狼狽も悲嘆も感じられない無表情で、隆景を見ると、黙って席へつくように目でうながした。

口羽通良が元就に代わって、隆元急死の状況を隆景に説明した。

出雲へ発向する前々日、隆元は備後の南天山《なんてんやま》城主・和智誠春《わちまさはる》から招かれて、重臣の赤川元保とともに和智の居館で饗応をうけたが、その夜、宿所へもどってから急に苦しみだし、今日の未明、苦悶のうちに頓死したという。それ以上の詳しいことは、まだ分からない。隆元は四十一歳だった。

和智誠春は隆元の正室・尾崎殿につながる縁類の将である。

「食当たりではなかろうか」

福原貞俊が言った。

饗応の食膳には、鹿の肉や鮎の料理が出たという。

（酒害――）

の二字が、このとき隆景の頭を掠《かす》めた。

いつかの雪の降る夜、酒気を帯びて隆景の陣所をおとずれ、帰るとき足元がもつれた隆元を思い出したのだ。

酒害など元就が言いそうなことだが、元就はずっと沈黙したままだった。

「ご心労が積もっていました」

熊谷信直が重い口をひらいた。

頓死の原因はいろいろ考えられた。食中毒、過労、酒害、あるいは予期せぬ何かが起こったのかもしれない。

　すると、はじめて元就が言葉を吐いた。

「隆元は死んだのではない。殺されたのだ。仇はかならず、わしがとる」

　一同は思わずその元就を見た。

　元就は逆に一同を見返すようにして、

「白鹿城総攻撃は、予定通りおこなう」

　そう言うと、すぐ座を立って奥へ消えた。

　一同は元就の背中を見送り、それから顔を見合わせた。元就が吐いた言葉が、あまりに強烈だったからだ。

　しばらくすると、奥から隆景だけ来るようにと言ってきた。隆景が奥へ伺候《しこう》すると、元就は、生前、隆元も愛読していた『古今和歌集』を膝の上に開いていた。

　元就は隆景を前に愁歎《しゅうたん》した。

「わしの今の心底は、隆元の後を追って死にたいと思うばかりだ。出雲の戦をすませて、吉田へ帰陣できたら、そのときは出家法師となって遁世したい」

　だが数日後、元就は諸将を武者溜《むしゃだまり》へ招集すると、八月十三日をもって白鹿城総攻撃の日と定め、

「隆元の死は致し方ないが、隆元の中陰《ちゅういん》（四十九日）の弔いとして、諸将、力を合わ

せて白鹿城の攻略に奮闘してもらいたい」

と号令した。

隆元頓死の悲嘆を、尼子撃滅の弔い合戦に転換して、味方の士気を高めた元就を見て、隆景は、あらためて、その父を、

「怖いお人だ」

と密かに洩らした隆元の気持ちを、心中深く受け止めていた。

天狼死す

一

白鹿《しらが》城が落城したのは十月二十九日である。八月十三日の総攻撃いらい七十余日かかったが、これで尼子《あまご》の支城はなくなり、残すは主城の月山富田《がっさんとだ》城のみとなった。

隆景が、かねて次兄の元春と相談し、元就の諒を得て、亡き隆元の菩提を弔うため、吉田《よしだ》郡山《こおりやま》城の麓に常栄寺を建立し、生前の隆元が深く帰依していた竺雲恵心《じくうんえしん》(東福寺二百十三世住持《じゅうじ》)を、京都から聘《へい》して開基に迎えたのは、それからまもなくである。

前にも触れたが、竺雲恵心は出雲の出身であるのに、毛利と早くから結びつき、中央政界への接触を図り、朝廷への献金や将軍の和平折衝に当たるなど、毛利のために尽くしてきた。

だが恵心は単に毛利の外交僧というだけでなく、学僧としても東福寺、南禅寺の住持を歴任し、天正三年には「仏智《ぶっち》大照国師《だいしょうこくし》」の勅号を贈られる当代の高僧である。元就をはじめ毛利一族の帰依は篤く、とくに隆元は一身の悩みまで打ち明けていた。

元就から隠居を言い出されたときも、隆元は恵心へ手紙を出し、

「名将の子には必ず不運の者が生まれます。私のように才覚に恵まれず、器量もない者には、到底、父に代わる力はありませぬ」

と身の不肖を嘆きつつも、心中の懊悩《おうのう》を切々と述べて、恵心の導きで救われたいと願っている。

その隆元は、かねてから、恵心のために一寺を創建したい宿望を持っていた。それが果たせぬうちに急死したため、隆景が代わって、菩提寺建立を発願したのだ。

だが出雲では白鹿城攻撃が始まったばかりで、隆景は陣中を離れることができず、作事《さくじ》は郡山在番の老臣に任せるほかなかった。

こうした中で、常栄寺は落成したが、白鹿城は落ちても、引きつづき富田城攻略をひかえて、味方の兵站《へいたん》輸送確保や尼子の補給路遮断、海上封鎖、一揆狩り、国人《こくじん》衆の調略、越冬準備などに忙殺されて、元就も元春も芝（陣地）を動けず、隆景が一人で吉田へ舞いもどり、隆元の菩提と落成法要を執り行うという状態だった。

隆景が出雲を発ったのは十一月の初めである。山陰の空は明るく澄んでいた。

「駆けるか、一気に――」

馬上で隆景は微笑した。なぜか、吉田へ行けば兄の隆元と、生きて再会できるような思いにとらわれていた。

隆景の後につづく騎馬は、椋梨《むくなし》清兵衛、高野源右衛門、浦《うら》宮兵衛、植松四郎、原田信六の近臣馬廻りわずか五騎である。

宍道《しんじ》湖を渡る風も肌寒くなったが、吉田郷も霜月に入り、狭霧の仲冬がめぐってきていた。群がり立つ霧に幾筋もの朝日が刺し貫いて、郡山の丘陵が、可愛《えの》川《かわ》の川面が、紫に映えるあの季節である。

吉田へ着くと、隆景はまず郡山城中に、隆元の妻・妙（尾崎局《おざきのつぼね》）と嗣子《しし》・幸鶴丸《こうつるまる》の母子を見舞った。

妙は大内義隆の娘（じつは家臣・内藤興盛の女）として、山口から入輿《じゅよ》したが、隆元が人質として大内館《やかた》で過ごしたときから、すでに知り合い、義隆が烏帽子《えぼし》親《おや》になって、隆元の元服を祝ったときも、陰で加冠の手伝いをしたという。

隆元に嫁してからも、夫婦の仲は睦まじく、それだけに妙にとって、夫の頓死は諦めきれない衝撃だった。

「ご心痛のほど、お察しいたします」

悔やみを述べながら、隆景も喉が詰まる思いだったが、妙は意外に冷静にうけとめて、穏やかに応えた。

「隆景殿こそ、こたびは戦塵のさなかの御手配、かたじけのう存じております」

「行き届かぬのは重々承知。いずれ一周忌法要には、大殿（元就）はじめ一門を挙げて盛大に営む所存なれば、到らぬところは、愚弟に免じてお許しくだされ」

「いつに変わらぬご親切、身にしみまする。ときに、折り入って、隆景殿にお頼みしたいことがござります」

妙の表情と言葉があらたまった。

「何なりと、ご遠慮なく」

「はい――」

妙はうなずくと、脇に正座した幸鶴丸のほうを、ちらと見てから、

「和子《わこ》のことでございます。亡き殿に似ず、わがまま育ちで、家督の重みもまだ弁《わきま》えず、今から将来が思いやられてなりませぬ。されば、隆景殿に親代わりをお願い申して、向後《きょうこう》、厳しく和子を躾《しつ》けていただけぬかと、じつは出雲からのお帰りを、心待ちにしておりました」

「その儀なら、兄上亡きあと、洗合《あらあい》の申合いもあることとゆえ、義姉上のお気持ちはわかりますが、心配はございますまい。若殿には、大殿や吉川《きつかわ》の叔父も付いておりま

す」

隆景は笑ってこたえた。

幸鶴丸のことは、すでに元就、元春、隆景の三人が洗合の陣中で話し合い、

「毛利宗家《そうけ》は幸鶴丸に継がせ、元就が引き続き後見をする。吉川、小早川の両川家《りようせんけ》は、元就に協力して幼年の幸鶴丸を、元服まで守《も》り立てていく」

ことが確認され、母親の妙にも伝えられたはずで、それでも心配というのは、女親の取越し苦労としか思えなかった。

だが、妙は隆景の笑顔にあうと首を横に振り、強い眼差しを隆景に向け、

「亡き殿が申されました。わしに万一があったら、幸鶴丸の薫陶は小早川の弟に頼めと。出雲へ御出陣のときも、同じことを申されました。いいえ、この夏、郡山へは寄らず、多治比《たじひ》で和子と対面されたときも『父が死んだら小早川の叔父を父と思え』と言いおいて佐々部へ向かわれました」

「若、まことと父上はそう言われたのだな」

隆景は幸鶴丸へ目を向けた。

十一歳の少年は、大きな声で、

「はい」

と答え、くりくりした目で隆景を見上げた。妙は言った。

「和子には強い武将になってほしい——、殿の願い、夢でございましたろう。そのあと殿は、蓮華寺で悲命にご他界あそばしました。今から思えば、多治比へ和子を呼んだのも、虫が知らせたのでございましょう」

「——」

隆景は無言でうなずいた。

元就という大樹を超えられず、嫡男に夢を託して、落果していった隆元への想いが、哀れに切なくこみ上げてきた。

「ご迷惑とは存じまするが」

妙が隆景の前に両手をついた。悲しみ疲れた肩が小さくふるえていた。

「義姉上、お手を上げてくだされ。そして安心めされ。隆景、生涯かけて義姉上と若の力になると約束しましょう」

端正な眉を上げ、隆景は母子に誓った。

その向こうに、葉を散りつくした柿の木が、わずかな実だけを枝に残して、冬日の中に寒々と沈んで見えた。

その日は、京から下向してきた竺雲恵心と従僧の一行も安芸へ入り、申《さる》の刻（午後四時）すぎ郡山城下へ到着した。

一行の中に、ひときわ目立って頭の巨《おお》きな若い僧侶がいた。恵心の弟子で、師の一字を受けて法号とした安国寺恵瓊《あんこくじえけい》である。

二

一年余月が過ぎた――。

幸鶴丸は十三歳になっていた。くりくりした目が、ようやく大人びて、やや落ち着きを見せてきた。

永禄《えいろく》八年二月十六日、幼い毛利の嫡流は、郡山城中に将軍の上使《じようし》を迎えて元服式を挙げ、将軍・義輝《よしてる》の偏諱《へんき》を受けて、

「輝元」

と名乗った。前髪を落とし烏帽子狩衣《かりぎぬ》に太刀を佩《は》いた凜々《りり》しい姿は、見た目はもう一人前の武人である。

翌月、元就は、元服した輝元を洗合の本営に呼び寄せた。輝元の初陣を、富田城攻撃で飾らせるためである。初陣には吉川元春の長子・元長（十八歳）も同陣した。

もはや富田城攻撃で、初陣の輝元が危険にあう心配はどこにもなかった。この一年余月で、出雲は徹底的に掃討され、富田城一つを残して平定されたも同然だからで、毛利の前線はすでに伯耆《ほうき》にまで延びていた。

元就は四月十七日を富田城総攻撃と決め、洗合から星上山《ほしがみ》へ本陣を進めた。

要害・富田城の攻め口は三つしかない。正面の御子守口《おこもり》と南方の塩谷口《しおや》、北方の菅谷口《すがや》で、どこから侵入しても強行突破は難しい狭隘峻険《きょうあいしゅんけん》の山道である。

御子守口には主将の尼子義久《よしひさ》が三刀屋蔵人《みとやくろうど》、牛尾弾正忠《だんじょうのちゅう》ら五千で守り、塩谷口は尼子倫久《ともひさ》、立原久綱、山中鹿之介《しかのすけ》、亀井安綱らの四千、菅谷口は尼子秀久、目黒惣兵衛、宇山久信、佐世清宗ら三千が固めていた。

毛利は三万五千の大軍を三手に分け、一軍は元就が指揮して、初陣の輝元を先陣に福原貞俊、志道元保《しじ》らが御子守口へ、二軍は元春が元長を先頭に熊谷信直《くまがい》、阿曽沼元《あそぬま》景らと塩谷口へ、三軍は隆景が米原綱寛《よねはらつなひろ》、杉原盛重らと菅谷口へ進んだ。

尼子軍は数こそ劣るが、天険を利して進撃を阻み、毛利軍を苦しめた。だが元就は無理はしなかった。力攻めが無理なことは、前からわかっている。

元就は頃合いをみて全軍に撤退を命じ、二十八日、洗合へ引き揚げた。攻撃の瀬踏みができただけで充分で、その後は包囲網を強化して、ふたたび持久戦に入った。

八月になると、伯耆の江美城と大江城に攻撃を命じた。

「伯耆方面から海上輸送で、ひそかに富田城内へ兵糧が運び込まれているらしい」

という情報が入り、蜂塚右衛門尉の江美城が、その拠点と判明したからである。

江美城は日本海の美保湾から日野川を遡《さかのぼ》った山間部にある。八月五日、元春の部将・杉原盛重が江美城へ向かい、その日のうちに城を焼き、城将・蜂塚を自殺させた。

さらに九月三日、吉田源四郎が籠もる大江城も、三村家親と香川光景が攻め落とした。

かくて富田城と城外を繋《つな》ぐ糸は完全に断ち切られ、出雲一の要害も、孤城落日の運命をむかえた。

九月二十日、元就はふたたび全軍を京羅木《きょうらぎ》山、石原山、滝山まで進め、ここに向かい城を築いて富田城を圧迫した。包囲網をじりじりと縮めながら、さまざまなデマを流して、城兵の焦《あせ》りと不安を煽ったのである。

城中からは、包囲を突破しようと、しばしば城外へ打って出たが、援軍の望みもなく、糧道が開けるでもない、虚しい戦闘に疲れ果て、尼子勢は急速に戦意を失っていった。

『軍記』や『講談』で有名になった山中鹿之介と品川大膳の一騎討ちは、このときの話だが、双方に激戦が交わされたわけではなく、一騎討ちは、長期対陣の退屈が生んだ「ショー」みたいなものだった。

兵糧が不足してくると、城を出て毛利へ投降する者が急増したが、元就は彼らを容赦なく斬殺させた。脱走者を防いで、城中の食糧欠乏を早めるためである。

秋になると、城下の稲田や麦畑を焼き払った。収穫が近い田園が焼かれ、城中の絶望は頂点に達した。こうして秋が過ぎ、冬が来るのを待つと、元就は城下に高札を立てて、脱走者も投降者も受け入れると触れた。

ふたたび城からの脱走者が激増した。連日、五十人、七十人と月山を下りる者の中に、こんどは高名な部将たちまでが、毛利の陣営に降ってきた。

尼子義久の近習・牛尾備前守。譜代の重臣、亀井安綱、佐世《させ》清宗、河本隆任《こうもとたかとう》、河副《かわぞえ》久盛、湯惟宗《ゆのこれむね》らが、相ついで毛利へ降ってきた。節操などは二の次である。

もっとも、これが中国戦乱期の国人の実態であり、表裏背信は元就といえども例外ではなかった。ただ元就の場合は、時代を見据える目と、それを乗り切る能力が、他の誰よりも、ずばぬけていたのである。

年が明けた永禄九年の元旦には、尼子義久の老臣・宇山《うやま》久信が、義久の疑心暗鬼から誅殺される事件まで起こった。

事件は、元就の謀略で流された、

「宇山久信が毛利に内通している」

という飛語を義久が信じ、家来の大西十兵衛、本田家吉に命じて、久信・弥四郎父子を屋敷に襲って殺害させたのである。

元旦早々、最後まで籠城をつづける将兵たちに、これは衝撃だった。当然ながら主君の義久を見限り、城を去る者が続出した。富田城は救いがたい末期症状を迎えていた。

三

富田城の落城は、この年（永禄九年）十一月二十一日である。

この遠征中に、七十歳の元就は大病に罹《かか》った。瘧《おこり》といわれるが熱病の一種である。二月のことで、山陰はまだ朔風《さくふう》が吹き荒れる厳しい季節だった。病勢は楽観を許されず、一時は、富田城中の窮迫を見越し、尼子へ和議を申し入れる話まで持ち上がった。

だが隆景が反対した。和議に反対というより、京都から医師を招くことを提案し、一同も了承したのだ。

「吉田まで駆けて来い」

隆景は椋梨清兵衛を呼ぶと、郡山・常栄寺の恵心のもとへ急行させた。

恵心は先年、隆元の法要を勤めたあと、東福寺退耕庵主《たいこうあんしゅ》の座を法弟の真渓円侃《しんけいえんかん》に譲って常栄寺へ移り住み、毛利歴代の菩提寺・興禅寺の住持も兼ねて、自適の日々を送っていた。すでに一線を退き、毛利の外交は弟子の安国寺恵瓊に引き継ぐ意向である。

清兵衛は早馬を駆って、一日で吉田から戻ってくると、委細を復命し、恵心から託された書状を隆景に渡した。

恵心は、すぐさま都の知己へ早便を立て、京の名医・曲直瀬道三《まなせどうさん》を出雲へ下向できるよう手配してくれたという。

曲直瀬道三は名を正盛。京都の生まれで足利学校に入り、田代三喜《たしろさんき》に先端医学「李朱医学」を学んで業とした。精妙をもって聞こえ、将軍・義輝、細川晴元、三好長慶、松永久秀らの知遇を受け、医学舎・啓迪院《けいてきいん》を開いて多くの医才を育て、著作も多い。

「ご苦労だった」

隆景がねぎらうと、清兵衛は、

「殿、まだ報告がございます」

「うむ、何だ」

「常栄寺に鉢割れ坊主が来ておりました」

「鉢割れ――、恵瓊のことか」

「さよう、鉢割れが申すに、中海《なかうみ》に停泊中の毛利の船を、若狭へ回航してくだされば、都から出雲へは海路のほうが近道ゆえ、若狭までは、恵瓊が道三の一行を案内してもよいとのことで、如何しましょう」

「都では、去年、将軍家が松永久秀と三好三人衆に弑《しい》されたばかりで、物騒で世情が落ち着かぬと聞いた。用心に如《し》くはないか」

「曲直瀬道三は今年六十歳の高齢だそうです。鉢割れに、若狭まで送らせますか」

「恵瓊も上洛するのだな」

「織田信長に目通りすると申しておりました」

「織田信長か」

隆景はふっと、床の間の高麗筒《こうらいづつ》に活けた梅花に目をやった。信長が、白皙《はくせき》で婦人のような肌をした武将という評判が、梅花に繋がったのかもしれない。

そうでなくても、近頃しきりと耳にする名前だった。信長が尾張桶狭間に今川義元を急襲し、義元を敗死させたのは六年前である。

それ以来、畿内中央の噂に、信長の名が頻繁に上るようになった。ちょうど毛利が、天皇の即位費用を献上し、元就と隆元が幕府の相伴衆《しょうばんしゅう》に列せられた、あの年である。

そのとき外交面で朝廷、幕府を相手に画策折衝したのが竺雲恵心で、それから六年、こんどは弟子の恵瓊が、中央と接触をはじめたのも、因縁のような気がした。

「鉢割れは安芸・武田家の忘れ形見（遺児）と聞きました」

と清兵衛が言った。

鉢割れ、鉢割れ——と気安く呼ぶのは、恵瓊と同年だからだろうか。清兵衛、恵瓊ともに二十九歳で、隆景より五つ下である。

「武田が滅亡したときは、まだ四、五歳だろう。恵心長老の話では、そのとき家来に伴われ、武田山の居城（安芸の銀山《かなやま》城）を逃れ出て、安国寺へ入ったそうな」

「あの面構えは、安芸ざむらい（武田氏）の血でしたか。となれば鉢割れにとって、毛利は一族の敵ということになりますな」

清兵衛は興味津々という顔つきになった。

「安芸の武田は甲斐の武田と同族で、鎌倉（時代）以来の名家だ」

隆景の声には苦汁がにじんだ。

安芸の守護として一国を支配した武田家を滅亡させたのは、ほかならぬ元就だったのである。それも天文十年のことで遠い話ではない。天文十年は隆景は九歳で、竹原小早川の当主・興景が陣没し、幼名・徳寿丸といった隆景が、竹原小早川の養子と決められた年である。

当時、毛利は大内に服属し、その年五月、元就が命をうけて、大内に敵対する武田信重を銀山城に攻めたのだ。信重は自刃して武田家は滅びたが、この信重の遺児が恵瓊だったのである。

「道理で、並みの坊主ではない」

感心したように清兵衛はうなずいた。

隆景も常栄寺で初めて会った恵瓊を思い出していた。身体も巨きいが大鉢をのせたような頭は異様だった。

みずから「鉢坊主」と称し、

「この鉢頭には、天竺の教典から柳の馬場（京都の遊女町）の浮かれ女の名まで、詰まっている」

とうそぶいた。法衣をまとって酒を食らい、平気で猥談を口にした。それでいて、どこか名族の血を匂わせる品格があった。

折り目高い端正な隆景とは、対極に棲む男のようだが、隆景にはむしろ好もしい人物に映った。旧敵・毛利への怨念などといった、閉ざされた世界から物を見る男には思えなかった。

「殿、もう一つ報告があります」

清兵衛がにやりとした。

「こんどは何だ」

「珠《たま》が、ややを孕《はら》みました。郡山にいる珠の叔母から知らされました」

「おう、それはめでたい。めでたいが、子を宿しては珠も鉄砲が撃てなくなるな」

隆景が笑って冷やかすと、

「珠なら、代わりに、『六韜三略《りくとうさんりやく》（兵書）』を読むでしょう」

清兵衛はすまして応えた。

沼田《ぬた》へもどって、御方《おかた》（永《えい》）の顔を見るのがつらいな——と隆景は思った。なぜかまだ隆景と永の間に子はできないでいる。

都の名医・曲直瀬道三が、北国回りで日本海から小早川の軍船に乗り、出雲の美保関《みほのせき》へ上陸して、洗合の陣中へ着したのは、それから十日ほどしてからである。

道三の治療で、一時、危うく見えた元就の病態も、三月には全快した。因《ちな》みに道三はこのとき、元就のために養生の処方を述べた書物を著し『雲陣夜話《うんじんやわ》』と題して、元就に贈っている。

富田城は、その秋、ついに降伏した。

十一月二十八日、尼子三兄弟（義久、倫久、秀久）は、家臣百十三人と城を出て、吉川、小早川の護送隊に杵築《きづき》（大社町《たいしゃ》）まで送られ、富田城には福原貞俊、口羽通良《くちばみちよし》の二将が入城し、さらに、その後、天野隆重が守将となって交代した。

出雲遠征を完了した元就は、翌永禄十年二月十九日、洗合の本営を引き払い、四年半ぶりに、安芸郡山城へ凱旋した。

隆景も凱陣したが、元就とは途中から別れ、輝元に随従して出雲大社へ詣で、戦勝謝礼の奉賛をしてから吉田へ帰還し、数日、所要で郡山城中に滞在したのち、三月五日、沼田・雄高山《おだかやま》の居城へもどった。

四

帰城すると、例によって隆景は仏間へ入り、先祖への礼拝をすませた。それから奥へ入ると、これまた決まったように、永が、身づくろいをすませて、待ちかねたように夫を出迎えた。

「お疲れでございました」

「御方も留守をご苦労だった」

このやりとりも十年一日である。そして夫婦は微笑を交わして向き合うのだ。

ところが、その日は、その後が、いつものようではなかった。郡山城から、隆景のあとを追い掛けるようにして、妙からの内分の手紙が届いたのである。

永は、妙の手紙を読みすすめる夫の手元を、じっと見ていた。何か尋常でないものを、永も感じたのだろう。隆景は読み終えた書状をたたんで膝の下に置いた。

しばらく黙っていたが、やがて言った。

「大殿（元就）の命で、赤川元保が誅伐をうけたそうだ」

「五奉行筆頭の元保殿でございますか」

永の表情がくもり、たじろいだ。

「御方には聞かせたくなかったが、大殿は、常栄寺殿（隆元）の頓死を、元保と和智《わち》誠春《まさはる》の共謀による毒殺と信じ、かねてから両人を疑っておられた」

「殿は、如何お思いなのですか」

「わしか。わしは、筆頭の元保にも、常栄寺殿を饗応した和智誠春にも、謀殺の根拠はないと思っている」

「では、大殿様は何故……」

「わしにもわからぬ」

不可解としか答えようがなかった。それよりも隆景の耳には、あのとき、

「隆元は死んだのではない。殺されたのだ。仇はかならず、わしがとる」

と口走った元就の言葉が、生々しくよみがえっていた。

「南天山城主の和智誠春殿は、常栄寺様の義理の兄でございましょう」

「奥方の姉が和智誠春の室になる」

「元保殿がご成敗になったとすると、誠春殿も……」

言いかけて、永は思わず自分の口を手で塞いだ。顔から血の色が引くのがわかった。

「御方、一服したい。それから、この話は、当分、緘口《かんこう》にする」

隆景は静かに強く言いはなった。

永が座を立ったすきに、隆景は妙の書状を懐へ入れた。

書状には、誠春のことまで触れていないが、それだけに、身内に対する妙の不安が、文字の裏から惻々《そくそく》と感じられた。

隆景は、腕を組み、沈黙したまま、しばらく宙を見据えた。

日頃、畏敬――というより畏服している父ではあるが、元就という人間が、束の間、わからなくなった。

元保は、かつて若年の元就を擁立して、宗家《そうけ》を相続させた功臣であり、隆元が家督したときは、元就が選んで、隆元付きの家老にしたほどの累代の重臣である。ちかごろ専横を言われるようになったが、それも隆元の優柔不断に対する筆頭家老の責任感がそうさせるので、子細に見れば誰にも分かることだった。

（それが今、どうして誅殺なのか）

根もない妄想に駆られて、譜代の老臣を下手人として殺害するなど、富田城の尼子義久にも劣る愚行ではないか。

隆元頓死からすでに四年、元保や誠春を疑う者もいないのに、元就だけはその四年間、たった一人で復讐の炎を燃やしつづけて、殺害の時機を待っていたのだろうか。

（怖いお人だ――）

生前の隆元が、弟の隆景の前ですべらせた言葉を、隆景も偶然、舌にのせていた。

（ここまでしなければ、毛利は途中で滅びていたのだろうか）

「殿――」

部屋隅の炉の前で、茶を点てていた永が、明るい声でふりむいた。

「珠を呼びましょう」

「珠に何の用だ」

言ってから隆景は、珠の出産に気がついて、おもわず苦笑した。話題を明るくしようとした永の気遣いがうれしかった。

「珠の子を見るのは、初めてでございましょう。まるまる肥えて、ほんに可愛い男児でございます」

「そうか、清兵衛に似なくてよかった」

「まあ、めずらしいこと。殿が、そのような悪口を……」

永が口許を押さえて微笑んだ。

いつもなら楽しい話題がさきなのに、順序があとさきになったと隆景は思った。

春が過ぎ、夏が去った。

この年は、めずらしく穏やかで、戦《いくさ》もなく、一揆も起こらず、これという事件もないまま、秋が来て、年が暮れていった。

ここ何十年も、戦の次も戦というのが、毛利の暦だったが、永禄十年は春先から退屈なほど何もなかった。強いて言えば、郡山城で起きた二つの出来事ぐらいであろう。

一つはこの春、七十一歳の元就に、九男の秀包《ひでかね》ができたことである。喜びも大きかったが、同時に元就は、ひたすら休息を欲したことだろう。

秀包の母は元就の継室で、乃美弾正《のみだんじょう》忠平の娘である。秀包、幼名は才菊丸《さいきくまる》、天正《てんしょう》七年（一五七九）、隆景の猶子《ゆうし》となり小早川元総《もとふさ》と称したが、文禄《ぶんろく》の頃、秀吉の甥・木下秀俊（のちの小早川秀秋）が、隆景の養子に迎えられたため、別に一家を立てて小早川家を出ている（このことは後で書く）。

いま一つの出来事も、これに関連しているが、元就が孫の輝元に家督を譲ろうとして、拒絶されたことである。

「わしはもう老齢で、戦も一息ついたところだし、ここらで後見を退いて、家督のすべてを、お前に譲り渡そうと考えている」

たしかに元就は老いていた。孫より若い子供を作る元気はあっても、正直なところは隠居して、のんびりしたい心境だったろう。気力にも衰えが見えるし、じっさい、四年後には膈症《かくしょう》（ガン）で死ぬのである。

だが輝元は、くりくりするあの目で、祖父をまっすぐ見つめると、

「私はまだ十五歳で、とても御祖父様なしに家政を見るなどできませぬ」

と恐れげもなく断るのである。

「情けなや」

元就はあとで嘆いたという。だが輝元にどこまで元就の嘆きが理解できたろう。

やむなく家中は、輝元を名目上の当主とし、元就が後見として政務を担当するという、従来の方針を続けることになった。

戦のなかったこの永禄十年を、隆景はもっぱら領内の仕置き(内政)に力を注ぎ、小早川水軍の強化整備に努めた。そして、その合間に、従来の『小早川日記』のほか『雄高山雑記』『隆景詩文集』『みはらのあけぼの』などの著作を楽しんだ。

吉川元春も、富田城攻めの退屈陣に『太平記』(四十巻)の写本を手がけている。元就も和歌が巧みだった。隆元も大内氏の影響で、連歌をはじめ文雅の道を嗜《たしな》んだ。毛利には先祖・大江氏いらいの文学の伝統が流れていたのだろう。だが——。

五

かりそめの平穏無事がいつまでも続くはずもない。戦の次も戦という毛利の暦は、

たちまちもどってきた。

永禄末期の毛利の戦争は、北九州に移っていた。相手は大友である。大友と毛利の間には永禄六年、将軍・義輝の調停で和議が結ばれたことは前述したが、尼子の滅亡で和議は形骸化し、破綻するにいたったのである。

永禄十一年四月、毛利は四国へ渡って伊予を平定した。この戦線で元春、隆景は二万五千をひきいて戦い、六月、安芸へ凱旋したが、休む間もなく北九州へ向かった。大友との情勢が急を告げたのである。

北九州では筑前立花城主・立花鑑載《あきとし》が、主家の大友に叛いて毛利に通じ、これを豊前、筑前の毛利方国人衆（宗像氏貞《むなかたうじさだ》、秋月種実《あきづきたねざね》、高橋鑑種《あきたね》）が応援したため、大友方では宗麟が、戸次鑑連《へつぎあきつら》、臼杵鑑速《うすきあきすみ》、吉弘鑑理《よしひろあきただ》らの諸将に大軍を預け、立花城へ猛攻撃をかけてきたのである。

この危機を救うため、伊予から反転した吉川、小早川の両川軍は、海、陸から兵を進めて、全軍まず長府《ちょうふ》（下関）へ集結したが、このとき（七月下旬）立花城はすでに大友軍に略取され、救援は間に合わなかった。

八月九日、元春、隆景は長府一の宮に詣で、連署して戦勝祈願の願文を奉納したが、じつはこんどの九州戦は、毛利も大友も総力を挙げての全面戦争を覚悟していた。

このため元就も輝元と後続して長府へ着陣し、ここに毛利の本営を構えた。つづいて元春、隆景は児玉就方《なりかた》の毛利水軍、乃美宗勝《むねかつ》の小早川水軍に命じて、大友水軍の兵船を掃討させ、豊前へ上陸して九月初め、大友の属城・三岳《みたけ》城を落とした。

ついで両川軍は立花城の奪回を図った。

立花城は博多湾の北方・多々良《たたら》浜の東、海抜三百七十メートルの山頂にある要害で、北九州制覇の鍵は、敵味方双方、この城の奪取にかかっていた。それだけに立花城攻撃の準備は、慎重の上にも万全が期された。

隆景はまず水軍を博多へ回して、海上から立花城を監視させ、筑前馬見《うまみ》山に砦を築いて大友軍の進入に備え、笠木城へ糧食を搬入し、さらに山田にも新城を築いて、立花城の後方を固めるといった、遠隔からの包囲態勢をととのえていった。

そうした慌ただしさの中で永禄十一年は暮れ、新しい年を隆景はまた戦陣で迎えた。正月も半ばを過ぎた頃、博多の承天寺に寄宿している安国寺恵瓊が、鉢割れ頭を五条頭巾に包んで、隆景の陣所へやってきた。

「筑前の正月は冷えまするな」

頭巾は鉢頭の防寒のためだという。

恵瓊は、この九州陣から毛利の外交僧として両川軍に従軍し、先年、安芸安国寺の住持になったことから、このときから安国寺を名乗っていた。

寄宿先の承天寺は京都東福寺の末寺《まつじ》だが、博多では名のある古刹《こさつ》である。恵瓊はここに滞在して、博多の町衆（豪商）と接触し、物資の調達その他の面でも、毛利のために活躍していた。

ときに隆景様、と恵瓊は言った。

「和智誠春が殺されました。正月早々、厳島《いつくしま》明神の社頭で、舎弟の湯谷之豊《ゆきとも》も一緒です」

「和智兄弟もか」

隆景は憮然となった。

「兄弟だけではありません。兄弟の誅罰を知って、和智の家老以下二十九人が、菩提所の善逝寺《ぜんぜいじ》の裏山に籠もり、切腹して主君に殉じたそうな」

和智兄弟が元就から厳島へ召喚されたのは、去年の六月、両川軍が伊予遠征から凱旋した直後だった。前から隆元毒殺の嫌疑をかけられていた和智は、身の潔白を証《あ》かすため、むしろ進んで召喚に応じたが、その後、厳島にずっと軟禁されていたのである。

「長府の本営から誅殺を指令なされたようだが、大殿には出雲で罹った瘧が、まだ完全に治り切ってはおられぬようだ」

隆景の前もはばからず、鉢割れはずけずけと言った。

恵瓊は各地の寺社に通信網を持ち、こんどもいち早くその情報を得たのだろう。

「ところで、後巻《うしろまき》の工事は順調に進んでいましょうか」

恵瓊が戦闘のことに話題を転じた。隆景の陣所へ来たのもそのためらしい。

「それが捗々《はかばか》しくない。昼夜兼行で急がせているが、予定の完了が難しくなった」

隆景は言った。

毛利軍は、立花城への攻撃と、後方から来る大友軍に備え、城外に建てた諸将の陣屋をつなぐようにして、周りから堀を掘り、土手を築き、柵を設ける工事を進めたが、工事を国人衆に割当てたため、遠方の者の着陣が遅れ、このままだと、工事は雨期にかかって思わぬ障害を招きかねない状態だった。

すると恵瓊が鉢頭をゆすって言った。

「戦は金のかかる商いです。しかし毛利は石見《いわみ》に銀山があり、出雲に鉄を産する大金持ちです。工事は、その金を使って、博多の商人に請け負わせましょう。博多には石見銀山を開発した神屋寿禎《かみやじゆてい》の一族もいれば、島井茂久・茂勝（宗室）父子のような話のわかる年行司年寄衆《ねんぎようじとしよりしゆう》（門閥豪商）もおります」

その方が早道と言わぬばかりに、恵瓊は胸を張ってうそぶいた。

博多は堺と同様、豪商たちによる自治組織の自由都市で、大名からの直接支配は受けず、彼らも交渉しだいで、大友にもつけば、毛利にもつくという。

「安国寺に任せよう」

　隆景は、自信たっぷりな恵瓊の顔を見て言った。すでに坊主は、博多の商人と工事請負の商談をはじめているらしかった。

　この恵瓊の働きで工事は雨期にかかる前に完了した。毛利軍は時をおかず、四月十六日、海陸から立花城の攻撃を開始した。猛将・元春は水の手から、隆景は南口から、福原貞俊は元就、輝元の旗本をひきいて東口から、総勢四万の大軍である。

　これを見て大友軍も六万という軍勢を動員し、毛利軍の背後から襲いかかった。かくて五月一日から、毛利軍は腹背に攻撃と防御の戦いを強いられながら苦戦をつづけたが、閏《うるう》五月三日、ついに大友軍の救援を退けて立花城を攻め落とした。

　しかし大友軍も、なお大軍を後方に留めて、立花城奪還の機をうかがい、毛利軍を本国から遠く離れた筑前に釘付けにした。

　しかもこの虚を衝いて、六月下旬、尼子の遺臣・山中鹿之介、立原久綱らが、尼子勝久を盟主として出雲に侵入してきた。大友と通じての後方攪乱《かくらん》である。出雲は尼子の旧領だけに彼らの動きは活発で素早かった。

　後方攪乱はそれだけではなかった。備前、播磨《はりま》に蟠踞《ばんきょ》する浦上宗景、宇喜多直家らも尼子に通じて攪乱に同調し、瀬戸内では村上水軍の一人・能島《のしま》の村上武吉《たけよし》までが毛利に叛し、さらに大内輝弘が大友の支援をうけて、豊後から周防に上陸し、山口へ乱入した。

「毛利の危機――」

長府の本営で、老いた元就はさすがに顔色を変えた。かつてない重大危機である。生涯、二百回を超える戦に一度もひるまなかった元就の稜々《りょうりょう》たる眼光が萎《しぼ》み、神の如しといわれた鬚髭《しゅし》が微かにふるえた。

「元春、隆景に立花城撤収を命じよ」

腸《はらわた》を絞り出すような声で元就は言った。

十月十五日の夜半、立花城の元春、隆景は、乃美宗勝、坂元祐《もとすけ》、桂元重に守兵を預けて、無念の撤退を開始した。

時雨《しぐれ》が途中から雪に変わる風の烈しい日だった。大友軍の追撃をかわしながら、芦《あし》屋浦《やうら》（遠賀川口）にたどり着いた軍兵は、粟屋元辰が用意した軍船に分乗した。

暗い海上へすべりだした船の胴の間から、撤退してきた立花城の方角を睨みながら、

「――」

元春の熊鬚《ひげ》は、ついに下船するまで一言も発しなかった。

六

翌元亀《げんき》元年（一五七〇）の夏の終わり頃、元就は病床に就いた。

前年、元春に命じて、山口へ乱入した大内輝弘を、富海《とのみ》の茶臼山《ちゃうすやま》に自刃させたあと、元就は輝元、隆景とともに長府を引き揚げ、途中、厳島神社に詣でて吉田へ帰っていた。

そして翌年の正月から、輝元を総大将に元春、隆景らは一万三千をひきいて出雲へ向かい、尼子の残党を討伐していた。

毛利軍の攻勢に押された尼子勢は、尼子勝久の籠もる新山城のほかは、米原綱寛の高瀬城と山中鹿之介が守る伯耆の末吉《すえよし》城だけとなった。

元就の病勢はしだいにすすみ、秋には重態になった。元就は前線の輝元に宛てて手紙をしたためた。

「わしは、とにかく、もう長いことはないだろう。何ともはや、身心ともに、くたびれ果てて、どうしようもない」

意識は衰えないが、死んでもいい心境になっていた。くたびれ果てて――はまさに七十四歳の元就の実感だったろう。

しかし孫の輝元や子の両川家には、放っておけることではない。一同は話し合い、元春と宍戸《ししど》隆家に軍事を託し、輝元と隆景が吉田へもどることになった。九月五日、二人は出雲を発って吉田へ帰った。

だが元就の病気は持ち直した。秋が過ぎると快方に向かいはじめ、年末には元気をとりもどして、皆をほっとさせた。

この回復期に、元就はひそかに老巧の重臣・国司《くにし》元相《もとすけ》を手元へ呼び、

「三年前、赤川元保を誅殺したのは、わしの誤りだった。元保はあのとき隆元に、和智の招きを謝辞して、まっすぐ出雲へ出陣するよう、再三、諫《いさ》めたそうだ」

と話し、元保の家を再興して、元保の兄・赤川就秀《なりひで》の次男・元之《もとゆき》に継がせるように計らわせた。

またそのあと、厳島神社の社前で和智誠春を殺害したことも深く後悔し、

「隆元の死は食中毒で毒殺ではない。誠春にも罪はなかった」

として、郡山の麓の清《すが》神社に小祠《しょうし》を建てて和智の霊を祀った。二人の無実を悟り、深く懺悔したのである。

それからの元就は明るく穏やかになった。稜々たる眼光は和み、神の如き鬚髯《しゅぜん》は仏のように安らかになった。

この間、隆景は吉田に滞在し、元就の病後を見守ると同時に、山口にいる安国寺恵瓊に連絡をとり、大友との間に和平交渉を図るよう指令した。

北九州の戦線は、相変わらず毛利側に厳しく、このため隆景は元春と計り、恵瓊を山口に駐留させ、新将軍・足利義昭を動かして、和平の道を探らせていたのである。

折から山口には国清寺《こくせいじ》住持の恵心もいて、側面から恵瓊を支援した。

「戦は詭道《きどう》なり」

という元就の教誡が、今更ながら隆景には身に滲みた。

だが、その元就を頼ることは、もうできなかった。表向きは今なお毛利の独裁者だが、病気は元就を変えていた。そのことを誰よりも自覚したのは輝元だった。

輝元は十八歳になっていた。顎のあたりにうっすらと鬚を浮かせた甥っ子は、小雪の舞う歳暮の一日、小早川の叔父貴に向かい、深々と頭を下げて言ったのである。

「御祖父様は当てにできませぬ。これからは吉川と小早川の両叔父様が頼りです。向後、輝元をよろしくお導きください」

年が明けても元就は元気だった。誰の目にも、病魔は完全に退散したかに見えた。三月十六日には、郡山城へ人々を招いて花見の会を催した。その席で、元就も和歌一首を詠んでいる。

友をえて　猶《なお》ぞうれしき桜花
昨日にかはる　けふの色かは

しかし五月に入ると、ふたたび病状は悪化した。たまたま恵瓊が山口から吉田へ来ていた。上洛して将軍に会い、難航している大友との和平問題に決着をつけるため、途中、吉田に寄ったのである。

隆景は、その恵瓊に京都の医者を、呼び下すように依頼した。

「造作もないこと」

前にも恵瓊は、曲直瀬道三を若狭まで送っている。気軽に受けた恵瓊は、五月十三日、吉田を発って京へ上った。

だが、この医者の下向は間に合わなかった。ちょうど一月後の六月十四日辰《たつ》の刻（午前八時）、元就は七十五歳で吉田郡山城中に、波瀾の生涯を終わっていた。

遺体は翌日、城の麓の大通院《だいつういん》へ移され、そのあと荼毘《だび》に付された。

『陰徳太平記』の記述に、

「弱年の昔より、攻戦を茶飯とし、轅門《えんもん》（兵営の門）の霜雪《そうせつ》、馬背《ばはい》の風雨に身骸《しんがい》を痛ましめ、帷幄《いあく》（本営）の計謀に心意を安くせず、飲食を忘ることなれば、かかる労《つか》れの積もりにや、殊《こと》の外《ほか》に老衰し（た）」

とある。

まことに、そのような元就の一生だった。

茶筅髪《ちゃせんがみ》の男

一

隆景は、元就の一周忌に当たって、沼田《ぬた》の巨真寺《きょしんじ》（小早川家の菩提寺、現・米山寺《べいさんじ》）に、禅僧百余名を請じ、嘯岳鼎虎《しょうがくていこ》を導師に迎えて、元就の冥福を祈った。

鼎虎禅師は、元就が帰依した三原妙法寺の住職で、元就の葬儀の導師もつとめ、その後、輝元が元就の菩提寺として建立した洞春寺《どうしゅんじ》の開山に乞われている。

元就の死後二月余りで、尼子勢《あまご》は吉川元春《きっかわ》、宍戸隆家《ししど》、口羽通良《くちばみちよし》らに掃討され、尼子勝久は出雲から国外へ逃走した。かくて、出雲、伯耆《ほうき》を平定したそれからの毛利は、東方の備前、播磨《はりま》へ働くようになった。

元亀《げんき》三年六月、元就の法要をすませた隆景は、輝元とともに備中へ軍をすすめて、備前沼城の宇喜多直家を圧迫した。この出兵に合わせて、上洛中の恵瓊《えけい》が京都から下向して、毛利と宇喜多の講和に奔走した。

備前、播磨はもと守護・赤松氏の分国だったが、家臣の浦上が赤松に代わり、さらに浦上の武将・宇喜多が、主家・浦上を押さえて、その勢力を備前一国から美作《みまさか》、播磨の一部にまで伸ばしていた。

だが尼子が駆逐され、大友の援助も期待できなくなり、さらに東の織田信長が、裏はともかく、表面は毛利と友好関係を保っているため、苦境に立たされた宇喜多は、恵瓊の講和交渉にむしろすすんで乗ってきた。

こうして、その年十月には、毛利と宇喜多の講和が成立したが、講和とはいえ、属城十二か所明渡しという条件は、宇喜多にとって事実上の服従だった。

毛利と織田の接触は、永禄《えいろく》十一年九月、信長が前将軍・足利義輝《よしてる》の弟・義昭を奉じて入京し、義昭を将軍につけた頃から、すでにはじまっていた。

このあと、新将軍・義昭が毛利と大友の講和斡旋に乗り出したためで、翌十二年三月には、恵瓊が隆景の使者として信長に会い、講和斡旋を謝して太刀一振り、銀十枚を贈って友好を通じている。

これに対して信長も、ねんごろな返書を隆景に送り、信長の部将・木下秀吉も親書とともに馬一匹を、このとき隆景に贈った。秀吉と隆景が交渉を持った最初である。

元就が大病に罹《かか》るのは、翌元亀元年二月で、翌年六月には死去するが、その頃、信長との折衝はもっぱら隆景と恵瓊によって行われ、その年の暮れには、信長から隆景への土産として、駿馬《しゅんめ》一頭を恵瓊が京都から曳いて安芸三原へもどっている。

三原は小早川水軍の本拠地である。

隆景は、宇喜多との講和にめどがつくと、三原にある要塞に手を入れて、新たに三原城を築いた。雄高山《おだかやま》に居城がある沼田から、三原までは二里近くあり、何かと不便を感じていたからである。

山陰が吉川の分担で山陽は隆景といった役割は、いよいよはっきりしてきたし、戦線が東へ延びるにつれ、中央との折衝も頻繁《ふさわ》となり、制海権も重要となれば、瀬戸内に面した三原こそ、小早川の山陽作戦に相応しい根拠地だった。

年が明けると、年号が元亀から天正《てんしょう》（一五七三）へと変わった（七月二十八日改元）。三原城が落成し、この年から隆景は、三原で過ごすことが多くなった。永《えい》も雄高山を出て三原で暮らすようになった。

その頃、将軍・義昭と信長の関係は、すでに破綻していた。もともと信長にとって、義昭は利用するだけの将軍であり、義昭は信長のお蔭で将軍になれたものの、傀儡《かいらい》将軍では我慢がならない。そんな二人に蜜月が長く続くはずがない。

義昭が有力大名に上洛を促したり、しきりに和平勧告を行ったのも、将軍の誇りを回復したいがためで、虚しい足掻きといってよく、本来、足利幕府は、前将軍・義輝が松永久秀らに弑《しい》されたとき、事実上、倒壊していたのである。

何度となく信長に反抗しては惨めな思いを舐《な》めてきた義昭は、この年（二月）も、性懲りもなく信長討伐の兵を挙げた。武田信玄の西上に合わせたのだが、またも挫折し、信玄も上洛途上で病死してしまう。

それでも義昭はまだ懲りない。七月三日に、京都を出て宇治槇島に挙兵するが、その前の五月四日に、隆景に手紙を出して上洛を促し、六月十三日には、挙兵を報せて、兵糧などの合力《ごうりき》を要請した。

信長は、その義昭を攻めて河内の若江に放逐した。義昭は恥も外聞もなく、また信長に和を乞うが、信長は許さない。義昭の官職を剝奪し、ここに足利将軍家は十五代二百三十余年で滅び去ってしまうのである。

しかし、こうなっても義昭はまだあきらめない。むしろ憎悪の念をますます募らせ、八月一日、流亡先の若江から使者の柳沢元政を、元春、隆景のもとへ送りつけると、

「公方様には、この国（毛利）を第一の頼りと思し召し、すでに大坂本願寺や根来《ねごろ》の僧徒とも気脈を通じている。今、毛利が出兵すれば、たちまち畿内は平定され、幕府の再興も眼前のことなれば、輝元殿へも、その旨、ご伝聞下さるよう願い上げる」

と言わせ、毛利軍の上洛を性急にうながしてきた。

今や、義昭の頼みは、ひたすら毛利に向けられていたが、さりとて、毛利もここで、窮鳥を簡単に救うわけにはいかなかった。たしかに今の毛利は、中国十か国の大勢力にはなったが、今の段階は、まだ織田と一戦を交える時期ではないし、その覚悟も準備もできていない。

しかし毛利の事情など義昭はお構いなしである。毛利の力をかりて織田を倒さぬかぎり、幕府、将軍を復活させる道はないのである。

毛利が織田との決戦をためらう事情は、似たような形で織田にもあった。織田も東海、近畿の諸国を席巻しているが、畿内には本願寺をはじめ反信長勢力の根強い抵抗があり、当面には、北国の浅井、朝倉を相手の決戦がひかえていた。

両者とも、いずれ衝突は避けられないとしても、今すぐ決戦はしたくない、となれば、戦争回避の手立てを講ずることになる。そして、こういうときのために外交ルートができていた。

ひと頃までは、歌道や文学に明るい公家などが和平交渉を依頼され、歌会や和歌の指導を名目に、大名間を往来して外交折衝に当たったりしたが、近頃は、有力大名は専属外交官を置くようになった。

織田にも毛利にも、腕利きの交渉屋がいた。毛利は気鋭の安国寺《あんこくじ》恵瓊、織田は老獪な朝山日乗《あさやまにちじょう》、それに「木綿」（丈夫で便利の意）の異名もある羽柴秀吉である。

二

恵瓊、日乗、秀吉の三者が、信長と義昭の和解調停のため、堺の町で会合したのは、その年(天正元年)の十一月七日である。当事者の義昭も招かれて、五日、若江から堺へ出てきて、会合の席に加わった。

恵瓊と日乗は初対面ではない。永禄《えいろく》六年の毛利・大友の和平交渉に、日乗は恵心《えしん》とともに奔走し、そのとき恵心の下にいた恵瓊と知り合っている。

日乗は出雲朝山郷の出で、もと尼子に仕えたという。法華宗の僧で禁中へ出入りを許され、後奈良《ごなら》天皇より上人号を賜り、将軍・義輝の使僧《しそう》をつとめた。

信長に信任されたがキリシタン嫌いで、永禄十二年、信長の面前で宣教師・フロイス、修道士・ロレンソと宗論して敗れたのはまだ耳新しい。晩年は信長に疎《うと》まれて失脚し、天正五年に没している。

堺の調停会談は、しかし成功しなかった。

三人は、義昭の上洛を前提に和解話を進めたが、義昭は無条件の上洛を拒んで、

「信長めが、余に人質を差し出すというなら、上洛してやってもよい」

と、あくまで突っ張って譲らなかった。

蜜月時代は「父上」とまで呼んだ信長を悪しざまに言い、虚勢を張りつづける元将軍が、恵瓊にはまるで三歳のガキに見えた。

（呆れかえった男だ。いま居る自分の立場が、まるでわかっていない）

これでも義昭は恵瓊と同年だった。

しまいには、辛抱づよい木綿の秀吉が、腹を立てた。信長に人質を要求するなど、とんでもない――そう思ったのだろう。

「そこまで我を張られては、上洛など思いも寄り申さぬ。もはや和談は無意味ゆえ、何処なりと遁《とん》避《ぴ》されるがよろしかろう」

と猿面を赤くして、義昭に直言すると、その顔をそのまま恵瓊のほうへ向け、

「こんな申次を、そのまま、あの御館様（信長）に取次いでみろ。取次いだこの猿の首が飛ばされるわい」

と聞こえよがしの小声で言い、話にならぬという苦笑いをうかべた。

その秀吉も恵瓊と一つ違いである。

義昭の強情には、もう一人、朝山日乗も眉をひそめたが、秀吉は、よほど頭へきたのか、その日のうちに大坂へ帰ってしまった。

恵瓊と日乗は、もう一日ねばって、義昭に無条件上洛を勧めたが、義昭は二人の説得にもついに応じなかった。

恵瓊も日乗も匙《さじ》を投げ、和談は不調に終わった。しかし、このままの状態で、義昭に毛利へ来られては大迷惑である。恵瓊はそこで、その点を義昭にはっきりさせ、

「安芸へは下向しない」

という一札を取りつけた。

義昭は、翌九日の朝、二十人ほどのわずかな家臣をつれて、堺の港から船で紀伊の宮崎浦へ向かった。

朝焼けの堺は寒気が一入《ひとしお》だった。入り船の舷側で羽を休める鷗も、寒さを堪えているのか、じっとして動かない。町の中も、寒風に吹かれて活気がなかった。

信長が、納屋《なや》衆（豪商）が運営する自由（自治）都市、堺の富に目をつけて、二万貫の矢銭《やせん》（軍事費）を彼らに課して、堺を支配下に置こうとしたのは、五年前の永禄十一年である。

当時、堺はこれに抵抗して三十六人の会合衆《えごう》（納屋衆から選任された町政委員）が結束し、浪人を雇い、町の北口に菱《ひし》を撒き、堀を巡らし櫓《やぐら》を建てて、信長の侵入に備えたが、結果は無残にも、町を焼き払われ、老若男女が見境なしに撫《な》で斬りにあい、堀は埋められ、櫓は破壊されて、町はひとたまりもなく廃墟と化し、商人の町の栄光は崩れた。

かくて武力に仕倒された堺の町は、会合衆が連判状（誓約書）を信長に差し出して

屈伏し、いらい市政は、信長の代官・松井友閑《ゆうかん》に委ねられている。町中を歩くと、今も埋め崩された堀跡や瓦礫の残骸が、当時の生々しい戦禍を物語っていた。

義昭の船が港から遠ざかるのを眺めながら、日乗が溜め息まじりにつぶやいた。

「豎子与《じゅしとも》に謀るに足らず、か」

あんな小僧っ子とは天下の謀事は論じられないという意味だ。

聞いて、鉢割れも負けずに言った。

「菽麦《しゅくばく》を弁ぜず、だ。痴者《しれもの》につける薬は、堺の町にもないらしい」

豆と麦の区別もわからない、大ばかやろうさ――、恵瓊は巨軀をゆすって笑った。

恵瓊は翌日、日乗とともに堺を去って大坂へ出た。大坂にいる秀吉と再会し、今後のことをしっかり話し合っておくためである。日乗とは大坂で別れたが、恵瓊は秀吉と一緒に京都へ行くことになった。

「京の宿屋に、御館様から、毛利輝元様へ贈る大事な馬を預かっておるで、安国寺殿にまた安芸まで曳いていってもらわんならん」

「羽柴殿、わしは僧侶だ。馬喰《ばくろう》になった憶えはない」

恵瓊は苦笑する。

鉢坊主と木綿猿は、この頃から妙にウマが合い、終生、特別な付き合いが続いた。

二人は京へ出たが、信長の馬はまだ宿に着いていず、それで恵瓊は、東福寺の退耕《たいこう》庵《あん》に数日滞在して、贈馬を待ったが、その間、秀吉は「忙しい忙しい」と言いながら、毎晩、恵瓊を誘い出して、柳の馬場（遊女町）へ遊びに出かけた。

たしかに秀吉は多忙だった。信長が浅井・朝倉を滅ぼしたのは今年の八月だが、戦後、秀吉は小谷《おだに》城攻めの戦功で、浅井の旧領・江北《ごうほく》三郡十二万石の長浜城主に出世したばかり、新領主がやらねばならない仕事は山ほどあるのに、毎夜遊び歩くとは、ふしぎな男というほかなかった。

やがて信長から輝元へ贈る馬が届き、恵瓊はようやく秀吉と別れ、大事な馬を曳かせて帰途についた。

十二月十二日、恵瓊は備前岡山に立ち寄り、宇喜多直家と会って要談をすませたあと、岡山から元春、隆景へ宛てて手紙を書いた。こんどの外交折衝の始終を、詳しく書いて報告したのである。抄訳すると、

「義昭公には、妄《みだ》りに西国へ下向されることのないよう約束を取りつけたこと。

信長から浦上宗景に、浦上の旧領・播磨、備前、美作を安堵する朱印（承認）状を出したが、これは当座の方便で、あとで毛利へ渡すという意味であること。

尼子の遺臣・山中鹿之助《しかのすけ》が柴田勝家を頼り、織田方の力を借りて尼子再興を図りたいと願っているが、信長はこれを許容しないと言っていること。

来年の二月に、織田方の羽柴秀吉が、但馬《たじま》へ攻め入る予定であるから、そのときは

毛利方も呼応して、出陣してほしいこと」

また朝山日乗のことにも触れ、自分（恵瓊）と似たような男だから油断ができない、などと書いた。

だが以上の報告よりも、最後に記した次の文で、恵瓊のこの手紙は有名になった。

「信長之代五年三年者可被持候、明年辺者公家などに可被成候かと見及申候、左候て後、高ころひにあをのけにころはれ候すると見え申候、藤吉郎さりとてハの者ニて候」

つまり、信長は三年や五年は保つけれど、来年あたりは公家になり、そのあと、高ころびに、仰向けになって、転がり落ち（不慮の死を遂げ）るだろう。さらに、藤吉郎（秀吉）はなかなかの（見どころのある）男である——というわけで、十年先の信長の（本能寺の変）横死と、秀吉の未来を予言しているのである。

三

「ここしばらくは、織田と毛利の騙しあいが続きまするな」

「尼子再興の手助けはしないと言いながら、勝久や鹿之助が因幡《いなば》へ侵入してきたのは、織田が背後で援助したからだろう。備中の三村元親《みむらもとちか》が叛したのも織田の策謀だ」

「茶筅髪がよく似合う大将だが、どうして煮ても焼いても食えぬところがあります」

「毛利とて同じだ。織田方が、わが領分と広言している但馬や丹波で、国人衆《こくじん》を味方に誘っているではないか」

「あれは、この鉢割れが勝手に種を蒔いたもの。失礼ながら隆景様は、信長ほどの狡《ずる》さは、持ち合わせておられませぬ」

「わしは毛利元就の子だ」

「大殿様のことは、鉢割れは知りませぬ」

「惚《とぼ》ける気か」

「但馬、丹波へ手を入れるのは、尼子の残党を刈るためだと、織田へは弁じておりますが、織田にしても、因幡に侵入した勝久や鹿之助をそのままにして、毛利を責めるわけにはいきませぬ」

「和親を取り繕うのも楽ではないな」

「いずれ将来のために、備中、因幡は毛利の手で、耕しておかねばなりません」

恵瓊の鼻が赤い。外の風が冷たいせいだ。閏《うるう》十一月に入った海城（三原城）は、海から吹きつける風が肌を切るほど鋭利である。

恵瓊は、明日また上洛の予定だが、隆景も備中松山城に反旗を立てた三村一族討伐のため、郡山の輝元と合体して出陣する日が、一両日に迫っていた。

「また、備中でお目にかかります」

まもなく恵瓊は辞去した。

隆景はそのあと、永と一緒に持仏堂へ籠もり、この月(閏十一月)、教真寺で入寂した永の兄・一林院(小早川繁平《しげひら》)の追福を祈念した。備中へ出陣すれば、またしばらく三原を留守にするからである。

一林院、俗名・繁平は享年四十一だった。盲目ゆえに小早川の家督をあきらめ、武門を捨てて僧門に入った繁平に、隆景は人知れず負い目をずっと感じてきた。いったい、隆景の小早川家相続自体が、考えれば、毛利の乗っ取りといってもおかしくない。

小早川の養子となり、繁平の妹・永を妻に迎えてからの隆景が、永を大事にし、永の前では入り婿の礼を崩さずにきたのも、そんな思いがあったからである。

「兄様も、この十年余りは座禅三昧《ざんまい》で、教外別伝《きょうげべつでん》(文字によらず悟りを得ること)の境地と申しておりました」

「何も報いることもないうちに、逝ってしまわれたな」

「いいえ、兄様も、殿には感謝しておりました。これでよかったと、折りにふれて、私には、そのように申しておりました」

数珠をまさぐりながら、永はしんみりと言う。永の中でも、遠く、過ぎ去った日の感慨が、去来しているのだろう。

参籠をすませて奥へもどると、御船手《おふなて》屋敷から珠《たま》が御殿へ上り、隆景に対面を願い出ていた。三原へ来てから、椋梨《むくなし》清兵衛は乃美宗勝《のみむねかつ》が統帥する警固《けいご》衆の船手頭にな り、築出しの船手屋敷へ移っていた。

珠は、隆景の前に手をつくと、

「殿様、こたびの備中の御手入れに、何としても、珠をお連れくださいまし」

挨拶もそこそこに口にした。

いつもこんなふうだが、今日の珠は、いつにない思い詰めた目をしていた。

「だしぬけに何を言う。女子《おなご》が参陣してどうするのだ」

「敵と戦いまする」

「小太郎のためか」

隆景はちょっと身構える姿勢になった。

珠が、いきなり、こんなことを言い出した理由が、すぐわかったのだ。

この夏、清兵衛と珠の夫婦は、たった一人の男子を、流行り病で亡くしたばかりで、夫婦の嘆きは深く、たぶん、その悲しみが、突拍子もない従軍願望に飛躍したのだろう。死んだ小太郎はようやく九歳、育ち盛りのこれからが楽しみで、両親が自慢の美童でもあった。

義兄・繁平の追福を祈った直後だけに、隆景には、珠の気持ちが常にも増して哀れに思えた。珠は応えた。

「小太郎よりも、私のためでございます」

「珠が戦ってどうなる。死んだせがれが生きて還るとでも言うのか」

「――」

「わしらには子供はいないが、珠の気持ちはよくわかる。しかし鬼庭《おにわ》（戦場）で戦うのは男だ。女子は要らない」

「ならば、珠は男になりまする」

「珠の男子《おのこ》振りは、わしがよく知っている。そこそこ庭場の働きもするだろう。それでも戦場は、命を的に男が駆ける場所だ」

「お許しいただけませぬか」

「清兵衛は何と申している」

「殿のお言葉に従えと申しました」

「そうか」

隆景はゆっくり、うなずいた。

おまえの気のすむようにしたらいい――清兵衛は、たぶん、そんなふうに珠に言ったのだろう。最愛の子を失った悲しみは、清兵衛とて同じだろうからだ。

悲しみに暮れる毎日より、矢弾の飛び交う明日のない戦場で、何も彼も忘れたい、そう珠は思い、夫の清兵衛に訴えて、そしてこうなったにちがいない。

しかし、珠は家老・鵜飼《うかい》元辰の娘である。陣場でも女の仕事はある。遠征先では飯炊きや夫丸《ぶまる》（人夫）に、百姓女を雇うこともめずらしくない。そんな仕事なら安全だが、かりにも累代の老臣の娘に、

「荒子《あらしこ》にまじって畚《もつこ》を担げ」

とは隆景には言えない。

かといって、命懸けで敵陣に掛かる一騎駆けの武者働きを、（珠はそれを望んでいるが）女の珠に許す気はさらにない。

隆景は珠を見据えると言った。

「戦場を何と心得ている。鬼庭は女子の悲しみを散じるためにあるのではない。心得違いすな。参陣は罷《まか》りならぬ。帰って清兵衛に伝えよ。備中陣では女房の二倍働けと、この隆景が言ったとな」

四

三村は備中の雄族で、元親が籠もる松山城を主城に、一族の支城が備中各地に蟠踞《ばんきよ》

して、侮れぬ勢力を誇示していた。

「備中、備後二国を与えよう」

という信長の誘いに応じて、元親が毛利に反逆すると、美作でも反毛利の三浦次郎や牧兵庫《ひようご》が、三村支援の旗を掲げ、遠く九州の大友宗麟《そうりん》も呼応して、長門《ながと》へ兵を向ける気配を示した。

毛利にとって油断ならぬ形勢である。

隆景は、出陣に先だって、美作、備中の味方の諸城に警戒と防備を命じ、とくに信頼の篤い備中高松城主の清水宗治に誓紙を送り、攻守の盟約をあらためて確認した。

十二月、隆景、輝元が安芸を出発すると、これに応じて元春も石見に兵を入れ、輝元、隆景の備中経略を助けるため、因幡、但馬方面の尼子勢を牽制した。

二十六日、毛利軍は三村政親の国吉城を包囲した。政親はしきりに降を乞うたが、輝元は許さず、政親は、晦日《みそか》、ひそかに城を脱出して松山城へ走った。このため、翌天正三年元旦、城はあっさり落ちた。

翌二日、毛利軍は成羽《なりわ》に進み、猿掛《さるかけ》城へ向かったが、ここも城兵が戦わずに潰走した。ところが猿掛に滞陣中、輝元が発病したため、隆景は大事をとって輝元だけを、ひとまず郡山《こおりやま》へ帰陣させた。

二月半ば、隆景は上野実親《さねちか》を鬼身《おにのみ》城に攻めてこれを抜き、翌日、東北の荒平《あらひら》城を攻めようとしたが、すでに城将・川西之秀《ゆきひで》は、前夜のうちに城を捨てて逃走していた。

ついで隆景は、幸山《こうさん》城、杜《ゆずりは》城を落としたが、幸山城主の石川久孝は、阿波へ走ろうとして、隆景の兵に討たれ、杜城主の三村元範も美作へ出ようとして、途中、土賊に襲われて殺された。

こうして隆景は、三村の支城をつぎつぎに攻略し、松山城を孤立に追い込んだ。四月七日、備前から馳せ参じた宇喜多直家と、松山の東北・寺西に陣を敷いた隆景は、松山城の要害堅固を見て、急がず騒がず、向い城を築き、糧道を断って持久戦に出た。

このとき、松山城の天神出丸《でまる》を守っていた敵将・石川久式《ひさのり》は、毛利へ内通した部下に誘い出されて城外で襲撃された。そこですかさず、毛利陣から児玉就忠《なりただ》、井上春忠らが天神出丸へ突入した。

天神出丸を占拠した児玉らは、そこから他の出丸へ矢文を放って、城兵たちに降伏を勧めた。すると、これに応ずる者が続出し、やがて投降は雪崩現象となって、毛利へ寝返る者が後を絶たず、ついに松山城は戦闘能力を失ってしまった。

城主・三村元親は、やむなく、五月二十二日、夜陰に紛れて城を脱出しようと図ったが失敗し、松蓮寺《しょうれんじ》へ入って自刃した。

こうして、さしたる激戦もなしに、備中を耕した隆景は、七月、宇喜多直家ともに備前常山城に三村高徳を攻めて、これを落とした。ここで鎌倉以来の三村一族は、ことごとく滅亡した。

備中の平定で、背後の心配をとり払った隆景は、そこからいったん三原へ凱旋したが、翌八月二十二日、伯耆に入って元春と会い、共に因幡へ進んで鳥取城へ入った。

ついで二十九日、尼子勝久、山中鹿之助の拠る鬼《き》城を包囲し、九月三日、尼子の属城・私部《きさいべ》城を落とし、十五日には鬼城も攻略した。勝久、鹿之助らは宮吉《みやよし》城に走り、つづいて但馬へ奔ったため、ここに因幡もまったく平定された。

ところが、ちょうどその頃、織田方が播磨へ兵を入れたという情報が、郡山の輝元のもとへ入った。

「織田勢が、浦上宗景を援けて宇喜多直家を攻撃する」

というもので、直家からも輝元へ援軍を要請してきた。輝元はすぐさま、因幡にいる元春、隆景にこれを通報し、織田勢の播磨侵入に備えるよう命じた。

隆景は元春とともに因幡の要所を押さえ、十月二十一日、元春より一足早く、吉田《よしだ》郡山へもどった。

織田信長は、この年五月、三河長篠で武田勝頼に大勝し、八月には、越前、加賀を平定し、九月、岐阜に凱旋して、十一月には権大納言《ごんのだいなごん》となり、右近衛大将《うこんえのたいしょう》に昇任した。

このときも隆景は、恵瓊の進言を容れ、信長へ太刀と馬を祝儀に贈り、信長からも丁重な礼がとどいた。

すでに、毛利と宇喜多の軍勢が、備前から播磨へ入り、信長の軍勢と衝突したというのに、まだ毛利と織田はたがいに肩をたたきあい、うわべの和親をつづけていたのである。

どっちが先か、いずれ砂の上の均衡が破れるのは時間の問題だったが、ここに思わぬ、というより、やっぱりという男が飛び出してきた。

紀州へ落ちた足利義昭である。天正元年の暮れ以来、紀州由良《ゆら》の海岸から、織田と毛利の動きをじっと見ていた義昭は、

「待っていた」

とばかり、勇み立って腰を上げた。二年前には、堺で恵瓊から、

「このさい毛利への御下向はご無用、迷惑」

とまで言われ、下向はしないと誓書まで渡しながら、そんなこと、どこ吹く風とけろりと忘れ、年が明けた二月八日、紀州を出て海路、備後の鞆津《とものつ》へやってくると、そこから元春と隆景に宛てて、

「もはや毛利に対する織田の敵意は明白なれば、織田と決戦いたすべし」

と申し送ってきたのである。

以前から、毛利でも義昭が頼ってくるという予測はあったが、それで毛利が、義昭を立てて織田と決戦するというほど、事は単純ではない。義昭の命に応ずるより、まず毛利側の意思決定が先である。

輝元、両川《りょうせん》をはじめ毛利中枢は熟慮を重ねた。折から五月七日、大坂天王寺口の戦いで、織田軍が本願寺軍に大勝し、石山本願寺を包囲したという報せが入った。

さらに織田軍の重囲に陥った本願寺からも、応援を請う急使が来た。とくに城内は兵糧が尽きて、籠城が続かないといい、至急、兵糧の搬入を懇願してきた。

ここにおいて輝元らは、五月十三日、ついに義昭の要請を容れて、信長と断交する決意をし、義昭を奉じて、石山本願寺の救援に発つことになった。

五

備後鞆の小松寺を仮御所にした義昭は、寺の庭で蹴鞠《けまり》に興じていた。そこへ輝元から、信長と断交の報せである。

よろこんだ義昭は、思いきり鞠を中空に蹴り上げて叫んだ。

「茶筅め、今度こそ思い知らせてやる」

義昭は、すぐさま近臣を呼び集めると、事の次第を報じ、国々へ「信長討伐」を通知するよう命じた。

義昭自らも、伊予の河野《こうの》通直と筑前の宗像氏貞《むなかたうじさだ》に、挙兵を促す書を送り、さらに、越後の上杉謙信に使者をやり、速やかに北条、武田と講和して、毛利と協同して信長を討つよう勧告し、武田勝頼に同様趣旨の和を説いて、出兵するよう促した。

小松寺の仮御所は、旧幕臣たちが頻繁に出入りし、諸国の大名からの使者もやってくるなど、にわかにざわめいて、小幕府のような観を呈した。連日、義昭はご機嫌である。

義昭の鞆下向以来、その面倒を見てきたのは、鞆に近い三原の隆景だったが、信長と手切れになると、隆景は輝元に話して、恵瓊を鞆へ行かせることにした。毛利と義昭との連絡、調整に当たらせ、同時に、義昭の暴走を監視、制御するためである。

恵瓊は鞆にある備後の安国寺を宿所にして、そこへ行く途中、三原へ立ち寄った。

「豎子が、水を得た魚のようだ」

口の悪い恵瓊は、隆景の前で、義昭の張り切りようをそう皮肉ったが、積年の怨みを晴らす機会が、やっと訪れた義昭にすれば無理もなかった。

「まあ、そう言ったものでもあるまい。元将軍を立てる立てないでは、国侍たちへの影響が違う」

「ときに、本願寺への兵糧の後詰《ごづめ》は、いつ頃になりましょう」

「九州の松浦《まつら》（鎮信《しげのぶ》）と龍造寺《りゅうぞうじ》（隆信《たかのぶ》）に発注した安宅船《あたけぶね》（戦艦）二艘が、まもなく三原へ回航されてくる。それを待って、毛利の水軍は淡路（島）に集結する」

「こちらも、安芸門徒に集めさせた兵糧千俵が、川内で船積みを待っています」

恵瓊は門徒ではないが、本願寺の顕如とも親しく、安芸や備後の門徒にも顔が広い。そこで本願寺から安芸へ下向した下間刑部卿法眼《しもつまぎょうぶきょうほうがん》の依頼を受け、門徒の手で救援の兵糧を集めさせたのである。

「信長は本願寺を包囲したものの、容易に城が落ちぬため、大坂の四方に十か所の付け城を築き、住吉の海岸に要害を設けて、この月（六月）いったん京都へ帰った。毛利の水軍が大坂へ出動するのは七月の初めか中頃になるだろう」

「豎子が聞いたら、また鞠を蹴とばしてよろこぶだろう」

恵瓊が鉢頭をゆすって笑った。

淡路島北端の岩屋城に、本願寺後詰の毛利の船団が集結したのは七月初旬である。兵糧を満載した運送船六百余艘に、警固衆の軍船三百余艘という大船団である。

船団の指揮官は小早川水軍の乃美宗勝、井上春忠、毛利水軍の児玉就英、村上元吉ら歴戦の海将たちである。

十二日、船団は岩屋を発して、泉州《せんしゅう》の貝塚に到り、ここで紀州の雑賀《さいか》衆と連携して、海陸から大坂に向かった。途中、物見から、

「織田軍は、水軍が大小三百余艘をもって、木津川口を封鎖している。また尼崎に軍船を多く係留している」

という報告が入った。

翌十三日、船団はそのまま堺、住吉の海上をへて木津川口へ達した。

海将たちは協議して、手始めに、

「織田水軍のお手並み拝見」

と、射手船《いてぶね》（射手を乗せた早船）五十艘を漕ぎだして、川口を塞いでいる敵船団に戦闘を仕掛けてみることにした。

毛利水軍には、海戦では負けないという自信がある。誰もが先陣の射手船に乗りたがった。射手船には、陸戦でいえば一番駆けの名誉もかかっている。

椋梨清兵衛もその一人だった。清兵衛は親船の隆景に言った。

「殿、小早川の早船は、清兵衛にお申し付けくだされ」

「おぬし幾つになる」

隆景はわざと聞いた。

「――――」

清兵衛は三十九歳になる。隆景は、返事を待たずに笑って言った。

「おぬしは船手の頭だ。旗本船で指揮を執ってもらいたい。いまさら早手争いをする年齢《とし》でもあるまい」

「戦の仕様に年齢は関係ありませぬ」

不満そうに清兵衛はこたえたが、隆景は微笑をくずさず、

「早船は若い者に譲ってやれ」

隆景の穏やかな微笑にあうと、清兵衛は妙に逆らえなくなり、あきらめて、しぶしぶ引き退がった。

木津川口には、織田水軍をひきいる淡輪《たんのわ》主馬兵衛、沼間《ぬま》伊賀守らが安宅船十数艘を中心に、二百艘余りの軍船を左右の翼にして、毛利の来襲に備えていた。海岸にも上陸を阻止する陸兵の防衛線が敷かれていた。

毛利の射手船五十艘が、まず織田水軍の正面に突っ込んでいった。海戦の開始と同時に、陸でも本願寺側の一揆軍が、楼岸《ろうがん》、木津などの出城から出撃して、住吉海岸の織田の城塁を襲撃した。

織田方はここを奪われると、木津川の封鎖ができなくなる。そこで本願寺を包囲していた佐久間信盛が、天王寺から出撃して一揆軍と戦い、どうにか保塁を支えたが、海上戦はそうはいかない。

数の上でも戦闘能力でも優勢な毛利水軍は、織田水軍を海上に引き回して包囲し、周りから鉄砲、火矢《ひや》を撃ちまくり、指揮官の淡輪、沼間をはじめ数百人を討ち取っ

て、織田水軍を壊滅的敗北に追い込んだ。

このため、救援の兵糧を満載して、戦闘船団のあとに続いた輸送船団は、難なく木津川に接岸し、堂々と本願寺へ兵糧を搬入した。

しかし、この海戦のあと、思わぬ悲報が隆景にもたらされた。

「椋梨清兵衛討死」

の報せである。

海戦は十三日の午後から翌未明にかけての夜戦であったため、隆景が清兵衛の死を知ったのは夜が明けてからだった。

「淡輪主馬が乗り組んだ織田の大安宅（主戦艦）を分捕ろうとして、敵船へ飛び移るところを鉄砲に撃たれ、海中へ落ちたらしい。夜のことで気がつくのが遅く、船中へ救い上げたときは、すでにこと切れていました」

乃美宗勝は声を落とし、

「惜しい男を失いました」

「清兵衛は射手船の指揮を執りたいと言ってきた。わしは許さなかった」

隆景も声を落とした。

「当然です。椋梨らしくもない、匹夫《ひっぷ》の勇です」

宗勝が沖へ目を投げた。晩夏の海は朝日をうけてきらきら輝いていた。

あのまま射手船に乗って出たら、清兵衛は無事だったろうかと、隆景は思った。三原で清兵衛の帰還を待っている珠の顔が、波の彼方に浮かんだ。

六

秀吉が信長の命をうけ、中国経略の任に就いたのは、天正五年十月である。木津川海戦の勝利から一年余が過ぎている。

織田と毛利の直接対決は、このときから信長の代理人・秀吉が毛利の敵になった。十月二十三日、京都を発して播磨へ入った秀吉は、小寺《こでら》官兵衛（黒田孝高《よしたか》）に迎えられ、その居城・姫路城へ入った。

黒田官兵衛は竹中半兵衛とともに、秀吉の軍師として高名だが、播州御着《ごちゃく》城主・小寺政職《まさもと》の家老で、早くから信長に款《かん》を通じ、信長の中国征伐の先導を買って出ていた。

秀吉は、姫路から安土の信長へ、

「国中の人質を取りまとめ、十一月十日頃までに、播磨を平定いたします」

と報告した。こんな報告ができたのは、すでに官兵衛によって、播磨経略の下拵えが、ある程度できていたからである。

姫路城を本拠とした秀吉は、早くも但馬へ兵を出し、山口城、岩洲《いわす》城、さらに竹田城を落として、弟の小一郎《こいちろう》秀長を入れ、十一月二十七日には、備、作、播の国境にある要害・上月《こうづき》城を攻略して、ここへ尼子勝久、山中鹿之助を入れた。

年の暮れ、秀吉はいったん安土へ凱旋したが、翌六年二月、七千五百をひきいて再び播磨へ入った。ところが、このとき播州に異変が起こった。三木《みき》城主の別所長治《ながはる》が、毛利と本願寺に通じて秀吉に背いたのである。

三木城が寝返ると、一族支城もつぎつぎに反旗をひるがえし、御着城主の小寺政職まで態度が怪しくなった。

もともと別所一族は、播磨の守護・赤松氏の後裔という武門の誇りと意地があり、彼らから見れば、秀吉も織田家中の成り上がり者だし、小寺（黒田）官兵衛にいたっては、御着の家老に過ぎず、素性も知れぬ陪臣でしかない。

「御着の家老の官兵衛が、小賢しく秀吉に取り入ったため、播磨の国人衆の仲がおかしくなった。秀吉も国人衆の言葉に耳をかさず、信長も官兵衛の謀計を容れて、別所の意見を蔑《ないがし》ろにした。これは武門の恥辱である」

というのが反抗の理由だった。

秀吉は三木城へ使いを出して長治を説得したが、失敗し、やむなく三木城攻撃に決して、三月六日、本営を書写山《しよしやざん》へ移し、二十九日、三木城を包囲した。

このとき毛利は、上月城奪還のため、宇喜多直家を先鋒に、隆景、元春が大軍をひきいて播磨へ入り、四月十八日、大亀山へ陣して上月城を取り囲んだ。

つづいて、輝元も備後から備中へ進んで松山城へ入り、ここを本陣として、陸海より毛利軍の総指揮に当たった。

上月城包囲の報せをうけた秀吉は、ただちに信長に援軍を乞い、荒木村重と上月城へ向かい、四月晦日、高倉山に陣したが、ここから上月城の間には、熊見川の谷があって、容易に救援の手が伸ばせなかった。

すでに毛利軍は、織田の来援を予測して、後巻《うしろまき》に対する防備も怠らなかった。まず城中への糧道を遮断して、囲みの背後に深い空堀を掘り、その前に鹿垣《ししがき》を三重四重に結い巡らし、さらに播磨、摂津の沿海に軍船七百余艘を浮かべて、警戒を厳重にした。

秀吉の援軍要請に、信長はみずから出立しようとしたが、部将たちから諌止されて思い止まり、代わりに滝川一益、明智光秀、丹羽《にわ》長秀らを後詰に送り、さらに子の信忠を後続させた。

しかし来援の諸将は、織田家で競争相手の秀吉の応援には消極的で、とかく意思の疎通を欠き、後続の信忠も、三木城の牽制のため、そこから先へは進めなかった。

このため高倉山に陣した秀吉は、毛利軍の優勢と地形に阻まれて、上月城の窮迫を目の前にしながら、手の下しようがなかった。

城中には尼子勝久、山中鹿之助ら四百が籠もっているが、五月も末になると城中の兵糧は底をつき、城兵の士気は衰え、脱走者が相次いで、ついに戦闘能力を失った。

秀吉は、毛利の先鋒をつとめる宇喜多軍の部将たちに働きかけて、味方につけようと図ったが、これもすぐには成功しなかった。

対陣すでに四十余日が経過した。

六月十六日、行き詰まった現状を打開するため、秀吉は高倉山の陣営をぬけだし、京都へ馳せ上って、信長に直接対面し、その指示を仰いだ。だが、信長の命令は、

「上月城は放棄して、三木城を攻めよ」

という冷酷非情なものだった。

信長の救援を信じ、今日まで城を死守してきた尼子の遺臣たちを、見殺しにしろというのである。それでも、この独裁者の命令は絶対である。

秀吉は播磨へ取って返すと、二十六日、高倉山の陣を払い、書写山へもどって信忠の援軍部隊に合流し、三木の支城・神吉《かんき》城の攻撃に向かった。

上月城が落ちたのは、その最中の七月八日である。城中では、秀吉、村重の部隊が、高倉山から撤退するのを見て、最後の望みも絶たれたと観念し、毛利に対して、

「勝久の死をもって城兵の命に代えたい」

と降伏を申し出た。

元春、隆景はこれを容れ、勝久は城中で切腹した。二十六歳である。ここに尼子氏は滅亡した。元就が尼子の従属を離れて以来、じつに五十六年も続いた毛利・尼子の闘争のこれが最後だった。

鹿之助は降人として輝元の本陣・備中松山城へ護送される途中、阿部川の阿井の渡しで誅殺《きようさつ》された。三十九歳である。

これまで信長の信頼あつい部将として、また秀吉の副将として、中国経略に協力してきた荒木村重が、とつぜん信長に謀叛して、毛利へ通じたのは、この年の秋である。

反対に毛利の先鋒をつとめていた宇喜多直家が、毛利を裏切り、織田へ寝返るのも同じ時期である。戦国武将の去就は量りがたいものがある。

毛利の中からさえも、最も親しい親類縁者の市川元教が反逆し、杉重良が大友宗麟《そうりん》に内応したりしたため、信長との決戦の準備を進め、来年正月を期して輝元が東上する毛利の作戦計画も中止せざるを得なかった。

天正七年三月、隆景は妙寿寺の元榻に書状をしたためたあと、ついでに書き添えた。

「日頼（元就）様の没後、八カ年の間、隆景が元春とともに輝元を輔《たす》けて、毛利の家を保ってこれたのは不思議なくらいだが、輝元にも冥加《みようが》なことである。将軍義昭の中国下向で、元就や隆元の時代には、考えもしなかった遠国の大名が訪ねて来たりして、毛利の隆盛と面目、これ以上のものはない。しかしながら、灯火は消える間際に光を増すという譬えもあり、これは滅亡前の威勢であるかも知れないから、とにかく当年は弓矢の危急存亡と心得て、この身は塵とも思わず、気を引き締めて、事に当たる覚悟である」

大国になった時が、いちばん危ない時だという、自戒を込めた感懐だった。

そして、その日の『小早川日記』の終わりにも、隆景はこう記した。

「天正七年己卯三月十六日――。

この一身ハ塵とも存ぜず……」

天正十年夏

一

毛利の威勢は、消えかける直前の灯火の輝きであってはならない――。

しかし、隆景が抱いた危機感は、年を追って現実のものとなった。

毛利が上月城《こうづき》を落とした翌年から、天正《てんしょう》十年にいたる、丸三年間の毛利対織田（秀吉）の情勢をふりかえると、

「七年十月、宇喜多直家が信長に服属。八年正月、三木《みき》城が落ちて別所長治《ながはる》が自殺。閏《うるう》三月、本願寺が信長に屈して和を結ぶ。四月、羽柴秀長が但馬を平定。九年十月、鳥取城が落ちて吉川《きっかわ》経家切腹。十一月、秀吉、淡路岩屋城を収めて淡路を平定。十二月、来島《くるしま》海賊衆が毛利に背き秀吉に服属。十二月、秀吉、因幡《いなば》を平定」

明らかに毛利の大きな後退である。

しかも当夏、秀吉が大軍をひきいて備中に来攻する、という情報がしきりだった。座視はできない。

天正十年正月、宗家《そうけ》の年賀に吉田郡山城《よしだこおりやま》へ出かけた隆景は、輝元、元春と会い、秀吉対策を協議したが、これという妙策も生まれないまま、帰日をむかえた。

昨日今日と吉田の空は高く晴れていた。めずらしく霧が立たない。寒さは厳しいが、澄み切った大気はこころよい。

その日、隆景は洞春寺《どうしゅんじ》にある元就の墓へ参じた。三原から伴ってきた養子の小早川元総《もとふさ》と付人の珠《たま》も一緒だった。

父・元就なら、こういう場合、どう対処したろうか、などと考えながら、隆景は墓前に香華を手向けた。

「沈香《じんこう》の匂いがします」

と元総が背後で言った。

元就の墓所には、いつも、ひそやかな芳香がただよっていた。元就の遺体は、沈香を積んで荼毘《だび》に付されたので、その香が十一年を経た今も、絶えることなく土の下から薫るのであろう。

「大殿（元就）様です」

と珠が元総の後ろで言った。

一度だけ、珠は雄高山《おだかやま》城中で元就に対面しているが、沈香の香りにその元就を偲んで、そっと合掌した。

三年前に、隆景の養子になった藤四郎《とうしろう》元総は、じつは元就の九男で隆景の弟である。永禄《えいろく》十年の生まれで十六歳になるが、元就が七十一歳のときの子で、五十歳の隆景とは親子ほど年が離れている。

母は継室の乃美《のみ》氏で小早川の一族である。幼名を才菊丸《さいきくまる》といい、十三歳で元服したのを機に、小早川の重臣や永《えい》が隆景に勧めて、隆景の猶子《ゆうし》に迎えたのである。

永もよろこんだが、それ以上に珠がよろこび、自分から隆景や永に無理やり頼んで、元総の付人になったのだった。それいらい、珠は切り髪を束ね、直垂《ひたたれ》に脇差という男装をして、元総の傅育《ふいく》に当たってきた。

今日も甲斐甲斐しい男子《おのこ》振りで、元総の世話をやいているが、その心底では、亡夫の椋梨《むくなし》清兵衛と一緒に、元総の成長に「小太郎」を重ね合わせているのかもしれない。

三原へ帰った隆景は、正月下旬、備中高松城主・清水宗治をはじめ、備前の国境に近い備中の七城主を、親しく三原に招いた。

秀吉の来攻が分かっていて、無策でいるわけにはいかない。山陽方面の守備は、隆景の主務であり、国境の城主とは充分に話を詰めておく必要がある。

隆景は会議の冒頭で一同に言った。

「かねて上総介（信長）が、筑前（秀吉）に大軍をさずけて、当夏、備前へ発向するとの風聞は、諸氏も先刻承知と思う。そのさい筑前の先導を務めるのは宇喜多であろう。さすれば、面々の守る城塁が戦場となること必定なれば、いずれ筑前より、味方につくよう誘いの手も掛かるであろう」

隆景は、一同を見まわした。

七人の城主は、何を言い出すのかといった表情で、隆景に視線を集めた。

隆景はつづけた。

「そこで、ご一統に申すが、信長へ志を通じたいと思われる面々は、各々心のままに任せるがよろしかろう。昔から、そのような例は間々あることなれば、遺恨には思わぬゆえ、隆景や毛利に遠慮は要らぬ」

すると、冠山《かんむりやま》城の守将・林重真が、眉を立てて真先に口を切った。

「これは、日頃の隆景様とも思われぬ、口惜しき申されよう。それほど心許なくおぼしめす面々に、何とて大事の境目の守備を仰せ付けられしか、ゆめゆめ七城の面々に二心のあるはずがござりましょうや」

その重真につづいて、加茂城主の桂広繁《かつらひろしげ》も強い口調で言った。

「われらは、ただ一筋に一命を捨て、御用に立ち申すべく覚悟はできております」

それにつられて他の者たちも、隆景の方を見てうなずき合った。

「各々の志、かたじけなく、神妙に思う」

隆景は背筋を折って一同に礼をのべた。

まずは信頼を繋《つな》げそうな感触である。

隆景は、酒肴を用意して面々に振る舞い、防戦のことなど話し合ったあと、一同に金子《きんす》と脇差一振りを引き出物に与えた。

宮路山《みやじやま》城主の乃美元信が、酒のせいか、それとも感激してか、目のふちを赤くして、

「お振廻し（馳走）の上、御脇差を各々頂戴いたしたからは、こたびの防戦に勝利して、ご一同、ふたたび目出度き祝いの席にて、再会いたしましょうぞ」

と声を高くして言った。

すると、廉直剛毅で知られた高松城主の清水宗治が、一同を見渡して、

「ただいまの乃美殿の言葉は心得難い。その次第は、羽柴筑前の軍勢とあらば五万は下るまい。されば境目の小城や正面の持ち場で、つねに勝利を得られるとは思えぬ。それゆえ、ひたすら一戦に及び、敵わぬときは城を枕に切腹と決め、拝領の御脇差はそのときのためと思い、重ねて目出度き祝いで逢おうとは、それがし些《いささか》も思い申さぬ」

宗治の言い方に、乃美元信が気を損ねたかと思えば、そうでもなく、

「これは長左衛門(宗治)殿。われらの不調法でござった。許されよ。われらとて一心を尽くして城地を死守し、毛利家のため、多年の情誼に報いる所存に変わりはない」

そこで一同は、あらためて、国境守備を固く誓い合った。

三原の海に午後の翳《かげ》が射す頃に、七将たちはそれぞれの城へ帰っていった。

隆景は、その海を眺めるでもなく眺めながら、こんどの戦《いくさ》が、毛利の運命を大きく分けるような気がしていた。

秀吉が大軍で押し寄せると分かっていて、国境の守備を固める以外、取り立てて作戦らしい作戦も浮かばないのが、妙に空虚な感じで、不安というより、頼りなくて、身体に穴が開いたようだった。

二

「ご用でございますか」

珠が両手を仕えた。

切り髪に直垂の男子振りはいつもと変わらぬが、隆景から内密に呼ばれたことで、

表情に緊張が見られた。

「楽にせよ」

と隆景は笑顔で珠の心をほぐした。

それにしても、珠はもう四十に近いはずだが、化粧もしないのに、みずみずしく張った肌の色艶は二十代のように若々しい。

隆景は言った。

「秀吉が、三月中頃に姫路を発って備中へ向かうという報せが、忍家から入った。わしはその前に福山城へ入る。それで珠には、京都まで使いに行ってもらう。恵瓊《えけい》を備中へ呼びもどすための使いだ」

「はい――」

珠がうれしそうに顔をほころばせた。

「書状を書いておいた。屈強の者を二人、従れてまいれ」

「珠一人ではいけませぬか」

こんどは少し不服そうな顔になった。

「道中、何が起こるかわからぬ。用心のためだ。京へ着いたら東福寺の塔頭《たっちゅう》・退耕庵《たいこうあん》を訪ねよ。恵瓊はそこにいる」

恵瓊は暮れからずっと京都だった。三年前に師の竺雲《じくうん》恵心《えしん》が示寂したことから、恵瓊が東福寺の塔頭・退耕庵主となり、さらに西堂《せいどう》（長老）となったため、本来の僧侶の仕事も多忙を極めているのである。

「備中が戦場となれば、高松城の攻防が中心になる。恵瓊が申していた。秀吉とは猿と鉢（蜂）の仲で、刺したり引っ掻いたりして、ふざけあうそうな。和談の話にでもなれば、恵瓊の出番が必要になる」

「猿と蜂でございますか」

珠が可笑しそうに含み笑いをしながら、ふいに真顔になると、

「殿、福山城へは元総様も、お連れでございましょう。ならば私も京からもどったら、福山へ馳せ参じまする」

「珠のタマは、鉄砲の玉か」

「猿より蜂より強い玉でございます」

「よかろう」

苦笑まじりに隆景はうなずいた。

珠は、その日のうちに京へ発っていった。

隆景も、数日後には、手勢を連れて三原から福山城（都窪《つくぼ》郡）へ移った。

その頃には「秀吉、姫路出馬」の風聞は、毛利領内をおおい、家臣団、国人《こくじん》衆の緊張が高まってきた。

備中福山は、建武の昔、新田（義貞）軍と足利（尊氏）軍が戦った福山合戦で知られるが、清水宗治が籠もる高松城は、その東方わずか一里半にあって、福山城の前衛といった位置になる。

高松城の近くには、足守《あしもり》川沿いに冠山、宮路山、加茂、日幡、松島、庭瀬《にわせ》の六城があり、これらの城主たちが、さきの隆景の訓命にしたがい、秀吉の大軍に備えて厳戒態勢に入っていた。

秀吉は三月十五日に、播磨《はりま》、但馬《たじま》、因幡の兵二万をひきつれて姫路を発し、備前へ入って、三石《みついし》、福岡、沼をへて四月四日、岡山へ着陣した。

岡山城主は宇喜多直家が去年二月、病没して、その跡を十一歳の嫡男・八郎（秀家）が継いでいた。八郎はそれまで、人質として姫路城にいたが、秀吉の出陣で岡山にもどり、秀吉の後押しで家督したのである。

秀吉の出陣に前後して、福山にも毛利の後続部隊が到着していた。吉田の輝元も、元春も来援する手筈である。ただし、九州の大友の動きも警戒しなければならず、大軍を結集するわけにはいかなかった。

その日、小早川水軍の総帥・乃美宗勝《むねかつ》が福山へやってきた。瀬戸内の情勢をみずから報告にきたのである。

「秀吉というのは、聞きしにまさるまめな男よ。先年、来島の海賊衆を手懐けて気を良くしたか、蜂須賀正勝と例の黒田官兵衛を通して、わしら父子にまで誘いをかけてきた。織田の味方になれば安芸、周防、長門《ながと》のうち、いずれか一国を与えるというのだ」

むろん、相手にせなんだが――と、笑いながら宗勝は言った。

「官兵衛といえば、摂津有岡《ありおか》城（荒木村重）の地下牢で、一年余りも幽閉されて足が不自由になり、蛙のようにぴょんぴょん跳ねて歩くそうではないか」

と磯兼景通《いそかねかげみち》が言った。

兼通もすでに七十を超えているが、老来ますます矍鑠《かくしゃく》としている。

つづいて鵜飼《うかい》元辰《いあく》が言った。

「秀吉の帷幄では、竹中半兵衛の亡きあと、官兵衛が軍師役を務めているようだ。そもそも素性も知れぬ又家来だが、播州経略の先手を信長に承諾させたほどの男だ。なかなかの曲者らしい」

その元辰も六十の半ばである。

景通も元辰も、隆景が小早川家を相続した当時からの老臣で、年齢《とし》をとるのは当然だが、元気でいるのが何よりうれしい。沼田《ぬた》の筆頭家老だった宗勝の父・乃美景興《かげおき》は、すでにこの世の人ではない。

隆景が言った。

「正勝と官兵衛は、長左衛門（清水宗治）の招降にも、高松まで出向いている。秀吉が岡山へ着陣した、その翌日だ」

その報せを、すぐさま福山の隆景に伝えたのは長左衛門自身だった。

「それで、長左衛門は官兵衛たちに会ったのですか」

と宗勝が訊いた。

「いや、書面で申し入れてきた。書状のおもむきは、いまから信長に属して、西国の先手を務めるなら、備中、備後の二国を与えるといい、信長の誓紙と秀吉の添状を使いに持たせて、高松城へ寄越している」

「むろん長左衛門は拒絶したのでしょう」

「むろんだ。貞女二夫に見《まみ》えず。忠臣二君に仕えず。今更逆臣の身となるは、屍の上の恥辱――。と返答して使者を帰したそうだ」

「さすが、備中一のさむらいだ」

「秀吉は、念押しに日をあらため、重ねて高松城へ使者を送っているが、長左衛門が心変わりするはずはない。されば、岡山の軍勢は直ぐにも動き出すだろう」

隆景は言った。

その目の先に、備中、備前の境目で展開する、毛利と織田（秀吉）の一大決戦が浮かび出て、そして消えていった。

（いったい、味方に勝算はあるのか）

隆景は思った。

前将軍・義昭を担いで信長と断交し、木津川口に勝利したまではよかったが、その後の毛利の後退が、隆景には納得がいかない。あまりに無策という気がするのだ。

（以前の毛利に比べて、どこか今の毛利には欠けたところがある）

無策とするなら、それは戦略だろうか。たしかにそれもあった。だが戦略だけではない、もっと大きな何かがある。

正体を掴みきれないもどかしさに、内心いらだちながら、隆景はぼんやりと、武者窓の外の青空を見ていた。

三

「当城、平地の少し小高い山なれども、四辺に深田を帯び、あるいは池沼をめぐらし、わずかに一騎打ちの細道を通じ、五千の兵士死地にありて生を思わず、かかる所を人力をもって攻めんには、いたずらに命を落とし骨を砕くのみ」（『陰徳太平記』）

高松城はそういう要害である。

剛毅の城将・清水宗治の招降に失敗した秀吉は、四月十四日、宇喜多軍一万を先鋒にして備中へ入り、二十七日、自ら一万五千をひきいて龍王山に陣し、養子の羽柴秀勝に五千をあずけて平山村に置き、宇喜多軍は八幡山に布陣した。

先鋒を担った宇喜多軍は、二十五日、冠山城を攻めに攻めて攻め落とし、守将の林重真は自刃し、将卒百三十九人がこれに殉じた。五月二日には宮路山城も抜かれ、守将の乃美元信は高松城へ走った。勢いづいた敵は、翌日、加茂城も落とした。

一方、秀吉は、福山城の周辺へ足軽を放ち、所々に放火させて城兵を挑発したが、隆景は挑発に乗らなかった。兵力が不足で、輝元、元春の援軍部隊が到着するまで、戦える状態ではなく、このため、冠山や宮路山の城も救うことができなかった。

恵瓊が京都から備中へもどり、福山城へ鉢割れ頭を見せたのはその頃である。

戦場を意識したのか、恵瓊は法衣の下に鎧を着込んでいたが、遅参の理由を、

「信長が（武田）勝頼父子の首を京都で獄門に晒《さら》しよった。勝頼は美男子という評判で、女子供が騒ぎよる。それで鉢坊主も、勝頼の顔が見たさに出立が遅れてしもた」

と、この男らしい調子で弁解したと思うと、

「ときに、珠殿はどうしていますか。いったい、あの女子《おなご》は何者です。隆景様の女忍者ですか。いい女だ」

「西堂は知らなかったか」

「知らぬどころか、隆景様もやるではありませぬか、あんないい女子を手元に置い

て、気ままに使っているとは。この鉢坊主、今日まで知らぬとは迂闊だった」

「そんなのではない。珠は家老の鵜飼元辰の娘だ。今は元総の付人をしているが……」

隆景は苦笑しながら、珠のことを恵瓊に話して聞かせた。

恵瓊は目を皿にして、大きくうなずき、

「寡婦《やもめ》と聞いては胸が躍るわい」

と、案外な真顔でつぶやいた。

隆景は思わず吹き出したが、何にしても、こんな時に恵瓊の帰陣は心強かった。

秀吉は四月二十七日、高松城へ最初の攻撃をかけた。

城中には、主将の清水宗治以下五千が立て籠もっている。そのうち二千は、隆景から城内へ送った末近信賀《すえちかのぶよし》の援軍で、五百は婦女子と農民だが、城中の結束の固さは、城壁や櫓《やぐら》に立てた旗幟の勢いにも感じられた。

秀吉軍は果敢にその要害を攻めたが、城兵の逆襲にあい、多数の犠牲者を出して敗退した。その後も、数度にわたって攻撃をこころみたが、いずれも失敗した。

折から備中は雨期に入っていた。

頑強な高松城に手を焼く秀吉に、

「味方には恵みの雨」

黒田官兵衛が水攻めを進言した。

「官兵衛、わしはおんしを弟の小一郎《こいちろう》同様、兄弟と思うがや」

秀吉は膝を叩いてよろこんだ。

五月七日、秀吉は本陣を龍王山から高松城の東南・蛙ガ鼻《かえるがはな》へ移した。ここから足守川に沿って、城の西北・赤澤山の麓まで、およそ三キロの間に長堤を築き、上流を堰き止めて足守川の水を落とし、高松城を水浸しにする作戦である。

秀吉は、背後にいる隆景と、毛利の援軍に備えて、足守川の北岸に一万余の兵を配備し、安土の信長にも後詰《ごづめ》の派遣を要請して、すぐさま築堤工事にかかった。

築堤の総監督は、かつて美濃の川筋衆だった蜂須賀正勝が当たり、現場は官兵衛の配下で土木に明るい吉田長行が指図した。

堤は高さ四間（約七メートル）、幅十二間、大船三十隻分の石を土台に敷き詰め、その上に土豚《どとん》（土嚢）を積み上げたが、土豚造りと運搬には、周辺の土民を使役して、土豚一個につき銭百文、米一升を与えたので、雨中の工事にもかかわらず、堤はわずか十二日間で完成した。

ただちに上流の堰が開かれ、満水の川水が落とされると、城まわりの深田はみるみる水田と化し、八十八町歩が湖に変じた。

隆景は手勢をもって、福山から高松の南・天神山まで前進したが、兵力不足と秀吉軍の守備、それに足守川の増水で、それ以上進めず、目の前で高松城が水に浸かるのを、手をこまぬいて眺めるしかなかった。

「歯がゆいのう」

さすがの恵瓊も嘆息した。

隆景は笠と蓑を着て、その恵瓊と何度も物見台へ上り、城の様子を眺めた。

「信長は明智光秀を〔キンカンあたま〕、秀吉を〔禿げねずみ〕と呼ぶそうな。なるほど、うまいことを言う。しかし、あの禿げねずみは、ただ者ではない」

「三木城の干し殺し、鳥取城の渇泣《かつな》かし、あの男は刀も鉄砲も使わずに、城を落とす術を知っている。西堂（恵瓊）の言うとおり、さりとて八の者――だ」

「舎利弗《しゃりほつ》も逃げ出す猿知恵や。毛利には恐るべき手強い相手だ。あの狙公《そこう》（猿の別称）を中国経略の先達にしたのは、さすが信長、炯眼《けいがん》の持ち主や」

「築堤も、始めたらあっという間に完成させた。素早さも猿並みだ。感心している場合ではないが……」

苦い笑いと一緒に隆景は吐き出した。

はじめ石垣を洗っていた水は、長雨の雨量も手伝って、刻々と水位を上げ、いまや石垣を越えて城壁まで達し、付近の民家は水没して、雨中の景色は一変した。

輝元、元春の援軍一万が、ようやく前線へ到着したのは、五月二十一日だった。それでも遅い到着とはいえない。秀吉が早かったのである。しかし、そのために援軍も、足守川の北岸・岩崎まで進みながら、立往生するほかなかった。

五月末になると、高松城は屋根の上に簀の子《すこ》を出し、その上で城兵が寝起きをし、城中の連絡や人の移動には、紺屋の染板で急造した小舟を浮かべ、それに乗って漕ぎまわるという状態になった。

しかも、背中では、信長の援軍が来襲するという情報が続いていた。明智光秀、細川忠興、高山右近らの軍がすでに先発し、つづいて信長も、みずから大軍をひきいて西下するという。

六月に入ると、秀吉軍は船三艘を繋げて櫓を組み、櫓の上に大砲を据えて、城中へ威嚇射撃を浴びせた。水攻め後、初めて聞く砲声である。砲声の響く下で、霖雨《りんう》に煙る高松城は、首まで水に浸かっていた。

もはや開城の時である。

水没寸前の孤城落日に目をふさいで、

（安国寺《あんこくじ》の出番だ）

隆景は一人、つぶやいた。

四

「毛利の社稷《しゃしょく》を保つには、和議を結ぶほか道はない」

岩崎の陣中で、隆景は輝元と元春を説得した。輝元も元春も和議はすぐに認めた。事態がそこまで来ていることは、輝元も元春も理解していた。問題は和議の条件である。

はじめ輝元も元春も、毛利が譲歩する条件として、美作《みまさか》、伯耆《ほうき》、備中の三カ国割譲がぎりぎりの線だと主張し、同席の重臣も大方はこれに同調した。

だが、和議交渉に当たる恵瓊は反対した。三カ国割譲で交渉をはじめても、最終的には備後、出雲の二国を加えた五カ国割譲でなければ、秀吉は納得しない、というのが恵瓊の意見だった。

隆景も恵瓊に賛成した。秀吉の後ろには信長がいる。講和はそんなに甘くない。

「十カ国が五カ国に減じても、毛利を存続させることが、結句、洞春（元就）公の教訓に従うことになる」

隆景はくりかえし説得した。

説得しながら隆景は、今まで毛利に欠けていた何かが、何であるか、このときわかった気がした。

毛利は、元就の死後も短期間に肥満しつづけた。この異常な肥満体を、正常な体質に均《なら》す、地道な努力が欠けていたのだ。だが今はそのことを論じている場合ではない。

隆景の説得に、

「わしは五カ国割譲でもよい」

まず輝元が折れた。

輝元も、家督した頃は、尻上がりの丸い眼に、自信の無さや不安を覗かせていたが、今では自分の意見をきちんと言えるようになり、両川《りようせん》家に対しても礼節を守り、信頼や期待に応える気遣いも見せていた。

問題はむしろ元春である。

「出雲は知っての通り、洞春公以来、毛利にとっては怨念の領国だ。むざと割譲しては、洞春公に申し訳が立つまい」

熊鬚《ひげ》をしごいて反対した。

厄介な気配だった。別段、兄弟の仲は悪くはないが、安芸の山間にある日野山城を本拠に、おもに山陰方面に働く元春と、三原の海城から山陽、瀬戸内、さらに上方に働く機会も多い隆景とでは、考え方にも微妙なずれがあった。しいて言えば、剛強と柔軟のちがいがある。

しかし元春には、意地ずくにならない淡白さがあり、もとから弟の隆景には、情愛を感じていた。だが恵瓊とはなじめないらしく、あまり口をきこうとはしない。

ところが、恵瓊のほうは相手が誰でも遠慮はしなかった。

「織田の援軍が来てからでは、もはや和議の機会はありませぬ。信長はかならず、高松城中の人間を皆殺しにして、毛利に有無の戦を仕掛けます。和議など結ぶより、毛利を潰したほうが、そっくり領土になるからです。織田信長とは、そういう男です」

「長左衛門は、何とか助けたい」

ぼそりとした口調で元春は言った。

秀吉の招降も拒絶して、高松城を死守している城主の清水宗治を、この場の誰もが助けたいと念うのは情理であろう。

「元春様、和議折衝には、城主の切腹が条件に出るかと思います。五カ国割譲ということで、長左衛門の助命を交渉してみますが、如何です」

と恵瓊が言った。

元春はうつむいて、しばらく無言でいたが、やがて顔をおこすと隆景に言った。

「宗家がよいのであれば、わしもそれでよい。委細はおぬしに任せよう」

一座の者たちは、屈辱感よりも、ほっとした表情になった。万策尽きた今の毛利の苦境が、そのまま色に出た表情だった。

外は梅霖《ばいりん》が音もなく降りつづいている。

恵瓊が和議の使者として、蛙ガ鼻の秀吉の陣所へ出向いたのは、間もなくである。恵瓊は夕暮れに、岩崎の陣屋へもどってきた。梅雨の夕景はすでに闇に近い。恵瓊は輝元に和議交渉の報告をすませると、隆景が待っている幕舎へやってきた。

交渉は、双方の条件が嚙み合わず、明日あらためて再開することになったといい、帰りが遅くなったのは、和談のあとで、秀吉から酒肴が出たからだという。

「久々の再会で、狙公も鉢坊主も、よい機嫌になり申した」

「秀吉の条件は厳しかったようだな」

「わかりますか」

「西堂の顔にも出ている」

恵瓊は幕舎の灯火から顔を反らし、

「予測した通りでした。十年来の仲でも外交折衝となると話は別です」

と鼻を膨らませて笑った。

恵瓊は最初から五カ国割譲を持ち出して、城主・清水宗治の切腹は伏せていたが、秀吉は、恵瓊の条件を了承した上で、宗治の切腹を第一条件に出してきたという。

「狙公の気持ちもわからぬではない。主将の首も討たずに和睦などしたら、おれの首がなくなると笑っていたが、さもあろう。さすが狙公だ。長年飼われてきた主人の性格を、尻の中まで知り抜いている」

「和議の不調は、双方が長左衛門の切腹を、譲らなかったためか」

「あらためて、明日、話し合うことになりましたが、長左衛門の切腹は避けられませぬな。狙公は五カ国を三カ国にしても、主将の切腹は譲れぬと申しています」

「では、どうする」

「これから、高松城へ出かけて、長左衛門に会ってきます」

「おぬし、長左衛門に話すつもりか」

「長左衛門はわかってくれるでしょう。国人衆の裏切りや変節が、当たり前の世の中ですが、長左衛門は稀に見る忠烈の士です」

「いかにも、死なすには惜しい男だ」

隆景は腕を組んで吐息した。

こんどの対陣でも、毛利から秀吉軍へ何人もの国（人）衆が寝返っている。秀吉の巧妙な謀略にもよるが、少しでも有利とみれば、背中を向ける彼らである。

「安国寺は地獄へ堕ちます」

恵瓊が冷やかにまた笑った。

「辛いことだ」

隆景は言った。

この男も自分を殺して毛利のために働いている。なぜだろう、と思う。

やがて恵瓊は、幕舎を出ると、従者一人をつれて、五月闇《さつきやみ》の雨の中へ忍び出た。味方にも内密の行動である。ひたひたと道を急いで、ふたたび蛙ガ鼻の秀吉の本陣へ入った。

本陣では、秀吉と蜂須賀正勝、黒田官兵衛に会い、密談をすませたあと、小舟を出してもらい、高松城へ渡った。

五

翌日は、天正十年六月四日になる。

この日、蛙ガ鼻の陣所で、秀吉と恵瓊の間に、つぎの条件で和議が結ばれた。

一、城将・清水宗治が切腹し、籠城中の士卒は助命する。

一、領国割譲は、三カ国（備中、備後、伯耆）とする。

すべて昨夜のうちに決まっていたことだが、和議締結の時間だけ、なぜか秀吉の要請で、予定より一刻（二時間）も早められた。

この時点では、恵瓊も毛利も、秀吉方でさえ、秀吉と少数の部将を除けば、なぜ和議の時間が早められたのか、本当の理由を知る者は一人もいなかった。

恵瓊もまた、秀吉の性急で繰り上げられたぐらいに思い、それ以上、深く怪しむことをしなかった。だが、この二時間には重大な秘密がひそんでいたのである。

事件は京都で起こっていた。六月二日の未明、織田信長が明智光秀に弑逆《しいぎゃく》される事件、いわゆる〔本能寺の変〕が起こったのである。光秀は、信長の命をうけ、本来なら秀吉の援軍として備中へ向かうところを、途中から引き返して、本能寺に宿泊中の主君・信長を襲撃したのである。

凶報が秀吉のもとへ達したのは、翌三日の夕方、つまり、和議を締結する前日の夕方だった。秀吉が事件を厳秘にして、和議締結を急いだのはこのためである。

しかし、まだしばらくは、この大津波に誰も気付かない。

和議が成立すると、秀吉は新造船一艘に酒五荷、茶一袋を添え、高松城中へ送りとどけた。城主の清水宗治は、城中で最後の別れを惜しむと、その船に乗り、蛙ガ鼻の近くまで引き返した。

船中には宗治、宗治の兄の月清《げっせい》入道、隆景の将・末近信賀、宗治の家人・高市《たか》之丞、郎党下人ら七人が乗っていた。蛙ガ鼻からは、検使の堀尾吉晴が、迎えの小舟を出した。

まだ昼前だが、その頃からまた細雨が降りはじめた。蛙ガ鼻では秀吉と恵瓊、帷幄の諸将たちが湖上を見守り、陣所のまわりからも、軍兵がひしめき合って見物した。

宗治が船中に立ち上がった。四十六歳、六尺豊かの偉丈夫である。宗治は秀吉の方へ一礼すると、「いで最後に」と、静かに刀を抜き、ゆるゆると謡い、舞いはじめた。

川舟を駐めて逢瀬の浪枕
浮世の夢を見習わしの
おどろかぬ身ぞ儚《はかな》けれ

謡曲『誓願寺』である。月清や信賀がこれに唱和した。

やがて謡い終わると、宗治が作法どおり切腹した。つづいて月清、信賀が自刃、郎党の難波伝兵衛、白井左衛門が殉じ、最後に草履取りの七郎までが追腹を切った。

このあと家人の高市之丞が一同の遺骸をとりまとめて、検使の堀尾吉晴に引渡し、自らも割腹して、凄愴《せいそう》の儀式をしめくくった。

助命された城中の者たちは、輝元と隆景が、それぞれ吉田と三原へ引き取ったが、宗治の子の景治と、月清の子・行宗は隆景に仕えて終生、変わらぬ忠誠をつくした。

約定にしたがい、毛利軍は岩崎陣を撤収して幸山《こうざん》城まで後退した。それを待ってから秀吉は、築堤を破壊して水を引かせ、木下家定に高松城を請け取らせると、日没を待って全軍に備中退去を命じた。

総軍三万の撤退は、それほど簡単ではない。まず宇喜多軍一万が出発した。秀吉軍の先頭部隊が高松を出たのは六日の午前二時、秀吉の本隊は夜明け前、殿《しんがり》の秀長が撤退したのは朝である。

整然として堂々、しかも素早い秀吉軍の撤収ぶりに、毛利軍が感心したのは、しかしそこまでだった。その頃になって〔本能寺の変〕は、紀伊の雑賀《さいか》衆によって、ようやく毛利に伝わったのである。

じつはそれより前、信長を討った明智光秀から、毛利へ宛てた密書を持たせて、備中へ走らせた密使が、何と高松で秀吉軍の警戒網に引っ掛かり、異変は毛利より先に、秀吉に知られてしまったのだ。

「猿に、まんまと謀られた」

幸山城へ退いた毛利は、首脳陣より配下将兵が憤激し、ただちに講和を破棄して、秀吉軍の追撃に移るよう帷幄に上奏した。

だが、毛利の首脳は覚めていた。

この戦で中国武士の実力がわかったし、秀吉の恐るべき機略も目の当たりにした。今の毛利は外敵に当たるより、内を固めることが大事と気がついたのだ。攻めより守りに徹することを知ったのである。

輝元、元春、隆景は重臣らと申し合わせ、

「秀吉と交わした誓紙の血痕も、まだ乾かぬうちに、すぐ約束を破るのは、武士として恥ずべき行為で、やるべきではない。それよりも内外の情勢をよく観察し、毛利家本来の使命に立ち戻ることこそ、肝要である」

と説諭して、家中の激昂を抑えた。

秀吉の高松撤退は、俗に「中国大返し」とよばれるが、高松から姫路までおよそ八十五キロの道程を、六日に高松を出発し、七日にはもう姫路に達していた。

しかも七日は朝から暴風雨で、その中を泥道を駆け大河を渡り、姫路へ着いて振り返ると、後続の士はほんの数人だったという。それほど必死に駆けたのは、毛利の追撃を恐れたからでもあるが、秀吉には、この道の先に天下制覇が見えていたからだろう。

以後の秀吉が、山崎合戦で明智光秀を破ったあと、目を見張る勢いで、あっというまに、天下の階段を駆け上がったことは、すでに周知の事実である。

六

三原の海が凪《な》いでいる。五月の風が爽やかだ。海鳥の飛翔も軽やかで、浮き雲が飛天の美姿を想わせる。

隆景は、三原が気に入っている。愛する人のように、三原のすべてが好きだった。

吉川元春がその三原へ来ていた。隆景が招《よ》んだのである。

「よい時候に来てもらえました」

「新庄（安芸山県郡）の山里も、今がいちばんいい。どこを歩いても花が見られる」

元春が海を眺めながら言った。

元春もまた領地の里郷を愛しているのだろう。荒鬚に似合わぬ優しさが、元春にはあった。若い頃から『古今和歌集』『伊勢物語』『源氏物語』などを愛読していた。

「高松の戦から一年になりますな。あれから筑前守（秀吉）は怱忙《そうぼう》でしたが、毛利は手が空き、おかげで小早川では、領内、家中の和に力がそそげました」

「隆景らしい精進だ。わしも高松陣では、いろいろ学ぶところがあった。毛利が筑前に遅れをとった理由もわかった。領民と家臣を束ね、ととのえていく努力が、毛利は足りなかった。足りぬというより、急激な版図の広がりに、追いつけなかったのだ」

「高松陣が、よい意味で、毛利には転機になりました。今の毛利は時代も国勢も、洞春公の御代《みよ》とは異なりますが、それでも『天下を競望せず』という洞春公のお言葉は、銘すべきだと思っています」

「わしも、この年齢になって、見えないものが見えるようになった。『百万一心』の本意も、そこにあるのだろう」

話すほどに、元春の素直な心が、隆景の胸にしみこんでくる。輝元の父が、この場にいたら、どんな表情をして、この弟を眺めるだろうと思う。

隆景は言った。

「兄者、ところで、筑前守から、三原へ書状がまいっています」

元春を招んだのも、それが主たる用事だった。元春が鬚面をちょっと歪め、

「賤ケ岳《しずがたけ》で大勝しおったな。（柴田）勝家を倒して、いよいよ天下は猿の手で引っ掻きまわされるか」

と苦い調子で放言した。

信長亡きあと、清洲会議を主導し、さらに信長の法要を行って、信長の後継者と見られるようになった秀吉と、これに対抗する柴田勝家の激しい天下争いは、賤ケ岳の合戦でけりがついたが、どっちといえば元春は、勝家びいきで秀吉が嫌いなのだ。

合戦の前には、勝家からも毛利へ誘いがかかったが、両川家の反応はまったく逆だった。元春の気持ちは勝家に傾き、隆景は秀吉に進物を贈ったが、このときも宗家の輝元と元春、隆景の三者で話し合い、

「毛利はどっちつかず」

と決めたのである。

秀吉が、勝家を北庄城《きたのしょう》に滅ぼしたのは、今からわずか一月前だが、この一戦が秀吉には、天下分け目の大戦だったことは疑いようがない。事実、賤ケ岳の勝利は秀吉を天下人にのし上げたが、それだけ、秀吉のよろこびも半端ではなかった。

勝家の居城・北庄城が炎上するのを見て、秀吉は狂喜のあまり、

「一生の大望、武門の面目、これに勝ぐるものが、他にあろうかい」

そう叫んで、一メートルも跳び上がったという。跳躍した瞬間、猿は、おれは信長を超えた、と思ったろう。

得意絶頂の秀吉が、三原の隆景へ手紙を書いたのは、五月十五日のことである。

「筑前守は、高松陣で取り決めた領土割譲（国境）が曖昧だから、はっきりさせよ、と命じてきています」

隆景は言いながら、違い棚から秀吉の書状を持ってきて、元春の前に置いた。

元春は、黙って書状を開いた。

書面は、勝家を生かしては、天下一統に手間がかかるから、居城を攻めて、ことごとく首を刎《は》ねたと、得々と勝利を告げ、

「日本の治まりは、この時である」

天下はおれのものになったと言い、

「毛利は、領国の境目がはっきりしていないから、これを決めるとき、秀吉を怒らせ

ないように気をつけることだ」

　と豪語し、さらに、

「東国の北条も北国の上杉も、すでに秀吉の支配に任せると申している。毛利（輝元）も秀吉に属する覚悟をすれば、日本は頼朝以来の天下一統の世になるから、この分別をよくよく輝元に諭《さと》すことが、肝要である」

　と書き、もし秀吉の支配に異存があるなら、遠慮なく七月以前に、そのように返事をせよ、そのときは戦で決着をつけるだろうと、昂然、脅しをかけていた。

　元春は書状を折りもどすと、不快を露骨に見せて、膝の前へ投げ出し、

「のぼせおって――」

　声を殺して低く吐き捨てた。

「しかし、不問にはできません」

「隆景の考えは」

「領国境目のことは、西堂の他に折衝を任せられる者はおりません。筑前守の狙いは、おそらく、毛利と織田の和議を、毛利と秀吉の和議に変え、境目の線引きを有利な形で強行する腹でしょう」

「境目の決めようでは、また国人衆の乖離《かいり》、騒擾《そうじょう》が起こるだろう。迷惑な話だ」

「上杉、北条に倣《なら》えとも言っています」

「服属の証を見せろというのか。できるものなら、猿と戦いたい」

元春の目がキラッと光った。

「毛利の名を残すなら、人質を考えねばなりますまい」

隆景は冷静だった。すでに猶子の元総を送ることを考えていた。だが、そうなると、小早川だけでは秀吉が承知しないだろう。

「隆景、おぬしは、元総を筑前の人質に差し出す気か」

元春が、さらに強い目で隆景を見た。

「兄者も、経言《つねのぶ》を差し出してください」

隆景は言った。

経言（後の広家）は元春の三男で二十三歳になる。負けず嫌いで気性の激しい若者だが、父はこの子を愛していた。むろん隆景は承知の上である。

「お願いいたします」

隆景は頭を下げた。

元春はその弟から目を反《そ》らして言った。

「ことわる」

狙公《そこう》関白の城

一

高松陣の和議条件が曖昧だったことは事実である。しかし条件の細部を取り決める余裕がなかったことも確かだった。

要するに始めからやり直すのと変わらないが、その間、わずか一年余で、秀吉と毛利の勢力は、格段の差が生じていた。力で押されれば、毛利は不利を承知で秀吉の主張を呑むしかない。

毛利は、先に部将の林就長を上洛させ、つづいて安国寺恵瓊《あんこくじえけい》を派して、講和条件の交渉に当たらせることになった。

七月初旬、輝元の命をうけた恵瓊は、吉田《よしだ》を発って上洛する途中、三原へ寄った。三原は吉田と京都を上下する道筋にあるので、恵瓊と隆景はしばしば会っている。

「またまた大役を仰せつかりました」

恵瓊は隆景を見ると、皮肉な笑いを浮かべた。大役を仰せつけたのは本宗の輝元だが、輝元にそう進言したのは隆景だと、承知しているのである。

だが、そのことよりも、隆景は、恵瓊の面相にあらわれた窶《やつ》れが気になった。恵瓊の母親が郷里の安芸・安国寺で重い病気で臥せっていると、四、五日前に知ったからである。目の縁に隈ができ、頬が落ち込んでいた。頑丈そのもののような鉢頭が、鬱々と重く見える。

「西堂《せいどう》、母御が病気だそうではないか」

「母者なら、もう快《よ》うなりました」

恵瓊は手を振って、病母の話題を避けるようにした。

「大事ないか」

「安心なれば、こうして出てきました。それより喉が乾きました。いま一服」

恵瓊はすでに空にした茶碗へ目を落とした。広い額に汗が浮いていた。外は日差しがまぶしい残暑である。

恵瓊は言った。

「狙公は、都合の悪いことや、言いづらいことは正勝や官兵衛に言わせて惚《とぼ》ける。煽《おだ》てたり賺《すか》したり、脅したり、林就長が手こずっているようです」

「例の話か」

「もう、ご存じですか」

「毛利の細作《さいさく》（忍者）は飾りではない」

交渉の経過は、隆景のもとへも逐一、忍家によって伝えられていた。

先発した就長は、最初の交渉で、

「伯耆《ほうき》、美作《みまさか》、備中を黙って渡せばよいが、四の五の言うなら、八朔《はっさく》（八月一日）を期して、毛利と合戦する」

といきなり言い出され、仰天して本国へ急報し、指示をあおいだという。

「まるで切り取り強盗や」

脅しとわかっている恵瓊も、秀吉のやり過ぎには首をひねった。

「たぶん筑前は、西堂の上洛を待って、人質を要求するだろう」

「隆景様もそう思われますか」

「宗家《そうけ》にまだ子はいない。人質を出すのは両川家《りようせん》だ。わしの方はもう決めてある。藤《とう》四郎《しろう》（元総《もとふさ》）にも申し聞かせた」

「吉川家《きつかわ》は、如何しました」

恵瓊はそこで、二服目の茶を飲みほした。

隆景は言った。

「兄者には経言《つねのぶ》を手放すよう頼んでみたが、ことわられた」

「元春様とも思えませぬ。こんどの境目問題は、人質も絡《から》んでの交渉になります。元春様にも、そこのところは、ご料簡いただかぬと困りますな」

「兄者は、昨冬、元長（長男）に家督を譲って隠居され、経言を手元において可愛がっている。お気持ちはわかるが、まだ時間もあることだ」

何度でも話し合うと、隆景は言った。

元春がことわったのは、末子が可愛いだけではない、質子にだす相手が秀吉だからだ。隆景にはわかっていた。隠居したのも、秀吉の下で働くのが嫌だからである。

「誰も好んで人質を出す者はおりません。吉田で乃美《のみ》の御方様に会いました。女性《にょしょう》のことゆえ、御方様も、元総様の質子には胸を痛めておられるようで、鉢坊主にもいろいろと愚痴を申されます」

「三原へも手紙が来る。人質のことは承知していても、わが子と思えば、心配の種は尽きぬのだろう」

乃美の方は元総の生母である。安芸・桜尾《さくらお》の寺住まいで、元総と離れているせいか、心配なのであろう。質子に出しても、すぐ帰国できるように計らってくれなどと、隆景にも言ってくるのである。

「元春様には、鉢坊主からも、お願いしてみましょう」

恵瓊は三原に一泊して、翌日、上洛したが、一月ほどして、交渉の結果を報せてきた。それによれば、

「毛利が割譲する三国のうち、備中は河辺川《かわべ》以西、伯耆は三郡を毛利領と認める」

ということで、まずは恵瓊上洛の成果はあった。ただし人質については、秀吉から、吉川経言と小早川元総の両人を指名してきたという。隆景の思った通りだった。元春も、秀吉から名指しで、経言の上洛を促されては仕方がなかった。それ以上、我を張ることは、毛利のためにならないと、自分の方から折れて出て、隆景にも、

「隠居の身ではあるが、出来るかぎり力になりたい」

と率直に申し入れてきた。

元就《もとなり》の遺訓を固守して、毛利宗家のために尽くすという意識は、隆景よりも元春の方が、むしろ強烈だった。隆景には、やはり無二の兄といってよかった。

秀吉は、この年六月、大坂城へ入った。それまで大坂城は池田恒興《つねおき》の居城だったが、恒興は美濃大垣城へ移って、秀吉のために明渡したのである。

秀吉は、早くもこの要衝の地に、天下人が住むに相応《ふさわ》しい壮大な城郭の建設をもくろみ、九月一日から、築城工事を起こしたが、吉川経言が二宮俊実《としざね》を従えて、父・元春の居城・安芸新庄の小倉山《おぐらやま》城を出立したのが、その九月一日である。

経言主従は、吉田郡山《こおりやま》城へ寄って宗家の輝元に会い、質子として大坂へ上る挨拶

をすませ、輝元から慰労されたのち、草津へ向かった。草津は広島湾にのぞむ港である。

かつて弘治元年の秋、厳島合戦で、毛利の水軍が沖合に集結したところであり、草津城内で、元就をはじめ隆元、元春、隆景ら一族が、毛利の命運を賭けて、乾坤一擲《けんこんいってき》の作戦を練ったところである。

だが二十八年も前では、経言はまだ生まれていない。厳島合戦の話は何百回も聞かされたが、実感はない。従者の二宮俊実さえその頃は少年だった。主従にとって草津は舟運の港にすぎない。

経言は、ここから船で三原へ向かった。三原城で隆景の養子・小早川元総と会い、ともに秀吉の人質として、三原からふたたび船に乗り、瀬戸内を帆走して、泉州堺の港へ向かう手筈である。

二

吉川経言は、前髪を深く切り落とし、鬢《びん》の毛を長く伸ばし、口髭を細く揃えて、鞘《さや》が引きずるような長い刀を差していた。当世ばさら風である。

この前、高松陣で会ったときは、軍装をしていて目立たなかったが、こうして見るとやっぱり異風である。人質を意識して、わざとそんな恰好をしたのか、やっぱりどこか変わっていると隆景は思った。

しかし挨拶はごく真面目で、

「叔父上には、御機嫌よろしゅう。お世話になりまする」

そして永《えい》に対しても、土産に持参した鹿肉《ししにく》の味噌漬を差し出して、礼儀正しく、

「山家《やまが》の物で不調法ですが、お召し上がりください」

と丁寧に辞儀をする。元総ともすぐに打ち解けて談笑した。

隆景は、人質になる二人のために、堺へ出立する前日、城中で別宴を開いた。

宴席には、隆景・永夫妻、経言、元総、従者の二宮俊実と桂広繁《かつらひろしげ》、珠《たま》、乃美宗勝《むねかつ》、磯兼景通《いそかねかげみち》、鵜飼《うかい》元辰、井上春忠ほか重臣近侍三十人ほどが連なったが、本来なら、恵瓊も顔を見せるはずだった。

じつは大坂で、秀吉から人質の案内役を頼まれて、恵瓊は帰国していたが、用事が片づかず、病気の母親も気がかりで、出立が遅れ、このため三原へは寄らずに、郷里の安国寺（広島）から直接、早船で堺へ直行することになったのである。

その夜は、三原の海に月が浮かび、漁舟が灯す明かりが、波間にきらきら輝いて、眺めも佳《よ》かった。永が、年若い二人のために、琴を弾じ、その音と潮騒が溶け合って、人々を酔わせた。

そんな雰囲気の中で、恵瓊の話が出たとき、経言が、話の途中で突然、声を上げ、

「安国寺はいなくても、堺はある」

と言ったのには、宴席がちょっと白けた。

恵瓊の案内など無用と言ったのだろうが、経言が恵瓊を嫌っているのが、はっきりと見てとれた。

珠は、質子の元総に付き添っていけないのを残念がり、元総に従伴する桂広繁に、何やかやと、元総のことを頼んでいた。

広繁はもと加茂城の城主で、国境七城主の一人だったが、高松陣で宇喜多軍に城を落とされたのを恥じ、切腹するところを隆景に諭《さと》されて、三原で隆景に仕えるようになり、こんど元総の付人に選ばれたのである。

「お引受け申す。分かり申した」

律儀な広繁は、珠の頼みにいちいち返事をしては、うなずいていた。

翌朝、経言、元総の主従四人に下人《げにん》二人の一行六人は、三原の船着きから、小早川の軍船に乗りこんで堺へ向かった。堺には十月二日、無事に着き、経言は賢法寺に、元総は玉蓮寺へ入ったが、同じ日に、すこし遅れて恵瓊も早船で堺へ到着した。

恵瓊と合流した一行は、その夜は、大坂から出迎えにきた蜂須賀正勝と黒田官兵衛の歓迎を受け、翌日は彼らに伴われて大坂へ上り、大坂城で秀吉と対面した。

秀吉は盛大な宴を張って両人を持てなし、太刀やその他を引出物に贈った。両人は数日後、ふたたび堺へもどって宿舎の寺に落ち着いた。二十七日には、泉州貝塚にいる本願寺の顕如上人からも贈り物があった。

十一月に入って、両人はまた大坂城へ上ったが、ここで秀吉は、毛利の誠意を認めたとして、経言に帰国を許したが、元総はそのまま大坂城内に残され、秀吉の側に置かれて可愛がられた。

秀吉が、織田信雄《のぶかつ》、徳川家康の連合軍と小牧・長久手で戦うのは、翌年の三月だが、秀吉はこの戦《いくさ》にも元総を従れていき、戦後、大坂へ帰還すると、同じ人質として、大坂城内に留め置いた大友宗麟《そうりん》の娘を、自分の養女として元総に妻あわせ、秀吉の一字を与えて「秀包《ひでかね》」と名乗らせた。

大友と毛利は昨日まで敵対していた関係である。秀包への配慮は、大名間を融和させる秀吉の政略でもあった。

元総改め秀包は、その後も秀吉に目をかけられ、河内に一万石を給されたが、人質を解かれるのは、翌天正《てんしょう》十三年六月の四国征伐が終わった後になる。

三原の海城を、穏やかな正月が過ぎていった。梅の季節が終わり、城山の桜がちらほら咲きはじめる頃、恵瓊がやってきた。

恵瓊と会うのは半年ぶりだが、鉢坊主はすっかり元気になっていた。

領国境目の交渉も人質の問題も、一応片づいたし、安国寺の病母の容体も持ち直したからであろう。鬱々と重たげだった鉢頭が、力強く起き直り、翳《かげ》れの翳が消えていた。

隆景は、恵瓊の好きな酒を振る舞った。

「酒は太田川か、博多の練貫《ねりぬき》にかぎる」

恵瓊はご機嫌で飲んだ。

太田川は恵瓊の郷里の地酒で、練貫は博多産の酪酒である。

「もう一人、酒豪を呼ぼう」

微笑をふくんで、隆景が言った。

「ほう、誰ですか、相手は」

「西堂が片思いの女人だ」

「珠殿――」

恵瓊は顔を赤くすると、すぐさま、

「こたびの交渉で、狙公から、今日の鉢坊主は毛利の使いやが、このつぎは秀吉の使者として働いてほしい、と言われました。まったくもって、世辞の上手い男です」

と早口に喋った。

柄にもなく照れているのだ。だが恵瓊が喋った言葉が、隆景はふっと気になった。

お世辞だけですまされない秀吉の本心を、嗅いだような気がしたからである。

秀吉には正勝や官兵衛のような謀臣はいるが、もう一人、恵瓊のような外交の達者が欲しいに違いない。

しかも恵瓊は、こんどの境目問題で毛利の宿老家臣団から疎《うと》まれ、家中から独り浮き上がっていた。それに気付かぬ恵瓊とは思えぬが、隆景には心配だった。

隆景は言った。

「西堂、聞いてくれるか、以前から、おぬしに、言おうと思っていたことがある」

「何でしょう」

恵瓊が敏感に反応し、真顔になった。

隆景は言った。

「宗家をはじめ両川の老臣衆を、あまり刺激せぬ方がよい。おぬしが頑迷固陋《がんめいころう》の老臣衆を、鈍物《どんぶつ》、井の中の蛙《かわず》とこきおろす気持ちはよくわかる。しかし、頭の古い彼らとて、切れば血の出る人間だ。いつ鉢坊主を仕倒さぬとも限らぬ。おぬしのためだ」

するとと恵瓊が膝をあらためた。

「これは慮外。ならば鉢坊主も申します。老臣衆は、毛利の十カ国が七カ国に減ったことを、鉢坊主の罪のように言いますが、七カ国も残ったとは誰ひとり言わない。昔の十カ国に取り憑かれ、あすこもここも、あの城も毛利の所領だった、だから引き渡せ、返還するよう交渉しろと騒ぐだけです。そんな声が猿に届いてご覧じろ。七カ国がこんどは三カ国、いや毛利は取り潰されてしまうかも分かりませぬ。なぜ、七カ国も残ったから、これを永代守ろうと考えないのか」

「いかにも西堂の言う通りだが、家老衆を怒らせるのは危険だ。おぬしは上方衆に比べて、中国衆は鈍足で、兵力、戦略、経済、どれをとっても十年は遅れていると言ったそうだが、事実であっても、今、彼らに言うべきではない。わしに言わせれば、西堂には、自分が毛利に必要な人間だという自覚が足りない。もっと、おのれを大事にせよ」

「隆景様、鉢割れは上方びいきで申すのではありませぬ。毛利のためを思うからです。鉢割れの身をご心配くださるのは、まことあり難いが、それより前に、石頭の家老衆に毛利を潰されないよう用心が……」

「西堂、話はこれまでだ。珠が来る」

隆景は、声を低めて恵瓊の言葉をさえぎった。回廊の向こうから、侍女を従えてこっちへやって来る珠が見えた。

もう少し話をつづけたかったが隆景はひかえた。恵瓊が毛利を飛び出して、天下（秀吉）へ去ってしまうような不安が、かすかだがまだ残っていた。

「何やら、お話が弾んでいるようで、西堂様、お久しゅうございます」

総髪に直垂《ひたたれ》姿の珠が部屋へ入ってきた。

「これは珠殿、男振り、いつ眺めても、艶やかで、お美しい」

恵瓊がわざとらしい声をあげ、顎を引き、惚れ惚れという仕種で珠を見た。

隆景も笑顔で珠をむかえた。

三

秀吉と毛利の関係は、思ったよりも好転し、その年の暮れには、美作高田城、伯耆八橋城、備中松山城が毛利に返還された。これで、領国境目で国人《こくじん》衆同士が争ったり、騒いだりということも、大方なくなった。

恵瓊の外交手腕でもあるが、秀吉のほうも小牧・長久手戦で家康に苦汁を飲まされた後だけに、毛利を早く確実に従属させたい気持ちが働いたのであろう。

年が明けた二月、人質の秀包が、秀吉から一時帰国を許されて三原へもどってきた。隆景夫妻も珠も一年半ぶりである。小牧陣へ従軍し、結婚もした十九歳は、わずかな間に大人びて、逞しい美丈夫に成長した。

秀吉は、わざわざ隆景へ手紙を送り、

「ゆるゆると、親元で甘えさせよ」

と言いながら、月内には必ず大坂へ返すようにと命令し、秀包の休暇は半月もなかった。秀包は忙しい。ゆるゆるどころか、その間に桜尾の実母にも会い、吉田の輝元、新庄の元春と元気な顔を見せに駆け回った。

ここに秀包の傅役《もり》を離れることになった男振りの美女・珠は、あらためて隆景の帷幄《いあく》で参謀役をつとめることになった。もともと武術兵法を愛し、その道の手練者である珠は、独特の戦略観を持っていた。

秀吉が、十万という大軍をひきいて、紀州（根来衆《ねごろ》、雑賀衆《さいか》）討伐に向かったのは、この年三月二十一日で、このとき毛利は水軍を徴用され、輝元、隆景が船手をひきいて、海上から泉州の岸和田《きしわだ》へ出張った。

戦はわずか三日で片がつき、紀州は平定されるが、この紀州討伐が、毛利が初めて秀吉に属して出兵した戦であり、そして、珠にとっては初陣になった。

紀州を平定した秀吉は、年来、果たせずにいた長宗我部元親の四国遠征を、いよいよ実行した。といっても秀吉自身は、病気と称して上方に居座ったまま、弟の秀長を総大将として四国へ渡らせた。

多忙の秀吉は、朝廷工作などもあって、病気というのは仮病くさいが、本来が四国戦は、秀吉が陣頭に立つほどの戦ではなかった。代理の秀長で充分間にあったのである。

六月十六日、秀長軍は阿波に上陸し、時を合わせて、宇喜多秀家、蜂須賀正勝、黒田官兵衛の軍が讃岐に上陸した。

毛利軍は輝元が吉田の留守をし、隆景と吉川元長（元春の長子）が、二万をひきいて伊予へ上陸した。

隆景の陣には、秀吉から許されて、秀包が一隊をひきいて加わっていた。むろん珠も隆景の陣営に在って、秀包と再会し、

「若殿、ご立派になられました」

と秀包の凜々《りり》しい鎧姿に目をうるませた。

恵瓊も軍監として従軍し、もっぱら総大将の秀長と毛利軍の連絡に当たった。

「鉢割れコウモリや」

秀長の本営がある阿波と、毛利軍の戦域である伊予の間を、せわしなく往来する恵瓊は、そう言って笑った。

かつて織田信長は、四国の統一にせっせと励む長宗我部元親を嘲笑い、

「鳥なき里の蝙蝠《こうもり》」

と評したが、恵瓊はそれをもじったのだろう、四国遠征は全体にのんきな戦争だった。

もともと兵農分離が出来てない「一領具足」が、プロ集団といってもいい軍事組織

を持った秀吉軍に敵するはずがなかった。一領不足なのである。

伊予の新居浜《にいはま》に上陸した隆景は、後続する吉川、宍戸《ししど》、福原の諸隊を待って、七月二日、黒河広隆の丸山城を攻め降し、降将の広隆を先導にして、十三日には金子伝兵衛の高尾城を厳しく包囲した。

城地を支えかねた伝兵衛は、十四日の夜、闇に紛れて脱出したが、吉川勢に取り詰められ、乱戦の中で落命した。

隆景は前進して高外本城を攻撃し、城主の石川虎千代を土佐へ走らせた。ついで隆景は、宇摩《うま》郡へ入り仏殿城に迫った。仏殿城は讃岐の国境に近く、また長宗我部元親が本陣とする阿波の白地城にも近かった。

この地で、吉川軍をひきいる元長が、風邪で倒れたため、安芸から弟の経言が代わりに呼ばれた。経言はばさらの流行を捨てて、小鬢や口髭を剃り落とし、片紅威しの勇壮な鎧で吉川軍の指揮をとった。「鬼吉川」の伝統に目覚めたのであろう。

八月に入り、いよいよ仏殿城の攻撃にかかろうとしたとき、長宗我部元親が降伏した。ようやく勝ち目なしと覚ったのだ。隆景は攻城を中止し、讃岐に入って総大将の秀長と会見し、秀長は全軍に停戦を令した。

八月六日、四国戦争は終わっていた。

四

その頃、秀吉の大坂城は出来上がった。

完成した大坂城の規模は、本丸と山里丸を中心に二之丸、三之丸とあり、北は淀川、東は玉造《たまつくり》、西は東横堀川まで三里八町、総面積は百万坪を超える広大なものだった。

本丸天守は五層八階で、屋上には金鯱《しゃち》が燦然と輝き、南の殿館には大玄関、千畳敷大広間、黄金の間、田楽の間などの豪華な部屋が造られた。

山里丸は石山本願寺の跡をそのまま残した鬱蒼たる山中で、二之丸は本丸を囲み、その外側に三之丸、さらにその周辺に、諸大名の屋敷が建てられた。

普請は三十余カ国の大名に課され、一日三万を超える人夫が使役され、昼夜兼行の突貫工事で進められたが、最大の苦労は石垣用の巨石の運搬だった。連日、海陸から運ばれる大石の列が蟻のように続き、堺の港だけでも日に二百艘の石船が出入りした。

築城に並行して城下の建設も進み、諸大名から京、伏見、堺や博多の豪商たちの別邸が建ち、町人や職人、人夫などの住まいや長屋、商売屋、傾城《けいせい》屋もできて、果てしもない街衢《がいく》に広がっていった。

大坂城完成後の七月十一日、秀吉は従一位《じゅいちい》に叙され、関白に就任した。秀吉の朝廷工作は、賤ケ岳《しずがたけ》大勝後から抜け目なくおこなわれ、従四位《じゅしい》下参議から、瞬く間に、従《じゅ》三位《さんみ》権大納言《ごんだいなごん》、正二位《しょうにい》内大臣、そして関白である。

氏も素性も持たぬ百姓生まれの秀吉が、天下を取ったあと、いちばんに欲しかったのは、権威を象徴する官位であったろう。関白は臣下最高の官職で、秀吉の得意や思うべしである。

四国から安芸へ凱旋した隆景が、その秀吉に謁するため、三原から海路大坂へ向かったのは、十一月二十八日である。四国戦の功を賞されて、隆景は、伊予三十五万石を秀吉から与えられたが、そのうち二万三千石を恵瓊に分与した。

今日は、その御礼言上と、大坂築城の祝福を兼ねた旅である。

乃美宗勝、井上春忠、鵜飼元辰らの重臣も相伴した。秀包と珠も一緒である。新庄の吉川元長も吉川経安、今田経高らを従えて隆景に同行した。吉田の宗家輝元からも家臣・渡辺長と安国寺恵瓊を随伴させた。

総勢百人を超す一行は、十二月十九日、堺に着き、隆景たちは賢法寺へ宿をとり、元長たちは玉蓮寺へ宿泊した。

秀吉は、大谷吉隆、蜂須賀正勝、黒田官兵衛を上使として堺へ下し、一行の接待に当たらせた。一日おいた二十一日、一行は上使と共に大坂へ上り、築城成った大坂城で、関白・秀吉と対面した。

「よう参られた。よう参られた」

秀吉はいかにも慇懃に、いかにも馴れ馴れしく一行を迎え、諸大名が居並ぶ客殿で、隆景たちの挨拶を受けた。

挨拶がすむと、隆景から秀吉に、太刀一振り、馬一匹、大鷹三羽、虎皮三枚、銀子五百枚、紅糸百斤《きん》を献上し、元長からも同様な進物の献上があった。

秀吉は隆景と元長に向かって言った。

「高松で和睦したときは、約束を破って、おれが跡を追ってくると覚悟をしていたが、固く誓約を守ってくれたお蔭で、おれは光秀を成敗できたばかりか、こうして天下を手に入れ、関白にまでなれた。みんな両川のお蔭や。この恩は報いても報い足りない」

そのとき、秀吉の両眼に涙がふくらんで、ぽろっとしたたり落ちるのを隆景は見た。ふしぎを見せられた思いがした。こういう席でも、衒《てら》うことなく泣ける秀吉に、隆景はちょっと感動した。

秀吉はつづけた。

「それにしても、元春が隠居して、逢えないのが残念や。元春とは何度も戦った。痛い目にもあわされた。いちどは逢って軍物語《いくさ》がしたかったがや。今日は逢えんでも、来年は九州退治をするつもりやから、元春にも参陣してもらい、向こうで対面して、積もる話をして胸の閊《つか》えを散じよう。おんしが元春のせがれか、そうか、そうか」

秀吉は懐かしそうに、元長を見て何度もうなずいた。

秀吉に号令されるのが嫌で隠居した元春なのに、秀吉はそのことを知らない。元春が秀吉を嫌いでも、秀吉は元春を好いているのである。人間とはおかしい。

やがて座は客殿広間の宴席へ移された。

饗膳の上は目をうばう豪華な料理の山である。宴のあと、秀吉は、隆景、元長、恵瓊、その他、小人数を従れて黄金の茶室へ案内した。途中で衣装を替えてきた。

式服の大紋から、唐織り紅裏の小袖に着替え、帯も紅色のを結んで、片方を長く垂らし、髪には萌黄《もえぎ》の括り頭巾《ずきん》をしていた。足袋は赤地の金襴《きんらん》である。大坂城の主から、茶の湯を振る舞う亭主への変身を、楽しんでいるふうに見える。

茶室は組立式の三畳敷で、天井から壁、柱、敷居、鴨居、障子の骨まですべて金張りで、茶道具も茶筅《ちゃせん》や柄杓《ひしゃく》のほかは茶入れ、釜、水指しなど、すべて金拵えで、畳は猩々緋《しょうじょうひ》、縁は黒地の金襴という豪華なものだった。振る舞いにあずかる客は、ただ目を見はり、溜め息の連続である。

翌二十二日も、秀吉みずから城内を案内し、八階建ての天守も見せられた。

「ついでのことや。毛利の家来どもも、まとめて見物させちゃろう」

秀吉の気安さで、安芸から従いてきた上下の家来百人が、城番衆のあとに、ぞろぞろと付いて歩いた。

秀吉の寝室は九間（約十六メートル）四方もの広さで、寝台や枕は黄金の彫刻で装飾され、褥《しとね》には猩々緋が使われていた。風呂や雪隠もこれに準じた豪華さである。

寝室の隣も寝室で、ここには秀吉の茶堂《さどう》・千利休や津田宗及《そうぎゅう》らが控えていて、

「さらば、秘蔵の壺を見せ申そう」

秀吉の言葉で、部屋に置かれた名物の茶壺などが、利休たちの説明で披露された。金襴紅緒の袋から出された茶壺には「四十石《よんじゅっこく》」「松花《しょうか》」「撫子《なでしこ》」「佐保姫」などがあった。名物名器のほとんどは、かつて信長が所蔵したものだった。

天守の眺めもおどろくばかりで、大坂湾の果てまでつづく眺望は、絶佳というより気が遠くなりそうだった。九年前、織田水軍を破って本願寺へ兵糧を入れた木津川の川口は、すぐ目の下である。

難攻不落——の四文字が、隆景の脳裏をよぎった。

かつて秀吉は、賤ケ岳の勝利に狂喜して、

「日本の治まりは、この時だ」

と隆景に書き送ってきたが、いま秀吉は、

「日本の治まりは、この城だ」

と言っている気がする。

翌二十三日は、秀長の茶の湯の会、二十四日は、秀吉の能楽の催し、二十五日は、秀次の茶の湯の会と、いささか飽食の交歓が連日つづいた。

十二月二十六日、ようやく帰国の日である。一行は海路を下るつもりが、秀吉から、

「ここ数日、朔風《さくふう》つよく、海が荒れて海難が頻発している。陸路をとるように」

と懇《ねんご》ろに諭され、陸路に変更した。

別れに際して秀吉から隆景に、備前一文字則宗の太刀と鎌倉正宗の脇差が贈られ、元長へは備前三郎の太刀が贈られた。さらに両川の家老たちにも良馬が贈られた。

帰路は、蜂須賀正勝と黒田官兵衛が備中河辺川まで送るように命ぜられ、一行に付いてきた。両人は河辺川まで来ると、秀吉からの伝言を、隆景と元長につたえた。

「来年は、九州の逆徒・島津、秋月《あきづき》らを退治する。各々はその方角に当たるゆえ、先陣を承るべし。また、隠居の身たりとも、吉川元春は軍事老巧の者なれば、弓矢の差図をも頼むべく、ご苦労なれど出陣あるべし、九州平均の上は筑前一国を与うべし、右の趣、かくと元春にも申し伝えよ」

隆景は、関白の伝言を畏まって承り、

「遠路、はるばるのお見送り、かたじけのうござった」

丁重に礼をのべ、正勝、官兵衛とそこで別れた。

河辺川畔に、白いものがちらちら飛んできた。冬日の射す明るさの中で舞う風花だった。一行は、ほんのしばらく、粉雪の踊りに見惚れた。背中に寒さがしみてきた。

乃美宗勝が駒を寄せてきた。用事ありげな顔ではない。馬腹を合わせると、穏やかな目を隆景に向けて、宗勝は言った。

「いささか、疲れましたな」

「いささかな」

隆景は、ゆっくりうなずいた。

天正十三年はこの日で逝き、明日はもう丙戌《ひのえいぬ》の新しい年を迎える。

五

明けて隆景は五十四歳である。

秀吉は、この年、聚楽第《じゅらくだい》の建設に取りかかった。秀吉の普請道楽は、このあともさらに続くが、聚楽第は単なる普請ではなく、京都の町全体を城郭（要塞都市）化する意図があった。結果的には聚楽第は完成したが、京都の城郭化は町衆の強力な抵抗があって、失敗に終わっている。

豊後の大友宗麟《そうりん》が大坂へ上ってきたのは、聚楽第の基礎工事が進んだ四月上旬のことである。五十七歳のキリシタン大名は、このとき憔悴しきっていた。一年後には天国へ召されてしまうが、それでも必死だった。

かつては九州六カ国に覇をとなえた守護が、天正六年、耳川《みみかわ》の合戦に惨敗していらい、島津の攻勢に喘ぎつづけ、ついに自ら上坂して、秀吉の援助を求めてきたのである。

秀吉は、その宗麟にも大坂城内をくまなく案内して見せ、島津退治を約束すると、宗麟を労《いたわ》り領国へ帰らせた。

秀吉が、毛利輝元と両川へ、島津討伐の先陣を命じてきたのは、四月十日のことで、思ったより早かったのは、この宗麟の上坂が呼び水となったのであろう。

秀吉から輝元へ下した指令は、

一、諸大名へ島津討伐の軍令を出す前に、要所の城を固めること。

一、豊前、肥前より人質をとり固め、門司、麻生、宗像《むなかた》、山鹿《やまが》など諸城の兵力、兵糧を増強すること。

一、九州に到る道路の整備をすること。

一、赤間関《あかまがせき》（下関）に倉庫を建てること。

一、筑前の検使に、安国寺恵瓊、黒田官兵衛を仰せつけること。
一、大友と連携し、慎重に協議すること。
というものだった。

先に秀吉は、関白の名で島津に対し、大友と講和するよう命じたが、島津では、

「頼朝いらいの名家（島津）が、氏もない成り上がり者の秀吉を、関白扱いできるか」

といった態度で、悪いのは大友の方だと決めつけ、秀吉の命令を拒んだ。

秀吉も島津の抵抗は予想していたので、この拒絶は、むしろ島津討伐の口実になった。そこへ宗麟が泣きついてきたのだ。

輝元は、とりあえず長井筑後らを赤間関（下関）に派して守備を厳重にさせ、椙森《すぎもり》少輔《しょう》に北九州偵察を命じた。

九州では七月六日、島津義久が肥後に入って八代に陣し、島津忠長、伊集院忠棟《いじゅういんただむね》らが筑紫広門《つくしひろかど》の勝尾城を攻め降し、ついで十二日、高橋紹運《じょううん》の筑前岩屋城を包囲した。

紹運と子の立花宗茂は、大友宗麟が推挙して秀吉の旗本（直属の部下）になった勇将である。宗茂もこのとき立花城を堅守して島津軍の猛攻に屈しなかった。

しかし風雲は急である。

秀吉は七月二十五日、黒田官兵衛、宮木豊盛を毛利へ下した。両人は七月晦日《みそか》、備

後三原に着いて、海城へ入った。

隆景は、海の見える書院へ二人を通した。

「こたびは飛脚人で飛んで来ましたから、ぬるやま（のろのろ）とはいきませぬ」

不自由な両足を、ぴょんぴょん跳ぶようにして部屋へ通ると、官兵衛は一まわり年上の隆景に、禿げた額を深く下げた。

頭髪の前が薄いのも、有岡城に幽閉された名残だという。すでに官兵衛とは濃い馴染みだが、官兵衛の片腕でもあった老巧の蜂須賀正勝は、ついこの五月に六十一歳の生涯を終わっていた。

秀吉が大泣きに泣き悲しんだというが、元気でいれば、いま官兵衛と一緒にいるのは、宮木豊盛ではなく、蜂須賀彦右衛門正勝であったろう。隆景が悔やみを述べると、

「急ぎの用なれば、ご無礼をいたします」

官兵衛は挨拶を抜いて、すぐ用件を口にした。秀吉からの用命だった。

「関白様には、一刻も早く門司城の増兵を図り、両川のうち一人を門司に派して、兵の多少にかかわらず、要所には四つでも五つでも城を築き、門司と赤間関の連絡警備に当たるよう、必要とあれば弾薬、兵糧はどんどん補給するゆえ、遠慮なく申し出よとのことでございました」

「委細、かしこまってござる。で、貴公、これからの予定は」

「輝元公にも、関白様より伝言がございますれば、今からすぐに吉田へ参ります」

「ならば新しい馬を用意させよう。その間に湯漬けなどどうだ」

「それは、かたじけない」

官兵衛は豊盛とうなずき合って、礼を言った。二人が湯漬けを食している間に、隆景は馬の支度をととのえさせた。

「馳走になりました。いずれ、近々関門の陣幕で再会することになりましょう」

官兵衛は曲がった足を、器用に撥ね上げて馬上の人となり、

「三原はよいところです。こんど参るときは、ぬるやまでお邪魔がしたい」

隆景に別れを告げて、駒足を早めた。

官兵衛らは、それから吉田で輝元に会い、秀吉の用命を伝えたあと、九州、関門方面の情報を耳に入れ、休む間もなく、その日のうちに吉田を発ち、八月十一日、大坂へもどって、秀吉に委細の報告をすませた。

その間の八月十日、輝元は、神田元忠ら三千を赤間関へ先発させ、みずからは十六日、手勢をひきつれて後続した。先発の神田隊は、八月末、関門海峡を越えて門司城へ入った。輝元は、九月五日、防府《ほうふ》に陣した。

一方、隆景は、いったん新領地の伊予へ渡り、八月晦日、そこから水軍をひきいて

赤間関へ向かった。吉川元春は、もうすこし遅れて出雲を出立した。

その頃、黒田官兵衛も安国寺恵瓊らと大坂を発ち、赤間関へ向かっていた。

六

毛利軍は赤間関に集結した。

隆景と官兵衛が陣中に再会したのは九月九日である。輝元もまもなく着陣した。はじめ毛利は立花宗茂の立花城を救おうとした。すでに岩屋城が落ちて高橋紹運が討死し、紹運の次男が守る宝満城も開城して、立花城だけが島津軍の重囲に屈せず、孤城を支えていたからだ。

ところが毛利の援軍来襲と知って、島津軍が立花城の囲みを解いたため、毛利陣では作戦を変え、官兵衛が、直ちに海峡を越えて豊前の小倉城を攻めようと主張したが、それには吉川軍が未着だし、兵員に不安があった。そこで元春の到着を待つことにした。

元春が赤間関に着陣したのは、九月二十四日である。元気な熊鬚《ひげ》を見て、隆景は安心した。熊の左右には元長、経言という生きのいい子熊が従いてきていた。大隠居した元春が出馬してきた意外さに、陣中も「鬼吉川の到着」とよろこんだ。大方の将兵は、元春が秀吉のたっての希望で出陣したとは知らないのだ。千軍万馬の元春でも、出たくて出てきたわけではない。秀吉の意に逆らって、万一、毛利に迷惑がかかるのを恐れたのだ。

隆景には、そういう元春の律儀がよくわかる。わかるから、なまじ慰めを言うよりは、そっと見守っていたい。

元春が加わったので、十月三日、輝元以下全軍が門司に渡り、翌四日、小倉城を攻めてこれを落とした。城兵は走って香春岳《かわらだけ》へ逃れた。小倉城は香春岳の城主・高橋元種の枝城だが、元種も毛利に降った。

それより前、官兵衛は隆景とも相談し、得意の謀略で豊前、筑前の将士に、毛利への招降を勧めていたが、小倉城が落ちたこともあって、豊前の馬岳《またけ》城、広津城、時枝城、筑前の剣岳《つるぎだけ》城、浅川城、古賀城などが、つぎつぎに人質を出して毛利に降った。

だが、このとき島津軍は、義久が大軍を催して、肥後と日向の両方面から、豊後へ進軍してきた。これを知って、いったん毛利へ降った高橋元種が、ふたたび香春岳城に籠もって毛利に反抗した。

元種は、香春岳城を援護する脇城として、東方の宇留津に砦を築き、嘉久与次郎、同新右衛門らを入れ、土民の一揆勢を狩り集めて守備させ、毛利軍の攻撃に備えた。

毛利は、香春岳城を攻撃することになり、小倉城内で軍議を開いたあと、隆景、元春、官兵衛の三軍は、小倉城を出て刈田の松山城まで前進した。

隆景と官兵衛は、ここでも使いを宇留津城へやり、降伏を勧めたが、城兵は応じなかった。やむなく松山を発して、十一月七日の夜明け前、宇留津城を包囲した。

城は、東が海に面し、大手は南にあり、搦手《からめて》は北である。大手を官兵衛、搦手を隆景、西口を元春がうけもち、三方から宇留津城に攻撃をかけることになった。

元春が、突然、病に襲われたのは、このときである。悪性の癰《はれもの》（腫瘍）だった。さすがの熊が立っていられなかった。

「わしのことなら心配は無用だ。かまわず、城を攻めよ」

元春は両手で力いっぱい頭を押さえ、大鬢の中へ顔面を押し込むようにして、痛みを堪えながら、隆景たちに言った。割れるような激痛が頭部を切り裂いているらしい。

最前線で医者がいない。歴戦老巧の者なら少々の傷や病気は、自分で治せるくらいの知識や腕は持っているが、こんな病態は計算の外である。

隆景は、二人の息子と官兵衛を脇へ呼び、

「小倉へもどそう。ここには置けない、医者が要る」

「――」

誰も応えない。その背中で、

「わしに構うな、城を攻撃せよ」

鬼のような形相で、血を絞るような元春の声がする。

激甚な痛みの中で、元春は周囲の躊躇を叱咤していた。元春ならそうであろう。こうしたことで、戦闘や作戦が変わるのを、いちばん嫌う男である。まして今、その事態を引き起こしているのは自分なのだ。しかも意識は、はっきりしている。

隆景は言った。

「兄者、城は予定どおり、卯《う》の刻（午前六時）を期して攻撃します。兄者には、小倉で治療をうけてもらいます」

元春は顎を胸に食い込ませ、痛みと闘いながら、息詰まる声を押し出した。

「治部《ぢぶ》（元長）は、このまま指揮を執れ」

「はい……」

「さあ、行け」

隆景は、珠を呼んだ。元春を小倉城へ後送するように言った。さらに秀包に、出撃の合図と号令を出すように命じた。官兵衛も心得て、隆景に黙礼すると、自軍へもどった。

隆景は、元春の側へ寄って言った。

「出撃します」

「治部を頼む」

元春は痛みに歪む顔で言った。

隆景はうなずくと、珠を元春の側に残し、元長をうながして陣幕の外へ出た。東の空がようやく明るい。

幕の陰に誰かがいた。経言だった。

「そんなところで、何をしている」

隆景はとがめた。

「陣場へ行くところです」

落ち着かぬ態度で、経言は応えた。

「おぬしが行くところは陣場ではない。親父殿から目を離すな！」

隆景は低い声で叱りつけた。

その日、未《ひつじ》の刻（午後二時）、隆景ら毛利軍は宇留津城を落とした。討った敵首、城将・嘉久与次郎以下五百四十余級。捕らえた城兵四百余人をことごとく梟首《きようしゆ》した。

小倉へ後送された元春は、それから八日後、陣中に没した。五十七歳だった。

隆景は障子岳城を攻撃中で、経言から、危篤の報を受けても身動きがとれなかった。

筑前曲江

一

秀吉が二万の兵をひきつれて、九州征伐の途についたのは、天正《てんしょう》十五年三月一日である。それより前、正月には先鋒として宇喜多秀家が出立し、ついで羽柴秀長をはじめ諸大名が順次、出陣した。

秀吉出陣の扮装は、緋威《ひおど》しの鎧に鍬形《くわがた》の兜、赤地錦《あかじにしき》の直垂《ひたたれ》に黄金造《こがねづく》りの太刀という派手なもので、武将のほか門跡や茶堂、商人、能役者、女房衆まで引き連れた、まるで物見遊山に出かけるような行列だった。

命懸けの信長時代からは、考えられない出陣だが、人々はその豪華華麗を見て、

「島津を退治したら、その勢いで高麗《こうらい》、南蛮、大唐《だいとう》まで繰り込むのではないか」

と囁《ささや》きあった。すでに、秀吉の朝鮮遠征は、巷《ちまた》でも噂に上っていたのである。

行軍ものんびりしていた。とくに初めての毛利領内では、ぬるやまの旅になった。

三月十二日、備後赤坂で、鞆《とも》にいる前将軍の足利義昭と久々に再会し、酒を汲み交わして昔話に時を過ごした。

十三日は三原に一泊、十五日は四日市、十六日は海田、十七日は廿日市《はつかいち》と泊まりを重ね、翌日は厳島《いつくしま》神社に参詣し、塔の岡に経堂の建立を発願し、その造営を恵瓊に命じた。

ついで周防に入り、永興寺、呼坂《よびさか》、富田市《とんだいち》、防府《ほうふ》と宿次し、長門《ながと》は山中、埴生《はぶ》をへて、二十五日にやっと赤間関《あかまがせき》に着いた。この間、接待にあたった毛利の奉行・桂《かつら》就長の苦労は並み大抵ではなかった。

赤間関では、阿弥陀寺へ参り、壇の浦に滅んだ平家を偲んで、歌など詠んでいる。

小倉へ渡ったのは二十八日である。

小倉には、先着の諸軍二十万が集結していた。むろん、先手衆《さきて》として北九州の手入れをしてきた毛利と両川軍《りようせん》も屯営している。

秀吉は隆景に会うと、行軍中の行き届いた毛利の応対を感謝してから、

「駿河（元春）は何で死によった。おれに会いたくなかったのか」

と洩らして隆景をどきりとさせた。

ここで全軍を二手に分け、豊後から日向へは副将の秀長軍十万が進み、筑前から肥

後へ秀吉軍十二万が向かうことになった。

毛利、両川は秀長軍の傘下に入った。

三月下旬、豊後の湯の岳を発した秀長軍は、二十九日、日向の県城（延岡）を抜き、四月六日、耳川《みみかわ》を渡り高城を囲んだ。

秀長は城の周りに五十一の砦を築いた。城兵はよく抵抗した。十七日になって、島津義久が二万をひきいて救援に押し出し、宮部継潤《けいじゅん》が備える根白坂《ねじろざか》の砦を襲撃した。急を知って藤堂高虎が宮部の砦へ駆けつけたが、島津の大軍に苦戦をつづけた。そこへ十八日の明け方、黒田官兵衛と小早川隆景が加勢を送りこみ、激戦になったが、島津軍はついに敗れて潰走した。

この敗北が致命傷となり、島津義久は、伊集院忠棟《いじゅういんただむね》を人質として、二十一日、秀長に降伏を申し入れてきた。

吉川《きっかわ》元長が病んだのは、この戦《いくさ》の直後である。軍が都於郡《とのこおり》まで進んだところで、一寺に入って養生に努めた。吉川軍の指揮は弟の経言《つねのぶ》が代わった。

輝元と隆景は、都於郡の先の野尻まで進んでいたが、六月に入って、元長の病状が急変した。隆景が野尻から馬を飛ばして駆けつけると、元長は切れぎれの声で、

「経言に家督を……」

と隆景に訴えた。死期が迫っているのが、隆景にも分かった。

元長には、経言の上に、もう一人の弟・元棟《もとむね》がいる。病弱のため今度の九州陣にも従軍していなかった。蒲柳《ほりゅう》では国守はつとまらない。経言の家督は正しかった。

「案ずるな」

隆景は元長の手を握って言った。

そこへ輝元も馬を飛ばしてきた。

「わしも経言の跡目に異存はない」

輝元は応えながら、元長の容体を気づかった。わずか半年前に元春が急逝したばかりである。父子二代、続けての陣没は辛い。

「経言はまだか」

隆景は周りを見た。

「秀長様の御陣所へ呼ばれております。おっつけ参られましょう」

家老衆の天野景氏が言った。

経言もやがて息せき切って駆けつけた。

経言は、最初は首を横にふった。

「わしの上に、元棟殿がいます」

「吉川の跡式は、経言のほかにいない。経言が家督して、毛利本宗を守《も》り立てなくて何とする」

隆景は、宗家《そうけ》の輝元を前に、厳しい口調で吉川の役分を明確にした。癧《はれもの》で急死した元春のためにも、経言の家督は絶対である。

「わしの、遺言だ」

病床の元長が苦しそうに吐いた。

経言はその兄を見て、頭を垂れた。

夜も更けて、元長は四十歳の命を終わった。六月四日、闇の深い夜だった。

経言は二十七歳で「鬼吉川」の当主となり、家中は経言に忠誠を誓った。

六月二十日、経言は筑前箱崎の本営で、秀吉に対面し、輝元、隆景、吉川の家老衆が列座する中で、秀吉から跡目相続の朱印状を受け、名を「広家」と改めた。

二

筑紫は夏である。

蟬の鳴き声がしたたかに天地を圧する中で、箱崎は三里四方が二十万を超える軍兵で埋まった。諸将の陣屋が松原一帯に建ち並び、その間に軍旗や幟《のぼり》が林立する。時ならぬ混雑は、夏をいっそう暑苦しくした。

六月七日、薩摩から箱崎へ凱旋した秀吉は、ここに本営を置くと晦日《みそか》まで滞留し、暑さにもめげず、連日のように茶会を開きながら、九州陣の論功行賞をおこなった。

隆景は、四国の伊予に代えて筑前一国と筑後二郡、肥前二郡を与えられ、秀包《ひでかね》も筑後三郡を与えられた。

隆景の働きを評価した恩賞だが、隆景は再三、遠慮辞退した。恩賞は事前に恵瓊《えけい》から知らされたため、隆景は恵瓊に言った。

「西堂《せいどう》ならわかるだろう。毛利、両川は中国に七カ国も所領を有し、それに見合う公《く》役《やく》を充分に果たせないのが現状だ。この上、中国の外に二国も賜わっては、いよいよ負担が重くなり、上様（秀吉）の御意に副《そ》えなくなる。されば、おぬしから上様へ、こたびの加封はご辞退したいと、申し上げてくれ」

「心得ました」

恵瓊はあっさり承知をすると、隆景の言葉をそのまま秀吉に伝えた。

恵瓊には、恩賞の奥にある秀吉の意図を、隆景が鋭く見抜いているのがわかったのだ。

秀吉は、毛利の力の分散を図り、ゆくゆくは毛利を九州へ移してしまう腹である。

その先には、朝鮮侵略で負わされる毛利の軍役荷重が見え隠れしていた。

とはいえ、恩賞には隆景個人に対する秀吉の好意や信頼があったことも疑いない。

だから秀吉は、ふたたび恵瓊をよこして、隆景に妥協案を示した。

「ではこうしよう。筑前、筑後の新領地は公領とし、隆景はその代官とする。これなら公役の負担はかかるまい」

恵瓊は秀吉の代弁をして、隆景の顔色を見た。隆景は応えた。

「西堂、これは隆景一代より、毛利家末代にかかわる問題だ。先年、元春が亡くなったが、宗家の輝元はまだ若い。これからは、わしが輝元を補佐して、公務も遺漏なく務めねばならぬ。されば輝元と離れて筑紫へ移住することは、ご奉公にも差し障り、情義においても忍びない。筑前、筑後には他の領主か代官を置いて、隆景にはお構いなきよう、ご苦労だが、重ねてご辞退申してくれ」

「毛利のためと言われるなら、関白であれ将軍であれ、この鉢坊主、黒衣が擦り切れるまで、何度でも足を運んで、隆景様の意に沿うよう努力しましょう」

恵瓊は一呼吸入れると、にやりとして、

「近頃は、毛利家中に限らず、鉢割れを関白の腰巾着のように言う者が多いが、安国《あんこく》寺《じ》の心は今も昔も変わってはおりませぬよ」

「かたじけない、西堂」

隆景は、恵瓊の俠気に感謝した。

しかし恵瓊の努力も実らず、秀吉は隆景の恩賞辞退を許さなかった。

やむなく隆景は筑前に入国した。新しい領国経営のため、博多の北東にある立花城を居城に決めて、その修復にかかった。

肥後に一揆が起こるのは、その矢先である。肥後は九州平定後、佐々成政《さっさなりまさ》に与えられたが、領国支配を急ぐ成政の苛政に、国人衆《こくじんしゅう》が憤懣激昂し、所在に反抗の狼煙《のろし》を上げて、成政の居城・熊本城を包囲したのだ。

折から秀吉は、京都の北野で大茶会を開いていたが、すぐさま小早川隆景、黒田官兵衛、立花宗茂、安国寺恵瓊ら西国方面の大名たちに命じて、一揆鎮圧に向かわせた。

一揆勢の抵抗は激烈で、年を越してやっと鎮定した。閏《うるう》五月、成政は切腹を命ぜられ、肥後は二分して、加藤清正と小西行長に与えられた。

一揆も下火になった二月の末、隆景は博多の北・名島《なじま》の地に、新たに城を築いた。

『小早川日記』に、

「天正十六年戊子二月廿五日――。

筑前名島之城、普請始也。辰ノ刻より茶会有り、客、多人数。立花城番衆ニ粟屋六右衛門、椋梨《むくなし》、兼久」

とある。

立花城は山頂にあって要害堅固だが、領国経営には不都合が多く、政庁を名島に置いて、立花城には城番を置くことにしたのだ。

ついで隆景は、名島の海浜に近く仮屋敷を建てて、そっちへ移った。やはり海の傍が隆景には落ち着く。

うららかな日が続いていた。

名島は博多湾に突き出た台地で、近くには元冦や南北朝の合戦で知られる多々良浜《たたらはま》があり、その先には「海の中道《なかみち》」と呼ばれる、白砂青松の景勝が延々三里もつづいている。

隆景は数奇屋《すきや》の外に立って海を見ていた。その脇で珠《たま》も海を眺めていた。

「一揆騒ぎが、嘘のようだ」

「ほんに、眠くなりそうな日和だこと」

珠が瞼《まぶた》を重そうにしてこたえた。

隆景は微笑した。珠らしい言い方が可笑しい。沖の漁船も一つところを動かない。たしかに眠気を誘う長閑《のどか》な春景色である。

「博多の海は眠っているが、博多の町は賑やかになった」

隆景はゆっくり歩き出した。

「はい。町中が花笠で飾られ、まるで祭りのようでございました」

「あの威勢だと、博多は堺を超えて日本一の納屋《なや》（倉庫・商業）町になる」

「去年の夏、関白様が南蛮船で視察にまいられたときは、まだ復興前のことで、瓦礫と焼け木杭《ぼっくい》の町だったとか」

「龍造寺、大友、島津の戦が十数年も続いた。廃墟と化してもふしぎはない」

「関白様は、当初、博多は大唐、南蛮国の船着き（港）だから、堅固な城を築いて、朝鮮へ兵を出す計略とうかがいました。博多から帰られて計略を変更されたのは、朝鮮出兵を取り止めるということでしょうか」

「博多湾の袖湊《そでのみなと》が土砂で埋まって、巨《おお》きな軍艦が出入り出来ないとわかったからだ。築城は取り止めて、博多は町衆の町（商業都市）として復権を許された」

「朝鮮征伐は、どうなりましょう」

「朝鮮征伐か」

「やっぱり戦旗を進めるのでしょうか」

「珠は、戦が好きなのか」

隆景は珠の方をふりかえった。

珠は、かぶりをふり、

「天下和平の戦は止むを得ないと思いますが、天下一統して、国の外まで矛を向けるのは、如何なものでしょう」

すこしムキな言い方をした。

「他聞を憚るが、西堂の話では……」

隆景は歩みを止めて、近くにあった切り株に腰を下ろした。珠も傍にしゃがんだ。目の前にまた海がひろがる。

秀吉の身近な情報は、恵瓊がほとんど報せてくれる。恵瓊の話はこうである。

秀吉は、南蛮船で博多を視察した直後、対馬の宗義調《よししげ》を本営へよびつけて、

「対馬の家中から朝鮮へ使者を送り、朝鮮国王の日本参朝を促して、万一、朝鮮側が拒んだら、ただちに出兵する」

と、そう朝鮮側に伝えよと命じた。

秀吉の難題に困惑苦慮した義調は、家臣の柚谷《ゆたに》康広を朝鮮へ送り、

「日本では新しい国王（秀吉）が立ち、その使節が朝鮮へ来る。だから朝鮮でも、使節を日本へ送ってほしい」

と言わせ、その使節を朝鮮国王参朝の使者にすり替えようとした。ところが朝鮮側では、柚谷が持参した秀吉の書信に疑いを抱き、

「海路迷昧《めいまい》（航路不案内）」

を理由に使節の派遣を断った。柚谷はやむなく帰国復命したが、これを耳にした秀吉は、激怒のあまり、義調に厳命して、柚谷とその一族を皆殺しにしたという。

「去年の十月だ。わしらが肥後の一揆鎮圧で、領国を空けて戦っていた頃だ」

隆景が言った。

珠はそれ以上言葉が続かず、海の彼方へ視線を投げた。

「対馬と朝鮮は古くから交易で和親してきた。出兵されては困る。間に挟まれた義調は、かれこれ悩んで病に倒れた」

「お気の毒な」

「わしも初めは、上様の朝鮮退治はいつものてんごう口と思ったが、そうではない。関東（北条）東北（伊達）の様子を見てから、この一、二年に朝鮮出兵はあると、今から覚悟しておくことだ」

隆景も憮然となった。

日本の外まで、無名の軍《いくさ》を起こそうとする秀吉の心中が隆景には理解できなかった。

「酷いことを……」

三

閏五月、隆景は筑前名島から三原へ帰っていた。上洛準備のためである。

秀吉はこの四月十四日、落成した聚楽第《じゅらくだい》に、百家百官を従えて、後陽成天皇の行幸を仰いだが、毛利三家もこの盛儀に参列する予定が、肥後の一揆などで時機を失し、あらためて上洛となったのである。

名島を発つ前日、神屋宗湛《かみやそうたん》と島井宗室が、見送りを兼ねて挨拶にやってきた。博多を代表する豪商の両人とは、すでに馴染み深い関係だが、隆景がしばらく領国を離れるとあって、博多の酪酒「練貫《ねりぬき》」に肴まで持参しての訪問だった。

「筑紫の坊主でございます」

愛想のいい宗湛の声が、玄関の方から聞こえる。その宗湛は僧形をしていた。去年の正月、秀吉から初めて大坂城の茶会に招ばれたとき、京都大徳寺の古渓《こけい》和尚に参じて得度をし、剃髪したからである。

「筑紫の坊主」は、初対面の宗湛を、秀吉がそう呼んだので、以来、宗湛は自ら好んで、筑紫の坊主を自称していた。

隆景は、両人を茶室へ通した。

「このたびは毛利、両川の御三家、お揃いにてご上洛、おめでとうござります」

宗湛につづいて、宗室の挨拶は、

「よき朝で——」

それだけである。愛想はむしろ、ない。

寡黙で「くちなし瑞雲《ずいうん》」の異名がある。宗湛の三十八歳より年配で、ちょうど五十歳だが、宗室もいが栗頭の僧形で、瑞雲と号している。

家業は酒屋と質屋（金融業）で、海外貿易でも巨富を得て、博多一の豪商と言われるが、身なりはいたって質素である。

平三畳の囲炉裏の前に坐ると、さすが両人とも、茶人らしい闊達と品位が滲み出た。

「肥後騒乱のときは、忙しい思いをさせたな。毎日が茶の振る舞いで」

「はい。名島はまるで、一揆鎮定の茶所でした。諸将が通過するたびに、お振る舞いで、筑紫の坊主も、宗室老も、小早川の茶堂かと訊かれたことがございました」

宗湛が、思い出すまま当時の諸将を、頭の中で追いはじめた。蜂須賀家政、浅野長政、福島正則、生駒親正、立花宗茂、加藤清正、小西行長、安国寺恵瓊、毛利輝元……。

「城普請の最中で不便をかけた」

「名島の御城も、都からお戻りの頃には、目鼻がついてございましょう」

「町屋（城下町）も抜かりなく、とくに家作は身分ある者は瓦葺き、以下は板屋根、竹瓦を守るよう、万事、慎重にいたせ」

隆景は言った。

築城と一緒に進めている城下町の建設も、隆景は両人に請負わせていた。焦土の町を見事に復興させた、博多町人の腕を見込んだのである。

「心得てございます。こちらは秋口までには、町屋の体裁がつきましょう」

「博多の町は、その後どうだ」

「お蔭をもちまして、順調でございます。上方、関東への廻船も定まりました。関白様、小早川様のお力添えでございます」

宗湛は続けて二、三度、頭を下げた。

その宗湛も宗室も、言葉の裏では博多商人の自負を隠さなかった。博多の商業活動が順調なのは、われわれ年行司（豪商）が運営しているからだと言っているのだ。

秀吉は、博多の軍港都市化を諦め、黒田官兵衛、長束《なつか》正家、小西行長らを町割奉行にして、博多の復興を命じたが、復興事業を直接推進させたのは宗室、宗湛、宗伯ら博多の町衆（実力者）なのである。

そして彼らは、那珂《なか》川から石堂川の間、およそ四万坪の地に、整然たる市街を建設すると、秀吉の許しを得て、楽市、楽座を設け、町人の地租や課役は免除して、自由取引を認め、博多湊の廻船を保護して、武士の居住を認めない、純然たる商業中心の都市を復活させたのである。

しかし秀吉は、博多軍港は諦めても、博多を物資集積の平坦基地にする意図は捨てていない。必要となれば、いつ力で博多を支配するかも分からなかった。

かつて堺がそうだった。堺も当時、納屋衆（豪商）によって運営された自由（自治）

都市だった。

永禄《えいろく》十一年（一五六八）、その富に目を付けた信長が、二万貫の矢銭（軍事費）を課して、支配下に置こうとした。堺では三十六人の納屋衆が結束し、浪人を雇うなどして信長に抵抗した。

結果は無残だった。町は焼き払われ、老若男女は撫で斬《な》りにあい、結句、三十六人の納屋衆は、連判状（降伏誓約書）を差し出して、信長の武力に屈伏したのである。

「小早川様に、お願いがございます」

くちなし瑞雲が、はじめて口を開いた。

何だ、と隆景は目で言った。

「対馬の宗義智《よしとし》殿を、ご存じで」

「とくに話をしたことはない」

「義智殿は、目下、病床中の義調様に代わって、対馬の仕置きを任されております」

「義調の病気は知っている。義智の妻女は小西行長の娘であろう」

「小西様のご息女は、マリアと申すキリシタンでございます。それで義智殿も耶蘇に入信しましたが、関白様の耶蘇教禁止令で、今は棄教のふりをいたしております」

秀吉が突然、耶蘇教を禁止し、宣教師に二十日以内の国外退去を命じたのは、博多の復興を命じた七日後である。

「小西行長、蒲生氏郷《がもううじさと》、黒田官兵衛みんな棄教のふりだが、高山右近は棄教を拒んで、上様から所領を召し上げられ追放になった。官兵衛に言わせれば不器用なばてれん沙弥だそうな。で、義智が、どうした」

「これから対馬の島主として、朝鮮問題に当たらねばなりませぬが、何せ義智殿はまだ二十二歳の若さです」

「難儀なことだ」

「されば対馬の外交僧で、朝鮮の事情に明るい景轍玄蘇《けいてつげんそ》が、博多聖福寺《しょうふくじ》におりますが、向後《きょうこう》、玄蘇殿と宗室が、若い義智殿の朝鮮折衝を助けることになりました。ついては、宗室の茶会にて、小早川様から義智殿へ励ましのお言葉など頂戴できればと存じ、卒爾に、お願い申しあげる次第です」

宗室はそこで深々と隆景に頭を下げた。

くちなし瑞雲どころか、言うときは言うといった宗室の物腰である。

「わかった。心得ておく」

隆景はこたえた。

対馬は耕地が少なく、海産物以外は朝鮮との交易に頼る貧しい国と聞いている。

そんな小島の小領主に生まれ合わせた義智が、望んでもいない国際間の紛争に巻き込まれて、悪戦苦闘しなければならない運命の不条理を、隆景は、遠く毛利の小早川相続の昔と重ね合わせていた。

四

輝元、隆景、広家の三家主従を乗せた二百五十艘の船が、三原の海城を出帆し、播《は》磨《り》灘《ま》の高波を越え、無事に兵庫（神戸）の港へ着いたのは七月十六日である。一行を兵庫で待っていたのは、上方へ先乗りして、一行の宿所や先々の用意を万端ととのえておいた安国寺恵瓊である。一行は、十九日、兵庫を発って大坂へ着いた。大坂の埠頭では、黒田官兵衛ら側近大名が出迎え、三家を代わる代わる大坂屋敷へ招いて歓待した。京坂にいた諸大名もつぎつぎに三家の宿所へ挨拶に訪れた。

二十二日、三家は諸将に迎えられて京都へ入り、輝元は妙顕寺、隆景は本法寺、広家は妙運寺を宿舎とした。

二十四日、三家は、聚楽第で秀吉に謁し、輝元から秀吉に、太刀、馬、鷹、白銀三千枚。隆景からは太刀、馬、白銀三百枚、虎皮、猩々緋《しょうじょうひ》などを献じた。

この日、羽柴秀長、徳川家康、織田信雄《のぶかつ》など諸将列座の中で、三家の重臣二十七人が、秀吉から引見を許されたが、小早川家では、鵜飼《うかい》元辰、井上春忠、乃美宗勝《のみむねかつ》、椋梨平右衛門、裳懸《もかけ》弥右衛門、井上五郎兵衛、包久内蔵允《かねひさくらのじょう》、粟屋四郎兵衛が、その栄に浴した。

さらに二十五日は、秀吉の奏薦で、輝元は参議に、隆景、広家は侍従に叙され、同日、三家は御礼のために参内し、緞子《どんす》、金襴《きんらん》、繻子《しゅす》三十反を献上した。三家はその後も秀吉や、諸将から手厚く歓待され、京都の宿所にも来客が絶えなかったが、八月十五日には、秀吉が三家を主賓に、聚楽第で観月宴を催した。

あいにく宵から雨となり、観月宴は和歌の会に変更されたが、会場には主客の輝元、隆景、広家をはじめ聖護院道澄、梶井常胤、菊亭晴季《きくていはるすえ》、飛鳥井雅春らの堂上公《とうしよう》家、徳川家康、前田利家、宇喜多秀家、上杉景勝らの武将が華やかに居並んだ。

やがて雨が上がり、晴れ上がった空には塵ほどの雲もなく、音羽山の秋風も静かに、金鏡のような月が如意岳《によいがたけ》の中天にかかった。参会の一同は、短冊と筆を手に思い思いに和歌を詠んだ。

名も高き今宵の月の音羽山
詠《なが》めにあかじ夜はふけぬとも　　秀吉

きみが代の名も高してふ秋の月
いく年としのひかり添ふらん　　輝元

治まれる代をこそ仰げ九重の
今宵の月をみるに付けても　　隆景

玉しきのみぎりや今宵久方の
月の光をなほ照らすらん　　広家

仲秋三五愛宵長《仲秋三五宵の長さを愛す》　倭詠唐詩登俊良《倭詠唐詩登（すなはち）俊良》
一統乾坤君与月《乾坤を一統する君と月を与にす》　無人不道借恩光《人のいはざる無し恩光を借ると》　　恵瓊

歌会のあとは酒宴となり、一同、快く酔って夜が明けるのも知らなかった。

その後、三家は近江に遊び、三井寺で饗応され、そのほか諸将の招待をうけ、九月三日、京都を発って奈良を遊歴し、ふたたび大坂へもどり、あらためて大坂城の隅々を案内され、九日には、秀吉から重陽の節句に招かれて祝宴し、十一日、再度、登城して帰国の挨拶をした。

翌日、輝元と広家は大坂から船で帰国し、黒田官兵衛が明石まで送っていった。

隆景は大坂で輝元たちと別れ、同時に大方の従者を先に帰国させ、少数を連れて京都へ引き返した。洛北・大徳寺の古渓《こけい》和尚に参禅し、黄梅院へ玉仲宗琇《ぎょくちゅうそうしゅう》を訪ね、それから高野山へ廻るつもりである。

宗琇は永禄十三年、奉勅して大徳寺第百十三世の住職に出世し、七年前に正親町《おおぎまち》天皇より「仏機大雄禅師《ぶつきだいゆうぜんじ》」の号を賜った高僧で、このとき六十七歳だった。

黄梅院はその宗琇が、この年建立したばかりの大徳寺の塔頭《たっちゅう》（子院）であるが、かねて宗琇の道風を慕っていた隆景は、これを機会に創建の資として白金百鎰《ひゃくいつ》を贈り、あらためて宗琇に参禅し、親しく法縁を結んだのである。

隆景が、宿所の本法寺でくつろいでいると、袈裟頭巾で面体を包んだ恵瓊が、五郎丸という小僧を一人だけ連れてやってきた。

恵瓊も輝元に従いて吉田へ帰るはずだが、不時に現れたところをみると、何か子細があるのだろう。隆景は居室にしている脇書院へ恵瓊を呼び入れた。

「高野山巡りをするそうですな、信心深いことで。京都にも美しい弁財天が、ぎょうさん趺坐《ふざ》しておわすのに、たまには弁財天巡りもいいものです。鉢割れも弁天様なら喜んでお供いたします」

いつもの調子で、恵瓊は隆景の謹直を揶揄《からか》った。東福寺の西堂（長老）が、聞いて呆れる生臭さである。

隆景は相手にならず、

「ご苦労だった。西堂」

「何がです」

惚《とぼ》けた顔で恵瓊は聞き返した。

「毛利三家と上様との取り持ちだ。上洛から宿所の手配、諸大名や公家方、寺社方との繋《つな》ぎ、節礼の作法にいたるまで、裏方をつとめてくれた。上様も、恵瓊の大鉢頭には何でも入ると感心しておられた」

「猿猴がよく言う。できるなら鉢頭に関白を入れて蓋をしてしまいたいわ」

「おぬしは、儀礼の席でも、宴席でも、いつも毛利とは反対側の席に坐った」

毛利（客）と反対側は秀吉（主人）である。毛利の席に着かない恵瓊は、主催者側の人間と見られても仕方がない。

「鉢坊主が、猿関白の手の中に取り込まれた、そう申されるので」

「そうではない。西堂の気遣いを察したまでだ。苦労をかける」

「大名どもの目には、鉢割れは関白に飼われたと、そう映るでしょう。毛利の家中でも、安国寺はまた悪評される」

恵瓊は売僧《まいす》です——袈裟頭巾の中で薄笑いをうかべると、恵瓊は言葉をあらため、

「ところで、小西摂津から聞きました。名島で、島井宗室から宗義智の後押しを頼まれたとか、事実ですか」

「義智に会って励ましてくれと言われた。後押しまでは、宗室も言ってはいない」

「慎重な隆景様のことゆえ、鉢坊主もさほど心配はいたしませぬが、対馬に関わり合うのはお止めなされ。義智のことは、宗室と小西と鉢坊主が引受けます。宗室にも、そのように釘を刺しておきましょう。何と言われようと、隆景様の背中には、毛利宗家（輝元）が悉皆《しっかい》、おんぶをしています」

「西堂は、そのことを言いに来たのか」

「余計なお節介でしょうが、もう一つあります。関白様が、またぞろ対馬へ、朝鮮国王参内の催促状を出しました。くれぐれも対馬には、あえて近づかぬように、誤解を生む因です。細作《さいさく》（忍者）を飼っているのは、毛利だけではありませぬ」

「わしが宗家をおんぶできるのも、毛利に黒装束（恵瓊）の細作がいるからだ」

隆景は言った。

恵瓊がうれしそうに、にやにやした。

五

時雨《しぐれ》が坊の庇《ひさし》を叩いて過ぎた。降ったり止んだりの毎日が、ずっと続いている。山中にいるせいか、日中でも肌寒い。

十月、隆景は摂津の有馬温泉へ来ていた。秀吉もよく入湯する名湯である。

高野詣でをすませた隆景は、その帰途、大和郡山《こおりやま》の羽柴秀長に招かれ、ここで数日、手厚い持てなしを受けた後、ふたたび黄梅院の宗琇に参禅するため京都へ向かった。

ところがその途中、風邪を引いて体調をくずし、宗琇に会ってから、有馬へ寄って養生することを勧められたのである。

「拙僧も十日ほど後に、所用があって湯山《ゆやま》までまいります。その折りは、元気なお姿を拝見したいもの」

宗琇の柔和な顔を見ているうちに、隆景はその気になり、養生のためというより、束の間ながら、浮世を離れてのんびりするのも悪くないと思った。

有馬へ着くと湯山の御所坊（湯舎）へ入ったが、その日から湯山は時雨だった。

高野詣でから隆景に同行した者の中に、養子の秀包もいた。秀包は、兄であり養父でもある隆景を、つとに尊敬し、

「親父様」

と呼んで慕っていた。

こんな時だから、隆景の傍にいて孝養を尽くし、ふだん聞けないような話も聞けると、そう思ってずっと従いてきたのである。

親子は御所坊の茶亭で碁に興じていた。こんなことも滅多にない。

「よく降るのう」

「今日で五日になります」

秀包が、背筋を張って盤上を睨んだまま言った。形勢は黒の秀包が優勢である。

鬱陶しい長雨でも、隆景はすでに元気を回復している。

（長雨といえば高松城。あの翌年だ、秀包が、広家と一緒に、秀吉のもとへ人質に出されたのは……この隅の白は手詰まりか）

腕組みをしながら、隆景の心は盤面の内と外を往来している。

「親父様の手番です」

秀包が、眉を上げて言った。

隆景は黙ってうなずき、しばらく考えてから、腕組みを解いた。

「わしの負けだ」

かるい疲労がこころよかった。

「茶を申しつけましょう」

秀包がゆっくりと手をたたいた。やっと二十二歳だが、仕種が落ち着いている。

大きくなった、と隆景は思う。

輝元にない、広家にもない、伸びやかで瑞々《みずみず》しい感性と、聡明さを秀包は持っていた。逞しさにはやや欠けるが、戦場へ出ると、びっくりするほどの働きもする。

周りには、秀包の他にも、広家をはじめ黒田長政、蜂須賀家政、宇喜多秀家など二代目世代が、どんどん成長しているが、秀包は、彼らに伍して劣らない若者だと、身びいきではなく隆景には思える。

御所坊の湯女が茶を運んできた。二人は縁側へ座を移して、時雨が走る湯山の風色を眺めながら、しばらく話をした。

有馬十二坊は擂り鉢の底にある。周りの山々に雲か霧か、低く棚引いている。秋冷が濃く深く湯の谷に沈んでいた。

「こんな歌がある。しなが鳥居名野をゆけば有馬山、夕きり立ちぬ宿はなくして――、今頃の季節を詠んだものだろうか」

「万葉集ですね。では秀包も一つ、津の国の武庫《むこ》の奥なるありまやま有りとも見えず雲のたな引――」

「こうしていると戦を忘れる、生命を洗われているようだ」

隆景の脳裏に、三原や名島のことが去来した。名島はこれから領国経営の本拠になるが、三原は逆に、行政や軍務から解放される、休息の場になりそうな気がする。

「上様がしきりと小田原（北条）へ上洛を催促しています。このまま氏政父子が上京を拒み続けると、来年あたり、関東には瓢箪の木が立ち並ぶのではありませんか」

「西がすんだら東、東西が終われば、国の外へ向かうだろう。いちど、転がり出した瓢箪は、死ぬまで止まらない」

「大仏殿の造営やら金配り、刀狩りの実施も、転がり出した瓢箪でしょうか」

隆景につられて、秀包もつい大胆な言い方になった。豊臣政権への批判が、あからさまに出ている。若さだろう。

いつもの隆景なら、秀包を窘《たしな》めるところだが、黙っていた。じつは隆景も、金色と赤に染まって、どこまでも転げていく瓢箪の、孤独で物哀しいような絵を、秋雨の中に見ていたのだ。

「親父様、洞春公《どうしゅん》（元就）のお話を聞かせてください」

ふっと思い付いたように秀包が言った。

隆景の目に微かな戸惑いが動いた。

「話したことがなかったかな」

「以前、一度だけ聞きました。秀包がまだ子供の時分で、よく覚えておりません」

「しかし洞春公の話なら、今までにも、あちこちで聞いたであろう」

「親父様の洞春公が、知りたいのです」

「同じことだ。安芸吉田《よしだ》三千貫の地を、中国十カ国にまで、版図を拡げた武将だ。それで充分ではないか」

「——」

秀包は黙して、その先の言葉を待った。だが隆景の言葉はそこで切れた。

一陣の風が来て、時雨がまた軒を叩いた。

秀包がさり気なく言った。

「そろそろ暮れてきました。冷えてはいけません。内へ入りましょうか」

「うむ、そうするか」

隆景はゆっくりと腰を上げた。

秀包のさり気ない労《いたわ》りがうれしかった。

(親父様の洞春公は、人に語りたくない洞春公なのだ)

秀包はそう感じて、話題を反らしてくれたのだ。そうにちがいないと隆景は思った。

六

十月下旬、隆景は筑前名島へもどった。

留守の間に名島城も城下もほぼ完成していたが、半年近く留守にしたため、領内の仕置き(内政)が山積して、帰国早々、多忙な日々を迎えていた。

さらに思いがけない事件が起こっていた。大徳寺の古渓和尚が、秀吉の怒りに触れて、筑前（太宰府）に流されてきたのだ。

古渓宗陳は、天正元年、勅を奉じて大徳寺第百十七世の住職となった高僧で、秀吉も尊信し、信長の死後、追善のため建立した総見院《そうけん》の開祖となり、信長の葬儀にも導師を務めている。

帰国を祝して、名島へ挨拶にきた宗湛が、隆景にその話をした。古渓は宗湛を得度した師僧でもある。

「古渓大徳が、どうして関白様のお怒りを買ったのかわかりませせぬ」

「わしにも、わからぬ」

隆景は言った。

「三成との確執が原因かも知れぬ」

たまたま居合わせた恵瓊が言った。

「石田三成というのは、決して悪人ではない、頭が良すぎて几帳面で、正直すぎるところが、他人には尊大に見え、誤解を受ける。気の毒で損な性分の男だ」

近頃の恵瓊は、毛利に半年、秀吉に半年、その間に東福寺退耕庵《たいこうあん》、安国寺、知行地と見て廻るので、慌ただしくて落ち着かない。

「天正寺の建立問題でございますか。あれは四年も前のことになりますが」

「何年前だろうと、原因になるものはなる。時間とは関係ない」

天正寺は、秀吉が信長の菩提を弔うため、京の舟岡山《ふなおかやま》へ建立を計画した寺で、この建立に係わった古溪と、造営奉行となった石田三成との間に確執が生じ、結局、建立計画は流れてしまったのである。

「それはともかく、大徳禅師の配流は残念でなりません」

宗湛がいかにも無念の表情になり、

「今から七年前の極月《ごくげつ》（十二月）三日、雪の降る日に、大徳寺の総見院で、筑紫の坊主の頭を、手ずから剃刀で丸めてくだされたのが大徳禅師でございます。宗室も深く帰依する善知識でございます」

「古溪宗陳には千利休も参禅している。利休の居士号も古溪が選んで与えたものだ。だからでもあるまいが、利休は、古溪が筑前へ下向する前、聚楽第の利休屋敷へ招いて、送別の茶会を開いている」

「聚楽第の屋敷でか」

思わず、隆景は聞き返していた。

聚楽第は、いわば秀吉の私邸といっていい。邸内に屋敷を与えられたのは利休一人ではないが、屋敷内で何かするには、一応、秀吉を憚るのがふつうであろう。

「関白の罪人を、関白の屋敷で慰めるとは横着な男だ。利休は、そのうち、我から突っ転がるだろう。もっとも、招《よ》ぶ方も招ぶ方だが、来る方もなかなかのものよ」

隆景が感じたことを恵瓊が口にした。

恵瓊はさらに、にやにやして、

「筑前にも横着が二人いる。太宰府へ流された罪人を、こっそり博多に庵室を造って、朝に晩に茶で持てなしている」

「西堂様――」

宗湛が辟易して、坊主頭をちぢめた。

「宗湛、本能寺を思い出さないか」

隆景が言うと、宗湛はさらに辟易し、

「もう、ご勘弁を」

と泣きっ面をしてみせた。

天正十年、信長が本能寺で茶会を開いたとき、宗湛と宗室も招かれて、博多から上洛していた。信長は、その日の茶会のために、秘蔵の名器名画を寺内へ運ばせておいたが、夜になって明智光秀の奇襲を受け、あえない最期を遂げてしまった。

ところが、このとき宗湛と宗室は、明智勢が襲撃する混乱の最中で、宗湛は床の間に懸かった牧谿《もっけい》筆の名画「遠浦帰帆《えんぽきはん》」をくるくる巻き上げて腰に差し、宗室は弘法大師の真筆《しんぴつ》「千字文《せんじもん》」の軸を肩に背負うと、信長の黒人奴隷・弥助を案内に立てて、悠々、南蛮寺へ避難したのである。

そのことが後に秀吉に知れ、秀吉から、

「あの乱戦の中で、ええ度胸ぞな」

と褒められて、二人とも名画と名筆を、秀吉に召し上げられたという。

隆景は、秀吉からその話を聞いて、可笑しい中に、博多商人のしたたかさを知った。

隆景は宗湛を慰めて言った。

「古溪和尚は、毛利にも大事の人ゆえ、近く名島へ招いて、振る舞いをいたそう」

「いずれ、帰洛する日も遠くはあるまい。京でも必要な知識だ。心配するな」

と恵瓊も最後は宗湛をいたわった。

隆景はそれから間もない十一月十日に、表向きは太宰府に閉居中の古溪を、博多の大同庵から招いて名島で慰安の茶会を開いた。宗湛、宗室も参会したが、恵瓊はその三日前に、上方へ発足していた。

内政に追われて、慌ただしい暮れが過ぎた。天正十七年は名島の新城で初めて迎える正月だったが、隆景には落ち着いて新年を祝う暇もなかった。

二月に入ると、吉田の輝元から使いがきた。広島築城について相談したいという。

二月六日、隆景は、名島の浜から御座船に乗って安芸へ向かった。乃美宗勝、鵜飼元辰、岡就栄、井上春忠らの重臣が同行した。

宗家の輝元が、広島湾に近い交通の要衝に、新しい居城を築く決心をしたのは、去年の秋、上方から帰国した直後である。

輝元は、そのときも隆景を吉田に呼んで相談をしていた。

「何事も叔父・隆景」

というほど輝元は、少年の昔から隆景を頼りにしていた。隆景も、輝元の生母・妙(尾崎局《おざきのつぼね》)との約束がある。親身になって輝元の相談役を務めてきた。それは同時に、元就の遺志に従うことにもなった。

輝元は、三家の上洛で初めて大坂城の豪壮を見せられ、聚楽第の華麗を目のあたりにして、強い刺激を受けたにちがいない。ただ輝元には、刺激や思い付きで、気が変わるところもあった。

(郡山城より大きな、自分の城を持ちたい)

輝元は思ったろう。その思いは、

(祖父・元就の匂いが染み込んだ郡山城を出たい)

という思いと重なる。

郡山には元就を知る老臣がまだ大勢いる。父よりも母よりも、ここは元就や妙玖《みようきゆう》の亡魂が野山に満ちていた。

情や勘に左右される隆景ではないが、そのとき隆景は、輝元の築城に賛成した。

「郡山の城は、毛利にとって桑梓《そうし》の地だが、今の毛利の城府としては狭隘《きょうあい》です。よく決断なされた、築城なさるがよろしい」

時勢もまた要害堅固の山城に拠る時代ではなかった。

隆景の後援に自信を深めた輝元は、その後、城地の選定を進め、ここへきて広島湾太田川の河口五カ村の地域を、築城の地と定めたのである。

隆景の御座船は、その広島湾に近づいていた。波穏やかな海上の左に、森厳な緑に覆われた神の島・厳島が見えてきた。

小田原陣

一

秀吉の愛妾・茶々《ちゃちゃ》が、淀城内で男児を産んだ。五月二十七日である。淀城は産所として修築し、秀吉が茶々へ贈った城である。

男児は「捨《すて》（鶴松）」と呼ばれた。五十四歳で初めて父親になった秀吉は、狂喜のあまり、天井近くまで跳び上がり、

「捨に、小田原を進上するぞいや！」

と叫んだ。

秀吉が、北条討伐のため、諸将の妻子を京都へ集めるよう命じたのは、九月一日だが、秀吉の腹の中では北条退治は、とっくに決まっていたのである。

七月、豊前の領地へ帰っていた黒田官兵衛が、名島《なじま》へ姿をみせた。近く上洛すると

いう。相変わらず蛙がぴょぴょん跳ねるような歩き方だが、蛙歩きにも風格が備わってきた。禿隠しの頭巾もよく似合う。

官兵衛には広島城の普請で世話になっていた。隆景は、築城術にすぐれた官兵衛の知恵を借りるように、輝元に勧め、官兵衛は輝元の頼みに応じて、築城普請の相談にのってくれたのである。

「その節は、厄介をおかけした。宗家《そうけ》に代わって礼を申す」

普請はまだ始まったばかりだが、この四月、二宮就辰、穂田《ほいだ》元清を普請奉行に任命して、城地の縄張りに鍬入れをすませていた。

「関東が揺れますな」

と官兵衛が言った。

巷《ちまた》でも、北条が戦《いくさ》の準備を進めているという風聞がしきりである。

「小田原の城は、謙信も信玄も抜けずに陣を返したほどの堅城だ。長陣になるだろう」

隆景は戦争による国力の消耗を思った。

戦は金や兵士を捨てるだけではない。人間の心まで浪費させる。

すかさず官兵衛が言った。

「九州陣では四国、中国の兵が動員されましたが、こたびは東海、北陸の兵が主体になります。遠江、駿河、三河、甲斐、信濃の諸国は七人役（百石につき兵士七人の割当）、北国は六人半役です。それにくらべ四国、中国勢は後備えで四人役です。動員も少ないので、さまで負担はかかりますまい」

目から鼻へ抜けるとは、この男のことだろう。隆景の心中を見透かしていた。

秀吉から信頼されながら、あまり報われないのは、切れ過ぎる官兵衛の才を、どこかで秀吉が嫌っているからかもしれない。

だが官兵衛には、以前から、秀吉の参謀として戦略に通暁しながら、重要な作戦となると、かならず隆景の意見を聞きに来るような謙虚さもあった。

「中国勢の後備えは、どの辺りになろうか」

「美濃、駿河の間です」

「水軍の配備は」

「九鬼《くき》（嘉隆《よしたか》）、加藤（嘉明）、脇坂（安治《やすはる》）の船手衆に出動を命じ、清水湊へ集結することになりましょう」

澱《よど》みなく官兵衛は応える。

すでに戦が始まっているかのようだ。

秀吉はそれでも、できるだけ武力は避けて、北条父子の上洛を促してきた。小田原城主の氏直が、家康の婿という関係にあり、家康の出方に気を配ったからである。北条は家康を当てにして強気に構え、秀吉を甘く見すぎていた。

博多湾に白南風《しらはえ》が吹いている。浜辺で鳥がひとしきりやかましく啼き騒いだ。生魚でも突つき合っていたのだろう。

官兵衛が去ると、数日して入れ代わるように恵瓊《えけい》がきた。官兵衛とは逆に上方から真っ直ぐ筑前へ下ってきたという。

恵瓊は、秀吉から伊予に二万三千石の領地を与えられ、筑前でも隆景の領分から三千石を給されている。今や僧家の大名である。

「筑紫の坊主にも聞かせたい、よい報せがあります」

と恵瓊が茶を飲んでから言った。

恵瓊の背後に五郎丸がひかえていた。十五歳になる美形である。ただの侍童とは見えないが、恵瓊は真顔になって、初めて五郎丸を隆景に引き合わせた。

五郎丸は通称で、本名は辺春《へばる》義行という歴とした武士の子だという。

「肥後の国衆で辺春城主・辺春親行《ちかゆき》の忘れ形見です」

「一揆を起こした国人《こくじん》衆の子か」

「辺春親行は降伏して、城兵に代わって切腹しましたが、そのとき親行が、煮るなと焼くなと勝手次第と、鉢割れに差し出したのが、ここな一子の五郎丸です」

恵瓊がそこでふり向くと、待っていたように五郎丸が、姿勢を正して、

「辺春義行にございます」

と隆景に挨拶した。

肥後一揆の討伐には恵瓊も加わったが、恵瓊は主として裏から国侍たちの誘降を図り、一揆鎮圧後も肥後に止まり、国人衆や百姓の宣撫に務め、検地もおこなっていた。

「大事にせよ」

恵瓊とも五郎丸ともつかず、隆景は二人を見て言った。こうした孤児が戦乱には付きものだが、話を聞けばやはり胸が痛んだ。

恵瓊が、いつもの調子にもどって、

「話が前後しましたが、古溪《こけい》和尚の帰洛が許されました」

「ほう」

隆景の目が和らいだ。なるほど宗湛《そうたん》がいれば喜ぶ報せである。

「千利休が内々に肝煎《きもいり》して、上様の許しを得たらしく、利休と前田玄以《げんい》、施薬院全宗《やくいんぜんそう》の三人で公表し、上様もご機嫌の態で、新しい寺を建て、古溪を院主に迎えようと仰せられた、ということです」

「それは重畳《ちょうじょう》。あいにく宗室は留守だが、宗湛の屋敷へ使いをやろう」

隆景は近侍《きんじ》を呼ぶと、委細を命じた。

「宗室から便りはございましたか」

恵瓊が訊ねた。

宗室は、義智《よしとし》や玄蘇《げんそ》とともに朝鮮へ渡っていた。隆景が、

「ない」

と応えると恵瓊は複雑な表情になった。

以前、隆景に「対馬に関わるな」と忠告し、後日、宗室にも「隆景様を朝鮮外交に巻き込むな」と釘を刺していたからだろう。

恵瓊としては、秀吉と毛利の関係を、今まで通り円満に保っておきたいのだ。

この六月、秀吉の厳しい命令で、対馬では、博多聖福寺《しょうふくじ》の景轍《けいてつ》玄蘇を日本使節の正使に仕立て、宗義智を副使とし、これに宗室と対馬の家老・柳川調信《しげのぶ》らが随行し、朝鮮通信使の来朝を交渉するため、ふたたび朝鮮へ入ったのである。

その後の情報は、詳しくはわからないが、日本使節一行は、八月下旬に朝鮮国王に接見したという報せを、恵瓊は小西行長から得ているという。小西も朝鮮外交には、当初から深く関わっている一人だった。

恵瓊は隆景に言った。

「今、心ある者たちの間で、朝鮮遠征の愚挙を何とか止めさせようと、密かに相談がなされています。その者たちの名は今は申せませんが、外征の愚挙は豊臣政権そのも

は今から十年先が見えています」

「わかっております。ですから、あえて申します。万一、豊臣が倒れるときは、毛利が代わらねばなりません。つぎの時代を担えるのは隆景様の毛利です。鉢割れの目には今から十年先が見えています」

「西堂《せいどう》は信長の死も十年前に予告した。十年後とはどんな年だ」

「関白様の御代《みよ》が破綻し、国が大きく二つに割れて、最後の天下が決まる年です」

「豊臣が倒れて、天下が決まる――」

隆景は腕を組み、目を閉じて、静かに息を吐いた。瞼《まぶた》の裏は暗黒しか見えない。

「鉢割れが、夢見る理想の天下です」

恵瓊がぎらぎらする目で隆景を見つめた。

二

十二月、隆景は三原へ帰った。小田原出陣の準備をすすめるためである。と言っても隆景の役は、尾張清洲《きよす》城の留守番だった。

秀吉は十一月二十四日、諸将に北条征伐の軍令を発し、自らは翌年三月一日をもって出陣すると公表した。

三原へは永《えい》も一緒に来ていた。隆景が勧め、永も望んだからである。三原沼田《ぬた》郷は小早川父祖の地であり、水軍の本拠であり、永にとっても生まれ故郷だからである。

久々に、夫婦は三原で正月を迎えた。

隆景は五十八歳、永は五十四歳である。傍目にも円熟の鴛鴦《おしどり》に見えた。

「お疲れでございましょう」

隆景が乃美宗勝《のみむねかつ》と船手櫓からもどってくると、永は自ら茶を点《た》てて二人にすすめた。

「本宗では二月十日に厳島《いつくしま》で船手衆の船揃いをして、二十日に兵庫へ着く手筈ですが、三原はどういたしますか」

「宗家に合わせて船出すればよかろう」

「しばらく海戦に無沙汰だが、こたびは小田原水軍と、相模の海で一戦交えたかった」

腕を揉みながら宗勝が言う。海の男も眉間の皺や髪の色に、争えぬ年齢が出ている。

「毛利は陸兵も船手も、箱根の山を越えることはあるまい」

それだけでも隆景はほっとする。

宗勝は茶を喫し終わると、忙しそうに辞去していった。

夫婦だけになると、永が言った。

「ご帰陣はいつごろになりましょうか」

「四国、九州陣のようなわけにはゆくまい。半年、一年は掛かるかもしれぬ」

「そのあと朝鮮へ御渡海でございますか」

「上様は、小田原陣の床几《しょうぎ》に掛けていても、背中は朝鮮を見ているだろう」

「国の外まで戦が続くのですね」

珠《たま》と同じ言葉を吐いて、永は哀しそうな目をした。

「上様の勢いは止まらぬようだ。昨日、西堂から書状がとどいた。宗室が博多へ戻ってくるそうだ。義智はまだ朝鮮にいるが、一足先に帰国するらしい」

「折衝が難航しているのでしょうか」

「ではないようだ。朝鮮では通信使の日本派遣を承諾したというから、一応、上様の厳命は果たせたことになる」

「私にはよくわかりませぬが、それで朝鮮出兵は避けられるのでしょうか」

「琉球が島津に従属するように、朝鮮も対馬に従属する国と、上様はお考えのようだ。だから大陸と交易を開く前に、朝鮮をまず服属させておかねばならぬ。これでは戦になっても不思議はない」

「安国寺《あんこくじ》殿に宗室の帰国を知らせたのは、宗室本人でございますか」

「いや、肥後の小西行長だ。はじめ宗室から行長へ報せが行き、行長がそれを西堂に伝え、西堂からわしに知らせてきた」

「小西殿と島井屋（宗室）とは、なにか特別な間柄なのですか」

「行長はもとは堺の町人で、父親の小西隆佐《りゅうさ》は薬種商を営む堺の納屋衆だ。行長も岡山城下の魚屋《ととや》九郎右衛門の養子となり、魚屋弥九郎と称して、宇喜多家へ出入りする御用達商人だった」

「それから武士に」

「宇喜多が毛利に背いて、織田へ寝返ったとき、織田の先鋒だった秀吉と、（宇喜多）直家の間を周旋したのが、魚屋弥九郎の行長だ。その功で宇喜多の家人（武士）となり、直家の死後、こんどは秀吉に引き抜かれて部将になった。だから、行長と堺や博多の町衆（豪商）とは以前から、西堂などより、強い絆で結びついている」

「では小西殿も、関白様の唐入りには、反対なのでございますね」

「そういうことだ。関白の朝鮮出兵は、対馬はもちろん、和親の交易を望む商人たちには迷惑千万な話で、行長にはそれがよくわかっている。おそらく宗室の渡海も、行長と宗室と二人で決めたのだと思う」

「安国寺殿は」

「西堂も同じだ。西堂は、上様身辺の心ある者たちで、外征を未然に防ぐための和平工作を、密かにすすめているというが、その者たちとは行長、西堂、それに石田三成、大谷刑部《ぎょうぶ》、増田《ました》長盛の側近衆とわしは見ている。商人では島井宗室、神屋《かみや》宗湛だろう。千利休もそうかもしれぬ。いずれにせよ、このままでは外征の蛮行は避けられない」

「何やら恐ろしい話を聞いているような心地がいたします。少しも存じませんでした」

永は驚きとともに、恥じ入るように、そっと面を伏せた。

「御方《おかた》は、知らぬ方がよかったな。わしが少し喋りすぎた」

労《いたわ》るように隆景は永に言った。

二月上旬、隆景は二千をひきいて三原城から海路を兵庫へ向かった。

輝元、広家も前後して兵庫へ到着した。

三家は二十日、京都へ入り、輝元はそのまま京都の警衛に任じた。隆景、広家は尾張へ進み、隆景は清洲城へ入った。広家は星崎城から、さらに三河の岡崎城へ入り、尾張三河方面の警備に就いた。

秀吉は予定どおり三月一日、京都を進発した。すでに前年、長束正家《なつか》を兵糧奉行として、米二十万石を駿河の清水港へ回漕し、黄金二十万枚で糧秣《りょうまつ》を買収するなど、小田原攻めの準備はととのっていた。

この日の秀吉は、真っ赤な鎧に鮫皮《さめがわ》の太刀を佩《は》き、鼻の下には熊皮の付け髭《ひげ》をつけ、歯は鉄漿《かね》で黒く染め、頭には白の括《くく》り頭巾を巻いて、長く垂らしていた。九州陣と同じ行楽気分の扮装だが、秀吉はひどく陽気に、はしゃいでいた。初の男児・鶴松の誕生が、国内最後の一戦に弾みをつけていたのである。

三

五月下旬、爽やかな初夏である。

周囲五里におよぶ総構えの広大な小田原城にも、小田原城を二重三重に取り囲む軍兵の野陣にも、薫風がひとしく吹き渡った。

郭公《かっこう》の啼き声も初夏に合う。石垣山（稲葉山）に陣取った秀吉も詠んでいる。

「啼き立つよ、北条山のほととぎす」

秀吉の包囲軍は二十五万、北条軍は小田原籠城軍が五万六千、支城に籠もる将兵合わせて二十万という。

隆景は、清洲城から小田原陣へ来ていた。広家と一緒に秀吉から呼ばれたのである。秀吉も退屈なのだろう。同じ頃、愛妾の茶々も呼ばれて、小田原へ到着していた。

小田原の西南にある石垣山は、標高二百六十メートル、眼下に小田原城、そして相模平野と相模湾を一望に見渡せた。

城外の山野には諸将の陣所が競い立ち、軍旗や幟《のぼり》が華やかにひるがえり、海上は五カ国の連合艦隊がひしめいて封鎖を固め、船上にも船標《じるし》、旌旗《せいき》、吹き流しが飾られ、こっちも祭りを見るような賑わいである。

秀吉は将兵にも長陣で倦《う》まぬよう、陣中へ商売人や芸人を招き入れ、酒宴や歌舞を自由にやらせた。このため小田原城下は、諸国商人が蝟集《いしゅう》して市が立ち、遊女屋が軒を連ね、ふだんの何倍も雑踏した。

秀吉は大名たちにも茶会や演能を許し、妻妾を陣中へ呼ぶことを認めた。秀吉自身も本営に数奇屋を造り、毎日のように茶会を催して、大名たちを招いた。

その一方で秀吉は、城中の将兵にこまめに誘降をはたらきかけた。矢文を射込んで説得したり、物を贈ったりした。

その朝、隆景は秀吉の数奇屋へ招かれた。茶堂の千利休が白天目《しろてんもく》に濃茶《こいちゃ》を点てて、隆景にすすめた。客は隆景一人である。

「どうぞ」

さり気ない利休の点前だが、茶聖、天下一宗匠を自認する尊大さが、感じられなくもなかった。

「ときに侍従《じじゅう》。長陣を乗り切る秘訣を、聞かせてくれぬか。小田原は信玄、謙信も諦めて陣を退いた天下の名城や。何とか秀吉の手で落城させたい」

秀吉が言った。

わざとらしい媚びるような言い方だった。いまさら長陣の秘訣もない。秘訣は秀吉自身が手本を見せているではないか。

だが隆景は律儀に応えた。そうすることが秀吉への礼儀と心得たからだ。

「毛利では、尼子《あまご》の富田城を五年も包囲したことがありました」

「五年もよう将兵が辛抱しよった」

「長陣による士卒の倦怠を防ぐには、陣中で今様小唄《いまようこうた》を歌わせ、踊りや猿楽などの慰安を与えること、城兵の誘降に努め、城内の動揺分裂を図ること、これが落城を早める道でしょう。つまり上様のやり方です」

「それを聞いて安心した。侍従なら嘘や飾りは言わぬと思って訊ねたのや」

秀吉は満足そうに目を細めると、

「侍従には、落城を見届けるまで、小田原に滞留してほしい、頼むがや」

いかにも無邪気に隆景に頭を下げた。

子供みたいな面もある秀吉に、今までとは違った親しみを、隆景はおぼえた。

六月に入ると、誘降の効果が現れてきた。城中から包囲軍に通款し、あるいは密かに城を出て、降伏する者が出てきた。城中でも和議に傾く者が増え、疑心暗鬼が潮のように、城兵の胸に広がりはじめた。支城の落城、開城も相次いだ。武蔵の鉢形城、八王子城が落ち、相模の津久井《つくい》城も陥落し、最後まで抵抗した伊豆の韮山《にらやま》城もついに開城した。

小田原城は城外の支城と呼応しながら、籠城を続ける形になっている。その支城がつぎつぎ落ちては、小田原本城の守備籠城も難しくなった。

同月二十九日、北条氏直は織田信雄《のぶかつ》に和議調停を申し入れ、七月五日、黒田官兵衛を通して秀吉に降伏した。

秀吉は氏直の降伏を許し、北条氏政、氏照、大道寺政敏、松田憲秀に切腹を命じたが、氏直は家康の女婿ということで、助命して高野山へ追放した。

秀吉は十三日、小田原城へ入城し、家康を関東へ封ずるなど、論功行賞をすませると、十六日には、奥州制圧のため会津へ向かった。さすがに落城後の足取りは早い。

出発の前日、秀吉は隆景にも奥州へ同行するよう命じた。

「奥羽は強情者が多くて、仕置き（治安）や竿《さお》入れ（検地）が厄介な土地や。侍従のような老巧が傍にいてほしいがや。鉢割れ坊主も連れていく」

秀吉は、家康のつぎに隆景には遠慮した口のきき方をする。家康は苦手意識で、隆景には信頼を寄せているからだった。

会津へ向かう途中、秀吉は鎌倉を見物し、鶴ガ岡八幡宮に詣でたが、そこで頼朝の木像に出会うと、ひどく嬉しがり、

「天下を取ったのは、おれと頼朝だけぞな。せやから頼朝はおれの友達や」

と周囲を笑わせた。

隆景は恵瓊に言った。

「あの無邪気さだ、憎めない」

すると恵瓊が笑って言った。

「無邪気さを、あとでちゃんと利用するところが、上様のしたたかさです」

「利用する？」

隆景はいぶかった。

恵瓊は言った。

「隆景様は、いつぞや、長陣の秘訣を訊かれた上様の無邪気さを、鉢坊主に話されましたな」

「いかにも話した」

「じつはそのあと、上様は、武州から戦況報告に来た前田利家、上杉景勝を茶会によび、小早川侍従が長陣の秘訣をかくかく申したと、二人の前で隆景様を褒め上げたの

です。隆景様を褒めるということは、上様自身を褒めることになりましょう。ここらが狙公《そこう》の油断ならぬところです」

「さりとてハの者か」

隆景は苦笑するほかなかった。

それでも、秀吉の無邪気は生得のものという気がする。

ところが、その秀吉も、奥州では厳しい仕置きと検地をおこなった。

七月二十六日、秀吉は伊達政宗、最上義光《もがみよしみつ》、木村清久を宇都宮によんで奥羽の仕置きを命じ、八月九日、黒川城へ入ると、ここで小田原へ参陣しなかった奥羽の諸将の所領を没収し、参陣した者たちを安堵し、蒲生氏郷《がもううじさと》を奥州の押さえとして会津に封じた。

ついで奥州の検地は、浅野長政、石田三成、大谷吉継を奉行に命じて、

「国人《くにびと》、百姓に納得いくよう説明し、それでも検地に従わぬ者は、一人残らず、ことごとく撫《な》で切りにせよ」

と厳達し、あとを三奉行に任せて、八月十二日、京都へ向けて凱旋の途についた。

奥州では、このあと土豪や農民の一揆が各地に蜂起したため、秀吉の撫で切りが徹底しておこなわれ、「関白の撫で切り検地」と恐れられたのである。

隆景、恵瓊が奥州から京都へもどったのは九月一日である。

京都では、二月いらい洛中洛外の警衛に当たってきた輝元が、歓迎準備をととのえて、秀吉の凱旋を待ちうけていた。

十八日、秀吉は加藤清正、黒田長政ら側近諸将を連れて輝元の屋敷へ臨んだ。輝元は聖護院道澄《どうちょう》、菊亭晴季《きくていはるすえ》、勧修寺晴豊《かじゅうじはるとよ》らを陪賓に招き、練香《ねりこう》を座敷に焚きしめ、善美を尽くした本膳に菓子を添え、金春太夫《こんぱるだゆう》の能楽を演じて秀吉を慰めた。

それらの行事がすむと、隆景は、椋梨珠《むくなし》を連絡係として京都に置き、十月半ば三原へ帰った。

四

堺は盛んな雪だった。

港に係留した小舟の竿頭で、じっと動かない鷗の背にも雪が降り積もっていた。

筑前名島から早船をついで、堺へ着いた隆景を、椋梨珠の主従が出迎えた。辺春五郎丸もその中にいた。

天候さえよければ、隆景はそのまま大和郡山《こおりやま》城へ向かうつもりだったが、その日は堺泊まりにして宿所へ入った。

大和郡山城は秀吉の弟・羽柴秀長の居城だが、昨年春から秀長は病気がちで、小田原への参陣もひかえていたところ、今年になってにわかに病勢があらたまり、正月二十二日、ついに五十一歳の生涯を閉じていた。

「大和大納言秀長卿・重篤」

の報に、隆景は早船を仕立てて急行したものの、途中でその死を知ったのである。

秀吉の補佐役に徹し、足軽時代から秀吉を蔭で支え、天下人に押し上げて、豊臣の土台を内から支えた実力者である。

武将としても数々の功績を残した。穏健寛容な人柄は、諸大名にも信望があったが、誰よりも秀吉が頼りにしていた。小田原の陣中からも、病状を気づかう手紙を何通も出したが、その死を知ったとき、秀吉は、

「大納言よ、おれを独りにしなや」

と叫び、号泣したという。

「わしと秀長卿とは四国征伐いらいの親交だが、上様には、片腕をもがれた思いであろう。惜しい方に去られた」

と隆景も、その夜は珠たちと精進して秀長の冥福を祈った。

品行方正という点では秀長と隆景は似通っていた。上方でも陣中でも近間にいるときは、たがいに茶会に招いたりして親交を深めた仲だった。

とくに年下の秀長は、老巧の先達として隆景に恃《たの》むところがあった。隆景も豊臣と

毛利をつなぐ大事な綱を失った思いである。

　夜に入っても雪は降り止まない。

　精進のあと隆景は、珠や五郎丸から上方の情勢や風聞を聞いた。五郎丸は東福寺退《たい》耕《こう》庵《あん》に逗留中の恵瓊の使いである。

　去年、隆景が筑前へ帰国した後、秀吉は朝鮮通信使の一行を聚楽第で引見していた。十一月七日のことで、通信使一行は正使・黄允吉《ファンユンギル》以下五十人ほどが、玄蘇、義智、宗室らに伴われ、三月に朝鮮の釜山《プサン》を発ち、七月下旬に京都へ着き、宿所の大徳寺へ入って、秀吉が小田原、奥羽から帰って来るのを待っていたのである。

　秀吉は通信使を朝鮮の日本服属使節と思い込み、答書を与えることにして、堺で待機させた。一行は十二月まで堺で待たされ、ようやく秀吉の答書を得ると、ふたたび玄蘇、義智とともに帰国の途についたが、宗室だけはいったん博多へ帰った。

「宗室も義智も、ご苦労なことだ」

　隆景は溜め息をついた。とくに年若い対馬領主の心労を思いやった。秀吉がどんな答書を与えたのかも気になった。

「筑前様、西堂からの報告を申し上げます」

　五郎丸が言った。声も美声である。

　関白様が四日前、沿海諸国に外洋向けの軍艦を造るよう命じたと、五郎丸は言った。

「軍船をか」

隆景は一瞬、眉を寄せた。

秀吉は和戦両様の構えでいる。答書の内容は不明だが、朝鮮側の反応しだいで戦を仕掛ける腹で、兵船の建造を命じたのだ。

「いよいよ、唐入りは避けられませぬか」

珠が顔を両手で挟んでうつむいた。

炉に掛けた釜で、しんしんと沸き立つ湯の音が、静けさを不気味にした。

羽柴秀長の葬儀は、その月二十九日、大和郡山で執り行われた。弔問をすませて、ふたたび堺へもどると、恵瓊が小西行長とともに隆景を待っていた。

行長は実父の小西隆佐の屋敷へ、隆景を案内した。隆佐も秀吉に重用され、堺奉行を勤めているが、隆佐は席にいなかった。逆に秀吉から呼ばれたのである。

「何の御用か、おわかりでしょうか」

行長が隆景に言った。

行長は長身で顔も長い。隆景は、秀長の葬儀でその顔に会っているが、挨拶だけで別れ、堺で待っているとは知らなかった。

行長は隆景の返事を待たずに言った。

「朝鮮征伐に要する物資の調達について、小西に下問するためです」

すると恵瓊が、

「上様は答書の中で、朝鮮の入朝を賞し、日本は明国を征服するから、朝鮮はその先駆をつとめるようにと命じています。どうあっても大陸侵略を遂行するつもりです」

いつものゆとりも失い、顔を歪めた。

「通信使を日本従属の使節と誤解した以上、上様からそのような命令が出てもふしぎはないな。だが、そんな無体な命令を、朝鮮が黙って受け入れるとは、わしにはとても考えられない」

隆景は、思ったままを口にした。

「また新しい手立てを考えて、朝鮮側と折衝しなければなりませぬ」

行長が言い、それから急に膝をあらためると、隆景の方へ向き直った。

「ここで大和大納言様が亡くなられ、上様が、これから頼みに思われるのは、前田利家公のほかには、筑前侍従殿お一人となりました。そこで安国寺殿にも相談いたし、今後は筑前侍従殿のお力添えを得たいと、かくはお呼び立て申したしだいです」

「鉢坊主も今までは、隆景様の存念を慮《おもんばか》り、朝鮮問題と関わらぬよう図ってきましたが、もはやそれも叶わなくなりました。今や一人でも味方が欲しい、それが偽らぬ気持ちです。隆景様、あらためて鉢割れからも、お力添えをお願いいたします」

恵瓊が鉢頭を下げると、目を大きくして隆景を見上げるようにした。

（日本が潰れてしまっては、元も子もない）

隆景には、恵瓊の目がそう言っているように思えた。

五

大納言秀長の死は、思った以上に、世間に深刻に反映した。

朝鮮通信使の来朝がきっかけで、巷では、秀吉の朝鮮出兵が噂となり、

「関白様、唐入り」

が囁《ささや》かれて、世情不安を高めていたが、秀長の死が伝わると、さらに秀吉の悪政に対する怨嗟《えんさ》の声が、地上に吹き出してきた。

庶民にまで慕われた秀長の死は、秀吉の人気の無さを、この上なく露呈させる皮肉な結果を生んだのだ。

ところが、それからわずか二十日後の二月十三日、こんどは秀吉の茶堂・千利休が、突如、堺へ追放され、半月後には切腹させられるという事件が起こるのである。

利休の切腹もまた世間を聳動《しょうどう》させた。茶道をもって豊臣政権の内政に深く関わり、

「公儀のことは宰相（秀長）、内々のことは宗易（利休）」

と言われたほど内政手腕を発揮し、秀長と並ぶ実力者として、権力の中枢に君臨した利休のことは、世間の方もよく知っていた。利休居士七十歳である。

利休切腹は、筑前へも矢のように走った。

隆景にも利休の死は衝撃である。折から上洛中だった宿老の鵜飼《うかい》元辰が急ぎ名島へ帰ってきた。それを知って宗湛、宗室も博多からやってきた。この二人にとっても、利休の切腹はただごとではない。

城中の茶室に、隆景をはじめ宗湛らと茶会で交流している老臣たちが集まった。乃《の》美宗勝《みむねかつ》、井上春忠、椋梨珠、包久内蔵允《かねひさくらのじょう》、草刈重継らで、家臣ではないが安国寺恵瓊も知行地から来ていた。

恵瓊をのぞけば、小早川の宿老たちも、過ぐる十六年、毛利三家が上洛のとき、聚楽第で利休の茶を飲んでいた。

隆景が、利休の点前で茶を喫したのは、小田原本営の秀吉の数奇屋が最後である。白天目の茶碗をすすめて「どうぞ」と言った利休の一言がよみがえった。

利休切腹の理由はさまざまに言われた。

茶器の売買や鑑定で不正な利を得ていた。利休の娘を関白が妾に欲しいというのを、利休が断った。大徳寺の山門に自分の木像を掲げたのが、関白の怒りを買った。

そのほか芸術観の相違とか対立といったものだが、豊臣政権の権力争いもあったろう。

「古渓《こけい》和尚は大事ないか」

隆景が元辰に言った。

古渓は利休の師僧であると同時に、大徳寺の住持《じゆうじ》である。宗湛の得度の僧であり、宗室や隆景にもゆかりの禅師である。

「今のところ、古渓和尚に罪がおよぶ様子はありませぬ」

と元辰が応えた。

元辰も上洛のさい、大徳寺へ参じて古渓と黄梅院の宗琇《そうしゆう》から法縁を得ている。

大徳寺の山門は、資金不足で未完だったのを、利休が私財を投じて完成させたので、寺では記念に、雪駄ばきで杖をついた利休の木像を楼上に納めたが、山門の下は勅使や秀吉も通るとあって、これが僭上《せんじよう》の沙汰とされ、秀吉の怒りを買ったという。

「その木像が、聚楽第大門口の一条戻り橋へ引き出されて、見せしめの磔に架けられた。木像の磔は前代未聞というので、貴賤男女の見物人が群がり、堀川通りは怪我人が出る騒ぎだった」

「利休宗匠は、まだ堺に蟄居中でございましたか。助命嘆願はなされませなんだか」

くちなし瑞雲《ずいうん》に代わって、筑紫の坊主が口をきいた。

「嘆願もあった、周りからも謝罪を勧めたようだが、利休はすべて拒んだそうな。利休が関白様から呼び出されたのは、木像の磔があった翌日で、それから二日後に、京都の屋敷で切腹した。腹を切ってからはらわたを摑み出し、自在鉤《じざいかぎ》に掛けて、それから介錯を頼んだそうな」

「何という意地の激しさか」

井上春忠が感に堪えた声で言った。

「令月《れいげつ》（二月）というのに、その日は洛中にめずらしく雷鳴がとどろいて大雨となり、大粒の雹《ひょう》が降った」

「利休の切腹は、利休にも問題がある」

それまで黙っていた恵瓊が、覚めた目をして、はじめて口を開いた。

隆景は、ほう、と思った。隆景も恵瓊と同じことを考えていたからだ。

恵瓊はつづけて言った。

「上様が利休の木像を磔に架けた気持ち、鉢割れはよくわかる。誰のお蔭でえらくなった、茶坊主が思い上がるな、上様は利休が憎かった。それで懲らしめた。正直なのよ」

たしかに利休には驕恣《きょうし》なところがあったと隆景も思う。

政商としての俗物性もあった。権力指向が強くて、利殖にも貪欲だった。奇妙だが秀吉と共通した面がある。出る杭は、秀吉でなくても、政敵から狙われたろう。

「木像騒ぎのすぐあと、京ではもう一つ、嫌な出来事があった。洛内の辻々に、上様を誹《そし》る落首が立ったのだ。これにも大勢人だかりがした」

と元辰が言った。

利休切腹の二日前、木像磔刑の翌日だという。落首はつぎのようなものだった。

石普請城こしらえも要《い》らぬもの
　安土小田原見るにつけても
寺々の夕べの鐘の声聞けば
　寺領奪《と》られて何としようや
村々に乞食の種も尽きずまじ
　搾り取らるる公状の米
末世とは別にはあらじ木の下の
　猿関白を見るにつけても
十分になればこぼるる世の中を
　ご存じなきは運の末かな

落首は、天下一統のため、築城、建築、検地、刀狩り、耶蘇教追放、人掃い、惣無《そうぶ》事令《じれい》などで人々を苦しめてきた秀吉政権に対する痛烈な批判だった。

人々は秀吉の成し遂げた天下一統が、天下のためでなく、秀吉のためと気付いて、怒りをぶつけたのである。利休の切腹はそのきっかけを作ったにすぎない。

その意味で利休の死は、豊臣政権の「運の末」を暗示する象徴的な出来事だった。

六

この年の四月、広島城が竣工した。

太田川河口五カ村のデルタ地帯に完成した城郭は東西一キロ、南北一・三キロの平城で、瀬戸内の海域と一体化した機能は、淀川のデルタに建った大坂城を参考にしている。

輝元は完成前に入城したが、それ以前から領内に検地を行い、その結果この年三月、

「安芸、長門《ながと》、周防、石見、出雲、備後、隠岐、伯耆《ほうき》三郡、備中国之内、右国々検地、任帳面、百拾二万石之事」

の朱印状を秀吉から与えられた。

そのころ朝鮮では、玄蘇と義智が秀吉の要求する答書の内容をすり替えて、朝鮮側

と外交折衝に入っていた。

秀吉の答書は「日本が明国を征服するさい、朝鮮国王は日本軍の先駆を務めよ」というもので、これでは朝鮮側が応じないとみて「秀吉は明との交易再開を望んでいるので、朝鮮に明へ入国する道を借りたい（仮途入明《かとにゅうみん》）」とする要求に変えたのである。

このすり替えは行長や宗室も加わって、すでに日本で決められていた。先には「朝鮮服属の使節派遣」を「秀吉の日本統一の祝賀使節（通信使）派遣」にすり替えたが、欺瞞がさらに欺瞞を重ねる結果になった。

しかし「先駆命令」を「仮途入明」とした苦肉の策も、朝鮮側の拒絶にあって不調に終わった。すでに朝鮮も明国も秀吉の大陸侵略を察知していたのである。

もはや対馬島主も腹を括らねばならなかった。六月の末、義智は朝鮮からもどると、上洛して、答書の要求が拒絶された旨を秀吉に報告し、事後の指示を仰いだ。

「戦と決まれば戦うしかないが、摂津（行長）や宗室とも話しあい、できるだけ早期に戦を終結させ、その間も、和平の道を探ることにしました」

鉢坊主が名島へきて、隆景に朝鮮事情を告げたのは、七月の末である。

「義智が帰ると、朝鮮でも沿岸の防備を固め、要塞の修築、築城を急がせています」

「また西国大名に御苦労が掛かる」

「驚きました。上様の明国侵入が、朝鮮よりも先に明へ伝わっているのです」

「薩摩には、倭冦の虜囚になった明国人が、ずいぶん流れ住んでいると聞いた。医者や商人が多いそうな」

「お察しのとおり倭冦の俘囚です。その者たちが日本の国情を文書にして、密かに貿易船に託して、福建省の明国軍政部へ届けているらしい」

「で、上様はどうだ。相変わらずか」

「二言めには唐入りの話になります。おれが明を退治したら、まず天子様に大唐の都へ行幸していただき、都廻り十カ国を献上する。明の関白には秀次をすえて都廻り百カ国を与えよう。おれは寧波《ニンポー》へ移住し、ここを日本の船着きにして、ゆくゆくは天竺を切り取るつもりや、などと……、いやはや、とてつもない夢物語に取り憑かれています」

恵瓊の笑いが冷たくひびいた。

近頃、秀吉に対する恵瓊の思い入れが、微妙に翳《かげ》ってきているのが、隆景には分かった。今の嗤いにもそれが出ていた。

「いずれ近々、諸将に朝鮮征伐の軍令が下りましょう、渡海のための築城も肥前の名《な》護屋《ごや》を卜《ぼく》しております」

ところが、ここにまた事件が起こった。

八月五日、溺愛していた秀吉の一子・鶴松が、淀城内で病死するのである。当年三歳だった。悲嘆のあまり秀吉は、翌日、東福寺へ入って髻《もとどり》を断ち切り、秀吉に付いていた家康、輝元はじめ諸大名、側近もこれに倣《なら》って髻を落とした。

さらに秀吉は、その場で五山の僧に明国遠征を告げ、西笑承兌《せいしょうしょうたい》はじめ高僧三人に唐入りの供奉《ぐぶ》を命じた。ちなみに西笑承兌は、朝鮮通信使への秀吉の答書を起草した、相国寺鹿苑院《ろくおんいん》の院主である。

秀吉は、翌七日には清水寺へ参籠し、同月二十三日、浅野長政を総奉行に、黒田官兵衛を縄張奉行とし、加藤清正、小西行長、黒田長政ら九州在住の諸将に命じて、肥前名護屋の築城普請にかからせた。

ついで九月十六日、秀吉は諸将に、出陣の準備を正式に発令した。愛児・鶴松の死で、「唐入り」は、にわかに現実味を帯びてきた。もはや、その秀吉を誰も止められないし、秀吉自身も止まらなかった。

名島の隆景のもとへも軍令がとどいた。

遠征軍の総兵力は二十七万という。そのうち十六万が「高麗渡海の諸勢」で、水軍が一万、名護屋の留守部隊が十万である。

高麗渡海の軍勢は九軍に分けられ、隆景はうち六軍の主将（動員兵力一万）として、立花宗茂（二千五百）、小早川秀包《ひでかね》（千五百）、筑紫広門《つくしひろかど》（九百）、高橋直次（八百）を引き連れて、渡海出陣することになった。

宗家の毛利輝元は、七軍の主将で軍役は三万である。吉川《きつかわ》広家は輝元の部将として、七軍に加わった。

先鋒の一軍には小西行長の七千、宗義智の五千がいる。二軍は鍋島直茂の一万二千、加藤清正の一万である。渡海軍の総大将は八軍をひきいる宇喜多秀家の一万である。

軍令を受けた隆景は、ただちに三原と広島に在住する小早川の家臣を名島へ召集し、年内に妻子や家族も名島へ呼ぶように指令した。留守家族が一所に暮らせるよう配慮したのである。

十月十日、肥前の名護屋城は縄張りがすみ、築城普請の工事が起こされた。その日、同時に京都大仏殿の工事が中止される。大仏殿建立に使われる資材を、朝鮮陣の船舶その他の建造にまわすためである。

十二月、秀吉は関白を辞して甥の秀次に譲った。そして自身は、太閤を称して朝鮮陣に専念し、来年三月一日をもって京都を発し、名護屋へ向かうと公表した。

筑前名島城も年の暮れを迎えていた。

「椋梨を呼べ」

隆景は小姓に命じて回廊へ出た。

一日何回ここから海を見ることだろう。年が明けると、この海を渡って未知の国へ入る。何が待っているか分からないが、もう戦はこれが最後にしたいと隆景は思った。

　旬日で、六十歳を迎える我が身をふりかえった。茫々として捉えがたい過去が、目の前の海原のように隆景の中に広がった。

「お呼びでございますか」

　珠の声でわれに返った。

　直垂《ひたたれ》姿の珠が背後に立っていた。出陣準備の軍令いらい、珠はふたたび男装をして、きびきびと立ち働いていた。いつまでも若々しい、錆びない女だ。

「珠か、今し方、元辰に名島の留守番を命じたところだ」

「忝のうぞんじます」

　珠はかるく頭を下げた。

　隆景が、老齢の父を気づかってくれたと思ったのだ。そうには違いないが、元辰に留守役を命じたのは、半分は元辰を必要とする仕事があったからだった。

「珠にも名島に残ってもらう」

「殿様」

　珠の目が大きくふくらんで隆景を見た。

「じつは元辰には大事な役目を負わせた。しっかりした助手が必要だ」

「お待ちください。珠は殿様のお供をして渡海するつもりでおりました」

「こんどは残れ。残って親孝行のつもりで、元辰の仕事を助けてやれ」

「大事な御役目とは何でございます」

「それだ」

隆景は言った。

「筑前は、出陣で名護屋へ向かう諸将の通り道になる。むろん上様もお通りだ。行軍部隊が支障のないよう、沿海の道路、橋、宿駅、津（港）などの点検整備を急がねばならぬ。宿所も用意せねばならぬ」

「普請作事でございますか」

「鬼庭《おにわ》を駆けるだけが軍役ではない」

「心得ております」

「中で大工事に、多々良川に架ける五十間の橋と、箱崎の海岸に築く百間の堤がある。ほかにも領内では名島、宗像《むなかた》、小倉の間に継ぎ飛脚を立て、海上でも博多、芦屋、小倉の間に継ぎ船を出すことになった」

隆景は、ふっと珠の方をふり向いて、すぐまた正面へ目をもどすと、

「作事普請では元辰は老巧手練だが、年齢も年齢だ。現場で人を動かし、算用をととのえるにも、珠の頭と腕を借りねばならない」

「殿様は、そうして珠まで労ってくださるのですね」

「役目が珠を必要としているだけだ」

「名島に残って父と作事に精を出します。母も安心いたしましょう」

珠が微笑した。

風濤《ふうとう》の鷹

一

名護屋《なごや》は肥前松浦郡の北端にある湾岸の村だが、湾は深くて大船の出入りに適し、沖合四、五町にある加部島《かべしま》は天然の防波堤となり、波穏やかで遠く壱岐島《いきしま》の山が雲に霞んで望まれる風光明媚の地である。

名護屋城は山の手に築かれている。城の周辺には、またも諸大名の陣屋が建ちならび、諸国商人、職人その他が集まり、ここにも幻のような一大城下町が生まれようとしていた。小田原陣と同じように、海上にも大小の船がひしめき浮かんだ。

隆景が軍船をととのえて名島《なじま》を発し、名護屋の沖へ錨《いかり》を下ろしたのは、三月二十一日である。軍船には名島で新たに建造したものもあり、博多商人から調達した商船には、武器糧食を満載していた。

名護屋沖へ着いたその日、陸地から艀《はしけ》が一艘、隆景の親船・三原丸へ漕ぎよせてきた。秀吉の参謀で毛利との繫《つな》ぎをしている黒田官兵衛だった。名護屋には築城時から常駐し、諸将との連絡にも当たっていた。

隆景は、乃美宗勝《のみむねかつ》とともに、三原丸の胴の間に官兵衛をむかえた。

官兵衛は日焼けした顔を綻《ほころ》ばせながら、例の蛙歩きで円座に尻をつくと、

「早々の出師《すいし》、ご苦労にぞんじます」

挨拶をすませると、去年完成した広島城の普請を誉めてから、名護屋城もぜひ見てほしいと言った。

「近江の穴太衆《あのう》に築かせた石垣が見事です。普請のみか、御天守、本丸、山里丸の障壁画も、聚楽第《じゅらくだい》に劣らぬ立派なものです」

官兵衛ほどの男でも、自分の縄張り（設計）で築造した城を自慢したいらしい。穴太衆は石工の技能集団で、大坂城の石垣も彼らの手に成るものだった。

隆景は、胴の間からも見える名護屋城の天守をふりむいた。わずか五カ月で竣工した城姿が、緑の中に耀々と映えていた。

官兵衛の面相があらたまった。

「ところで隆景様、毛利宗家《そうけ》の輝元卿には、まだ御実子がございませぬな。差し出がましいことながら、このさい、上様の甥御の秀俊様を、輝元卿の養嗣子《ようしし》に貰い受けて

は如何でしょう。さすれば上様もご満足、毛利家もご安泰、出過ぎた官兵衛と思われましょうが、長年ご厚誼にあずかった毛利家のため、申しあげるしだい……」

よろしければ根回しをしようと、官兵衛は言った。

「これはご厚意忝ない。宗家とも相談いたし、ご返答いたそう」

隆景は応えると、かるく会釈を返して、さりげなく話題を変えた。

まもなく官兵衛は辞去した。宗勝が艀まで送って出た。隆景は宗勝がもどってくるのを待って言った。

「早船を名島まで用意してくれ」

「名島へ、ハヤをですか」

宗勝が怪訝な目をした。隆景は言った。

「最前の養子の話だが、あれは官兵衛の一存ではない。おそらく上様の考えを先取りした官兵衛の先走りか、でなければ上様が官兵衛に言わせたか、どっちかだ」

「――」

宗勝が、えっという顔をした。

「だが先走りでよかった。上様から先に話が出たら、宗家は断れなかったろう」

「断れぬと、どうなりましょう」

「毛利の血が絶えてしまう」

輝元には四十歳になっても男子が生まれない。もしここで、秀吉の血縁が毛利を継いで、毛利の血統が絶えれば宗家はどうなるか、考えるまでもなかった。かつての毛利が嫌というほど、それをやってきたのである。

隆景は目をつぶり、忌まわしい過去をふり払うように、微かに首を振り、

「放ってはおけまい。広島の西堂《せいどう》へ報せよう。それしかない」

「分かりました」

宗勝にも早船の意味が飲みこめた。

広島城では恵瓊《えけい》が秀吉の西下を待っているが、城中は輝元がすでに出陣していて、留守は穂田《ほいだ》元清（元就の四男）の子で、十四歳の秀元が預かっていた。

だが幼年の秀元ではどうにもならない。恵瓊に事の次第を急報し、秀吉が広島へ着く前に、養子の話を阻止する方策を立てるしか方法がない。そのための早船である。

「ハヤは、いったん名島へ着ける。名島から広島へは椋梨《むくなし》（珠《たま》）に行かせる。書状はわしがしたためておく」

早船は暗くなって、名護屋沖から滑りでた。隆景は慎重だった。これで問題が解消されたわけではないが、あとは恵瓊の連絡を待つのみである。

名護屋には三日間滞留した。

その間に、隆景は名護屋城を官兵衛の案内で見て廻り、石田三成の茶会に招かれた

りしたあと、立花宗茂、小早川秀包《ひでかね》、筑紫広門《つくしひろかど》、高橋直次の六軍船隊が揃ったところで、壱岐へ向けて錨を上げた。

渡海の主力艦船は壱岐、対馬に集結する手筈である。すでに輝元、広家のひきいる七軍船団は壱岐に先行していた。

壱岐から先は隆景には未知の海域である。

六軍、七軍の艦船合わせて二千数百艘という堂々の大船団は、四月初旬、壱岐を出ると対馬をへて朝鮮へ向かった。

対馬は風の道といわれる。波は高いが空は晴れていた。舷側から果てしない海原を進む大船団を見ていると、恵瓊や行長、義智《よしとし》、宗室、宗湛《そうたん》ら一人ひとりの風骨が、波の彼方に浮かんで消えた。

和平のために画策した彼らの努力が、すべて空しくなったと思うのは辛かった。出陣前に名島の茶室で、くちなし瑞雲《ずいうん》が言った言葉が、いま実感として隆景の胸に迫った。

「太閤様御一人の戦《いくさ》です」

いざ物を言うと、宗室は歯に衣着せない。

秀吉から大坂城の茶会へ招かれたときも、朝鮮の事情を訊かれ、

「朝鮮は韃靼《だったん》（満州）と陸続きの要害の地で、日本とはまったく様子が違います。出

兵は断念なされたほうがよろしいでしょう」

と答え、秀吉の機嫌を損ねている。

その宗室も秀吉の権力の前に、軍用の虎落竹《もがり》（防柵に使う竹）の供給を、一手に引き受けさせられていた。その虎落は、隆景の軍船にも積まれている。

さらに宗湛、宗室ら博多の町衆は、港の倉庫を悉く《ことごと》空けて、軍用米を貯蔵するよう命ぜられていた。商人町として博多復興を許した秀吉は、その代償として、博多の兵《へい》站《たん》基地化を忘れなかったのである。

対等で自由な交易を望む彼らの商人道も、この専制君主には理解されないのだろうか。

明るい太陽の下に絶影島《チヨルヨンド》の島影が見えてきた。上陸地点の釜山浦《プサンポ》は島の裏にある。

四月十九日であった。

二

輝元、隆景が武器、兵糧はじめ軍用物資を揚陸し、全軍が釜山浦へ上陸を完了したのは四月二十二日である。二十八日には熊川《ウンチヨン》まで進軍した。

すでに行長、義智らの一軍は八日前に上陸し、翌日には釜山城を攻め落とし、十四日に東莱城《トンネ》、十五日は機張《キジャン》、左水営《ジャスヨン》、十六日は梁山《ヤンサン》、密陽《ミリヤン》と落とし、さらに大邱《テグ》、仁同《インドン》と戦わずに抜き去り、二十五日には慶尚道《キヨンサンド》の尚州《サンチエ》を攻略して鳥嶺《チヨリヨン》を越え、朝鮮の都・京城《ソウル》（漢城）を指して破竹の進撃をつづけていた。

加藤、鍋島の二軍も十七日に釜山へ上陸、彦陽《オンヤン》を落とし、無人の野を行くごとく慶州《キヨンジュ》へ入った。後続の諸軍もほとんど抵抗も受けずに、先軍の後を追って北上していた。

輝元、隆景も京城をめざしたが、途中で、京城が五月三日に陥落し、一軍二軍が無血入城したことを知った。

首都・京城は日本軍来襲と聞いただけで驚愕混乱し、国王は一日の未明、土砂降りの雨の中を王城を出て開城《ケーソン》へ逃れたという。

「これでは戦に来たのか、異国見物にきたのか、分からん」

「何せ百年も戦がなく、平和が続いたというから無理はない」

将兵の中には、早くも楽観気分に浸る者がでてきた。

五月二十日、輝元、隆景が慶尚道の星州《ソンジュ》まで進んだとき、恵瓊が毛利軍に追いついた。恵瓊は四月二十五日に名護屋へ着陣し、二十八日、名護屋を発って朝鮮へ渡り、輝元、隆景の後を追ってきたのだ。

恵瓊は輝元、隆景、広家の三人を前にすると、まっ先に毛利の養嗣子について報告した。恵瓊には秀吉の軍令を伝えるよりも、こっちの方が先だったのである。

「方々様、安心なされ、宗家の跡継ぎは秀元様と決まりました。上様からも『然《しか》る可《べ》し』とのお言葉を頂戴しました」

秀吉は三月二十六日京都を発って、四月十三日に広島城へ入り、出迎えた恵瓊の案内で、広島城中を見て廻り、

「輝元に似つかわしい立派な城や」

と上機嫌で褒めあげたという。

恵瓊はそこで、留守中の秀元を秀吉に会わせた。そのとき秀吉は、この秀元は、輝元がただ養っているのか、それとも跡取りなのかと恵瓊に訊いた。するとすかさず、傍にいた秀吉の側近・施薬院全宗《やくいんぜんそう》が、

「跡継ぎでございます」

と答えた。恵瓊は恵瓊で、

「養子のことは輝元も隆景も、上様のお心次第と申しております」

と秀吉が気分をよくするような返事をした。すでに恵瓊と全宗の間で、事前に打合せが出来ていたのである。

するとと秀吉は、輝元が気に入っているなら跡継ぎにするのもよかろう。輝元は未だ若いのだし、そのうち実子が生まれたら、その時は実子に跡を継がせ、秀元には相応

の扶持を与えてやればよい。と言い、翌日も機嫌よく、恵瓊を伴って広島を出立したという。

「ご苦労だった」

ほっとした顔で輝元は言った。

隆景も安堵した。

これで宗家の危機は、ひとまず回避できたが、まだ安心はできない。朱印状でも貰わぬことには、今の秀吉では、明日になってどう変わるかわからぬからだった。

恵瓊はこのあと、秀吉の軍令を輝元に伝えた。秀吉の渡海に合わせて、京城までの沿道に、秀吉が宿営する座所を設けるように、という指令である。

五月下旬、輝元、隆景、広家は京城へ入城した。恵瓊も一緒である。

京城では、すでに総大将の宇喜多秀家が、朝鮮国王の宮殿・景福宮《キヨンボクグン》趾に本営を置いて、日本軍の指揮に当たっていた。

秀家は、秀吉の指令にもとづいて、八つに分かれている朝鮮の国郡を、つぎの諸将に割当てた。「八道国割」といい、各国郡の経略を各将に任せたのである。

平安道《ピヨアンド》　百七十九万石　小西行長
咸鏡道《ハムギヨンド》　二百七万石　加藤清正
黄海道《ファンヘド》　七十二万石　黒田長政

江原道《ガンウオンド》　四十万石　森　吉成
忠　清道《チユンチヨンド》　九十八万石　福島正則
全　羅道《チヨンラド》　二百二十六万石　小早川隆景
慶尚道《キヨンギド》　二百八十八万石　毛利輝元
京　畿道　七十七万石　宇喜多秀家

国割に従い、各将はそれぞれの国へ赴き、軍政をしいて郷村から兵糧を徴発し、明国征服の足元を固めることになった。

隆景は輝元、広家と分かれて、任地の全羅道へ向かった。恵瓊は、安国寺寄騎衆《あんこくじよりきしゆう》をひきいて、隆景の軍に従った。

朝鮮国内では、その頃になって各地に義兵が蜂起し、日本軍に反撃を開始した。

隆景軍も、全羅道と忠清道の国境にある熊嶺《ウンリヨン》の峠で、羅州判官・李福男《イボクナン》、義将・鄭湛《チヨンダム》、辺応井《ピヨンウンジヨン》らの義軍と衝突した。

七月七日、七夕の日である。

義軍は熊嶺の要害に柵を設けて、隆景軍の侵入を防ぎ、盛んに矢を放って勇敢に戦った。隆景軍は未明から正午までかかってこれを落とし、義将・鄭湛と辺応井の二人は忠烈な戦死をとげた。

隆景軍は翌八日、襄陽《ジヨンヤン》に進み全州《チヨンジユ》に迫った。全州では監司・李洸《イガン》が、城外に張り子の兵士を並べ、旗や幟《のぼり》を多く立て、夜は山いっぱいに松明を灯したので、警戒した隆景軍は、攻撃を中止して去った。

この途中、隆景は熊嶺で戦死した朝鮮将兵の屍体をあつめて埋葬し、塚を建て、

「朝鮮国忠肝義胆を弔う」

と記して、冥福を祈った。

戦になれば敵も味方も同じである。とくに名もない士卒の死は、いつも隆景の胸を押しつぶしてくる。

だが戦は止むことがない。

翌九日、錦山《クムサン》方面に義軍が蜂起して、日本軍の錦山陣営を攻撃した。隆景軍はただちに救援に向かった。義将・高敬命《コギヨンミン》、趙憲《チヨホン》、義僧・霊圭《リヨンギユ》らも勇敢に戦ったが、七百余人の義軍はことごとく戦死した。のち彼らは「七百義士」とよばれている。

この錦山の激戦のあと、六十六歳の乃美宗勝が中風で倒れた。酒が好きで前から中風の気があり、高齢でもあるので、出陣前に隆景は、名島へ残すことも考えたが、海戦にでもなれば、宗勝は小早川水軍には欠かせない提督である。黙って連れていった。

隆景は悔やんだ。

陣屋の床に臥せった海将は、惨めなほど昨日の宗勝ではなかった。半身が完全に麻

痺して口がきけなかった。隆景を見ている目もどろんと虚ろである。たった一夜で、病はこれほど人間を変えてしまうものなのか。

「宗勝、日本へ帰って養生せよ」

隆景は言った。涙があふれてきた。

宗勝の口が動いた。反応はしているのだが、ただ、うー、うーとしか聞き取れない。

「秋山で会おう。元気になれ」

秋山は筑前にある宗勝の知行地である。だが中風の病人と元気で再会できる望みは、百に一つもなかった。

隆景は天を仰いだ。

三

風土の違いだろうか、病人がよく出た。ついに宗家の輝元まで病気になった。

輝元は慶尚道の開寧《ケリョン》にいる。隆景は開寧に向かった。病床に輝元を見舞うと、しばらく開寧にとどまり、輝元に代わって七軍の指揮や軍政を兼務した。七軍には広家がいるが、若い広家では荷が重すぎた。

輝元の病勢は一向に快方の兆しを見せない。熱が下がらず食が進まない。投薬も効き目がなく、従軍医師の谷《たに》楽庵も首を傾げた。

しかもいま、朝鮮の気候は、蟬も鳴き止むほどの猛夏である。

「小早川隆叔父、迷惑をかける」

輝元は恐縮するが、隆景に全羅道へもどれとは言わない。四十になっても、どこかでいつも、隆景を当てにしていた。

戦局のほうも夏を境に大きく変化していた。無人の境を行くようだった緒戦の勝利が、後退を始めていた。各地で決起した義軍の反撃も拡大し、強力になってきた。明国の援軍が大挙して鴨緑江を渡り、南下するという情報も頻《しき》りである。

さらに水軍節度使・李舜臣《イスンシン》のひきいる亀甲艦隊が、つぎつぎと日本水軍を撃破し、脇坂安治、九鬼嘉隆《くきよしたか》、加藤嘉明の主力艦隊を閑山島《ハンサンド》、安骨浦《アンゴルポ》の海戦で壊滅させてから、海上の補給路も遮断されていた。

日本軍は根本的な作戦の練り直しを迫られていた。

厳しい状況に苛立った秀吉は、自身が渡海するかわり、側近の石田三成、増田長盛《ましたながもり》、大谷刑部を朝鮮奉行とし、前野長泰、長谷川秀一、加藤光泰を軍監として京城へ派遣してきた。京城の総大将・宇喜多秀家を助けて、総軍の立て直しを図るためである。

奉行と軍監の六人が、京城へ着いたのは七月十六日だが、これに続いて、黒田官兵衛と浅野長政も、秀吉の上使として、遅れて京城に到着した。

一同は総大将の宇喜多秀家と談合し、ただちに八道の諸将を京城へ召集して、緊急軍議を開くことにした。

開寧にいる隆景にも召集状がとどいた。輝元も呼ばれたが、病気では仕方がない。代理に恵瓊を出席させることにした。

京城へ向かう前夜、隆景は恵瓊を陣屋へ呼んで輝元のことを相談した。

大陸のせいか昼の暑さも、夜はだいぶ涼しくなる。外は満天の星空だった。五郎丸が朝鮮の酒を温めてきた。

「しばらく開寧を留守にするのが心配だ。暑さも気になる。宗勝のようなこともある。とにかく(病気が)長すぎる」

乃美宗勝は日本へ後送したが、輝元の後送となると、軍の士気にも影響するし、簡単にはいかない。

「道三を呼びましょう、朝鮮へ」

「曲直瀬《まなせ》道三か」

隆景の脳裏に出雲の富田《とだ》城が浮かんだ。

この陣中で七十歳の父・元就が瘧《おこり》を患ったとき、京都からはるばる治療に来てくれたのが、当時すでに海内《かいだい》一の名医といわれた曲直瀬道三だった。そして道三を途中まで案内したのが恵瓊である。

「しかし道三は、もう八十歳は超えていよう。渡海は無理ではないか」

「何を言われます。宗家の御前《ごぜん》では小腰をかがめて行き過ぎる隆景様が、それはおかしい。宗家のためなら、逆立ちしても道三を招ぶのが、小早川の使命でしょう」

「皮肉を申す坊主だ」

隆景は苦笑した。

だが事実ではある。隆景が、輝元の前を頭を下げて通るのは、毛利に仕える小早川の姿勢を、周りに示すためで、この姿勢は、秀吉の前でも同じだった。いや秀吉だからいっそう明確にしたと言えよう。

九州陣の恩賞辞退もそうだったが、四国征伐の軍功で、秀吉から伊予一国を与えられたときも、

「これは、いったん輝元に賜り、しかるのち、隆景に賜りたし」

と願い出て、あくまで宗家に仕えるという立場を貫いている。

そんな隆景を、恵瓊は冷やかな目で見ることがある。隆景に冷やかなのではない。そこまでやるのかという目をするのだ。

「ふ、ふっ」

と恵瓊が独り笑いをした。

「何が可笑しい」

「惚れたってことだ」

恵瓊は聞き取れぬほどの小声でつぶやくと、酒杯を置いて星空を見上げ、

「綺麗なもんだ」

落ちてきそうな星屑にしばらく見惚れた。

柄《がら》にもない鉢坊主の感傷を見て、隆景は表情を和ませた。

「筑前もこんなに晴れていようか」

「石田三成と道三とはかねて昵懇《じっこん》の間柄です。三成から道三へ手紙を書かせましょう。上様にも、鉢坊主からお願いしてみます」

「西堂はしかし、元気よの」

「生臭坊主には病の虫も寄りつきません」

恵瓊は巨《おお》きな頭をゆすって笑った。

八道の諸将を召集し、京城で緊急軍議が開かれたのは八月十日である。

京城も熾烈な残暑だった。王城を囲む城壁の外から、南山《ナムサン》や仁王山《インオウサン》の息苦しい緑が圧迫した。漢江《ハンガン》の水も湯のようである。

その日、総大将・宇喜多秀家以下、朝鮮奉行の石田三成、増田長盛、大谷吉継、軍

監の前野長泰、長谷川秀一、加藤光泰、上使の黒田官兵衛、浅野長政、八道からは平安道の小西行長、江原道の島津義弘、黄海道の黒田長政、全羅道の小早川隆景、慶尚道の安国寺恵瓊らが、京城の倭館に顔を揃えた。

倭館は李朝の初めに、日本人との交易や、居留のために設けられた建物で（釜山浦にもあった）、日本軍が上陸するまでは、日本の商人たちが利用していた。おそらく宗室や宗湛も利用したであろう。

李朝の成立は一三九二年で、日本では南北朝が合一した年（元中《げんちゅう》九年、明徳《めいとく》三年）である。従って、それから二百年近く、日本と朝鮮の貿易は続いていたのである。

緊急首脳軍議の結果は、現状の兵力、兵糧を考慮して、年内の作戦は平壌《ピョンヤン》までに止め、釜山から京城までの補給路を確保して、八道に分散している諸軍を、京城以北に集めて、守備を強化することになった。

四

厳しい大陸の冬がやってきた。

初めて味わう朝鮮の苛烈な寒気に、将兵たちは震え上がった。零下十度から十五、六度はざらなのである。

厳寒のさなか、五万を超える明の援軍が、氷結した鴨緑江を渡って南下した。明軍は朝鮮軍二万、義軍一万を加えると、小西行長、宗義智が守る平壌を包囲し、攻撃した。

正月八日のことである。行長らは支えきれずに敗走し、平壌は明軍に奪回された。それより前、去年の九月頃から、行長と明軍の遊撃・沈惟敬《シンイケイ》の間で和議交渉が持たれたが、これは惟敬の策略で、明軍の進撃を容易にするための時間稼ぎだった。戦前から開戦後も、和平を求めて策謀してきた行長には油断があったが、京城の司令部も見通しが甘かった。行長の情報に頼り過ぎ、明軍の動きや兵力を、摑みきっていなかったのだ。

隆景は、京畿道にある開城の守備に就いていた。開城は京城と平壌の中間にあり、近くには立花宗茂、吉川《きっかわ》広家、小早川秀包、毛利元康（元就の八男）、大友義統《よしむね》、黒田長政らが陣を張っていた。

輝元は後方の開寧で病気療養に専念している。幸運にも曲直瀬道三が渡海してきて治療に当たっているので一応心配は遠のいている。

そこへ平壌の敗兵が落ちのびてきた。明軍の追撃がなかったのが幸いしたが、烈しい寒気と飢餓に襲われながら、敗走する将兵の惨苦は言語に絶した。

一望千里の積雪で一草の食べ物もない逃避行である。兵士の多くは草鞋《わらじ》ばきのため、凍傷で手足の指を失い、途中で倒れた者はそのまま見捨てられた。行長、義智、柳川調信《しげのぶ》、玄蘇《げんそ》もようよう開城へたどりついたが、兵の四分の一の命がこの逃避行で失われた。

行長から明軍の情報を得た隆景は、ただちに周辺の諸軍を開城に集結させ、明の大軍を迎え撃つ態勢をととのえた。味方は二万二千、敵は七万、退けば臨津江《イムジンガン》の大河がある。まさに背水の陣である。

ところへ十四日、京城から大谷吉継が馬を飛ばしてきた。京城本営でもようやく明軍の情報をつかみ、開城で戦うのを不利として、隆景らに、京城へ退いて全軍で明軍に当たるよう説得にきたのである。

はじめ隆景と長政は、撤退に強く反対した。退いて京城で決戦にするか、開城の軍兵だけで、ひとまず敵に当たるか、作戦としても選択の難しいところだが、隆景は二段戦法を採ったのだ。

しかし吉継の懸命な説得に押し切られた形となり、隆景も了承して京城決戦と決まった。開城の駐屯軍は天野元政、小早川隆景、小早川秀包、筑紫広門、吉川広家、立花宗茂、高橋直次、大友義統、黒田長政、毛利元康の順に、二十一日までに京城へ撤退した。

京城でふたたび軍議が開かれた。意見がまた二つに分かれた。籠城して戦うか、城外へ出て決戦するかである。隆景は城外決戦を主張した。実戦戦略になると、隆景の主張には緩みがなく、理に適っていた。

総大将の宇喜多秀家をはじめ、将の半数以上は籠城論を唱えたが、隆景は言う。

「京城を守るために籠城するというなら、それは逆である。明の大軍に包囲されれば、京城といえども糧道を絶たれ、援軍は望めなくなる。小田原陣の北条のように屈伏するほかないだろう。特に信長公や秀吉公の旗本で戦ってきた者は、常勝に馴れて敗戦に処する道を知らない。たとえ一度や二度の戦で勝利しても、大軍の敵では撃っても来る、払っても来る。ついには味方は疲れて困憊《こんぱい》する。されば、かかる時はむしろ城外に敵を迎え撃ち、勝敗を一挙に決して、死中に活を求めるほか道はない」

老巧錬達の隆景に、籠城派も大半が城外決戦に賛成し、軍議の結論は出た。

翌日、隆景は京城を出ると、京城の北方・礪石嶺《マソクリヨン》に布陣し、先鋒に立花宗茂を据え、二番手に粟屋四郎兵衛、三番手に毛利元康、小早川秀包、筑紫広門、天野元政、四番手・吉川広家、五番手に黒田長政を置いて、戦闘態勢をととのえた。

このとき、李如松《リジョショウ》がひきいる明軍は、二十四日に開城に入り、臨津江を渡河して、二十五日は坡州《パジュ》まで下って来ていた。

その日、軍監の加藤光泰、前野長泰らが放った斥候隊が、坡州の高陽《コヤン》まで偵察に出て、明の副総兵・査大受と朝鮮の将・高彦伯《コオンベク》がひきいる部隊に遭遇し、戦闘となって日本兵六十余人が討たれた。

この報告を受けて喜んだ李如松は、日本軍を軽く見たか、わずか千余騎の手勢を引きつれて碧蹄館《ビョクジェグァン》に向かい、そのあとを大軍が続いた。碧蹄館は京城の北二十五キロにあり、東西が小高い丘陵地帯で、北に恵陰嶺《ヘウムリョン》があり、南に礪石嶺、望客嶺《マンゲクリョン》がある。

李如松は恵陰嶺まで駆けてきたが、馬がつまずいて落馬し、部下に助け起こされ、ふたたび馬を駆って碧蹄館に着いた。そこで李如松が見たのは、礪石嶺の上にいるわずか数百人の日本兵だった。

数百人は立花宗茂の家老・十時《ととき》伝右衛門の先鋒隊だった。先鋒隊の背後からは、隆景がひきいる主力軍が続いていた。

李如松は兵を両翼に拡げて前進させ、査大受と高彦伯の隊が、十時の先鋒隊を襲撃した。激戦となって十時はついに討死するが、査大受は前線が突破できずに、いったん兵を後方へ退けた。

このとき隆景は、宗茂と謀って軍を三隊に分け、李如松が進んでくる正面には、数百の兵を配置して弱々しく見せかけ、残る二隊の主力を左右の丘陵地帯に伏せ、敵を挾撃する戦法をとった。

そこへ李如松の明軍が突っ込んできた。明軍は、後から来る砲兵隊が間に合わず、銃火器を持っていなかった。頃合いを見て、左右の山に伏せていた日本軍が押し出して、明軍を袋の鼠にした。

激闘となったが、明軍は騎兵ばかりで、馬上で短い刀を振るうため、徒兵の日本軍の槍や刀で、馬も人もばたばた倒され、後軍が着く前に壊滅状態になった。

乱戦の中で、李如松は、小早川の将・井上春忠に危うく斬られるところを、部下の李有升が身代わりになって戦死した。李如松は命からがら坡州へ逃げ帰った。

日本軍は恵陰嶺まで明軍を追撃したが、砲兵隊がやってくるのを見て追撃を中止、京城へ引き上げた。

敵味方とも、おびただしい犠牲者を出して碧蹄館の戦いは日本軍が大勝して終わった。両軍の死屍が山野を埋め、真っ赤な夕日が戦場の血と入り混じった。にわかに風が吹き立ち、寒気が肌を刺してきた。

戦は日本軍の勝利となったが、勝利の後には戦闘よりも恐ろしい深刻な兵糧不足、飢餓が待っていた。

五

外はまだ闇が深い。

未明の闇に、諸将の陣屋で焚く篝火の赤い炎が、ぽつりぽつりと浮いて見える。

「親父様、無理はいけませぬ」

「おぬしこそ無理は無理な戦闘は慎め」


ほんの少し前、秀包が来て、出陣の挨拶を交わし、去ったばかりである。

隆景は、碧蹄館の戦のあと喘息《ぜんそく》に悩まされていた。長く続くと、苦しくて息が詰まりそうになる。むろんその間は、話もできないし物も食えない。それで静養に努めているが、なかなか快くならない。

輝元の病気を心配するどころか、心配される身になった。恵瓊も気づかって、看護に五郎丸をよこした。

暗闇の向こうを、将兵の隊列が京城の外へ出ていくたびに、武具や鎧が擦れる音がざわざわ伝わってくる。蹄《ひづめ》の音もする。今日一日で、幸州山《ヘンジュサン》城を攻め落とそうという戦士たちの征行の響きである。

いつも見送られる隆景が、今日は見送る側にいた。

（みんな無事でもどってまいれ）

そう祈っても、あの中の何人、何十人かは、命を落とし傷を負って帰ってくる。辛いのは送られるより送る方だと思う。

幸州山は京城の西にある漢江北岸の要害である。巡察使・権慄《クオンユル》が明軍に呼応しようと立て籠もったが、明軍が碧蹄館で敗れたため孤立した。それでも、城兵のほか僧兵や婦女子まで加わって、総勢五千が結束して京城奪回の気勢を上げていた。

足元の漢江から、海上輸送で武器兵糧を山城へ運び上げられるので、放っておくと厄介なことになる。そこで攻め落とすことになったが、碧蹄館の戦いからまだ半月である。

寄せ手は総大将の秀家が自ら三万をひきいて必落を期していた。隆景の軍からは小早川秀包、吉川広家、毛利元康、家臣の包久《かねひさ》内蔵允《くらのじょう》、裳懸《もかけ》弥右衛門、粟屋四郎兵衛、林吉兵衛らが参陣した。

夜が明け、日が昇っても、三万の兵士が出払った京城内は静かだった。

五郎丸が粥を煮て持ってきた。

「わしは食べとうない。熱いうちに、おぬしが食べよ」

隆景は喉をさわって言った。

「少しでも食しませぬと」

「わしは病人だ。腹も空かぬ」

だが粥は病人食ではなかった。正月半ばから京城の日本軍の常食は、将卒の別なく粥になったのだ。それほど兵糧不足は差し迫っていた。全軍の命を繋ぐ城内の備蓄米は、あと二月半しか持たないという。

「遠慮をするな、ここで食べよ」

病室には隆景と五郎丸しかいない。

また咳が出た。いちど出ると続けて出る。背中をさすろうとする五郎丸を制して、隆景は手真似で食べるように言った。

「頂戴いたします」

咳が止むのを待って、五郎丸は素直に箸をとった。

五郎丸も十九歳である。相変わらず美形だが、唐入りを機会に安国寺寄騎衆となり、戦陣を許されていた。武も立つというが、鎧を着けると惚れ惚れする美丈夫になる。それでも食べ盛りの若者が、毎日、粥ばかり啜って、ひもじくないわけはない。

「五郎は、隈部《くまべ》和康を知っているな」

「はい、肥後一揆の国侍の一人でした」

「今、どうしているか知っているか」

「存じませぬ」

「朝鮮軍の武将となって、日本軍に抵抗している。渡海したときは、二千をひきいる（加藤）清正の先鋒隊長だった」

「朝鮮軍の奉公人に寝返ったのですか」

目を丸くして五郎丸は言った。

「慶州の戦で朝鮮軍へ走った。部下の二千も引き連れてだ。肥後一揆のあと隈部は新領主の清正の家臣に組み込まれた。もと一揆の賊徒が、戦場で先鋒に回されるのは仕方がないが、隈部の場合は、寝返りの理由を書いて置いていった。何だと思う」

「さあ、主人に不満だったのでは」

「主人と言えば主人だが、清正ではない」

「すると……太閤様」

「そうだ、『秀吉の出兵に大義なし』というのが、隈部が敵に寝返った理由だ」

「大義なし、でございますか」

「五郎は、どう思うな」

　また喉がつかえ、咳き込みがきた。

「出兵、よりも、始末の、悪い、喘気だ」

　咳き込みながら隆景は言った。

　その日、日が落ちてから幸州山攻めの味方が京城へ還ってきた。夜明けからの攻撃も実らず、城の奪取は成らなかった。あと一押しのところで、敵の軍船数隻が漢江に現れたため、無念の退却をしたという。

　それにしても、目を覆う死傷者の数だった。重軽傷の軍将だけでも、総大将の宇喜多秀家をはじめ石田三成、前野長泰、吉川広家、小西行長らがいて、戦闘の烈しさを物語っていた。

幸州山城の分捕りに失敗した日本軍は、ふたたび深刻な兵糧不足をむかえた。この山城には兵糧の倉もあり、奪取できれば相当量の食米も確保できたのである。

しかも数日後、幸州山城では、日本軍の再来襲を予期した権慄が、跡形もなく山城を破壊し、臨津江へ退いてしまったのだ。

敗軍の将・秀家は諸将と協議し、名護屋の秀吉に連署血判して、兵糧と兵力の不足を強く訴え、その補給を要請した。さらに諸将は、状況によっては全軍京城を撤収し、釜山へ退くも止むなしと衆議一決した。

北辺の咸鏡道にいた加藤清正と鍋島直茂の二軍が、京城へもどってきたのは、そんなときである。咸鏡道も義軍の抵抗で情勢は悪化していた。

両軍は明軍がいる開城方面を避けて、積雪の山中を飢えと寒さに苦しみながら、途中、数えきれぬ人馬を失い、やっと京城へ帰ってきた。

京城へ着いた日は、みぞれが降り、蓑笠を持たぬ兵たちは、一枚の油紙を数人が被って入城したが、落ち着く場所もすぐには与えられず、夕暮れの南大門《なんだいもん》をうろつき、民家の軒下にうずくまって休息した。

どの顔も雪焼けと凍傷で人相が変わり、疲労困憊して乞食のようなぼろにくるまった姿は、旗や幟を立てて威勢よく入城した一年前と同じ兵士とは、とても思えなかった。敗亡と変わらぬ惨めな帰還だった。

二軍の帰城で兵食はさらに窮乏したが、秀吉子飼いの清正は、秀吉の命令を待つべしとして、諸将の京城撤収に反対し、

「兵糧取り」

を主張した。つまり略奪である。

絶対者〔秀吉〕の名が出ては、誰も逆らえなかった。だが京城周辺の農村は戦禍に遭って、耕作どころではなかった。やむなく諸軍は徴発隊を組織して、遠く東南の村々まで、ゲリラや一揆の危険も承知で、泊まりがけで兵糧取りに出ていった。

すると農家の方でも、食料を地面に埋めたり、墓場に隠したり、壺に入れて便所に沈めたりした。それをまた徴発隊が暴いて強奪し、今や所在に兵糧を掠《かす》め奪ることが、日本軍の日常になっていた。

だが兵糧不足は明軍も同様だった。はるばる鴨緑江をこえてきた明の大軍も、兵糧の調達補給が容易ではなく、さらに碧蹄館の大敗が心理的に堪《こた》えていた。かくて明でも、和議折衝の道を探りはじめたのである。

六

和議は思ったよりも早く結ばれた。

三月半ばから、京城郊外の龍山《ヨンサン》で小西行長と沈惟敬、それに加藤清正も加わって、和議交渉が持たれたが、四月初旬、つぎのような合意を見たのである。

日本は朝鮮の二王子を返還すること
日本軍は京城から撤退すること
明軍も日本軍の撤退後、帰国すること
明は和議使節を日本へ派遣すること

朝鮮の二王子は清正が咸鏡道の会寧《ホエニョン》で捕らえたものである。

和議が成立したころ、秀吉からも諸将の京城撤退を認める軍令がとどいた。

誰もがほっとした。いつ帰れるとも知れぬ当てのない戦に、下級の兵卒や人足の間には、かなり厭戦気分が浸透していた。大方の士卒がこれで日本へ帰れると思った。

明側も、和議に基づいて日本へ向かう和議使節を京城へ送った。正使・謝用梓《シャヨウシ》、副使・徐一貫《ジョイッカン》の一行百人で、四月十七日、京城に着いた。日本軍の京城撤退は、その翌日から始められた。

七月、隆景は慶尚道の熊川《ウンチョン》にいた。

熊川は釜山の西方、鎮海《チンヘ》の湾岸にあり、湾口に加徳島《カトクド》がある。釜山には輝元がいた。

秀吉は京城を撤退した諸将に、慶尚道の要衝にある晋州《チンジユ》城の攻略を命じ、さらに沿岸一帯に要塞を築城し、ここに来年一杯までの兵器兵糧を貯蔵するよう命じた。

秀吉は京城を撤退しても、日本へ完全撤退する気などなく、朝鮮八道のうち南方の四道は日本の領土にする腹だったのである。

そして隆景は、加徳島に要塞を築き、鉄砲二百挺、煙硝四百五十斤《きん》、米七千五百石、豆五百二十石そのほか、十七品目の物資を蓄えることになったのだ。

隆景の喘息はよほど快くなったが、まだ体調は万全とは言えない。晋州城の攻撃も小早川秀包と立花宗茂が出陣し、城は八日もかかって六月二十九日、ようやく陥落したが、その間、隆景はずっと休陣した。

釜山にいる輝元も、病は快方に向かっているが、公務を執れる状態ではなく、六月、広島から秀元が渡海し、輝元に代わって釜山と東萊に城を築くことになった。

加徳島の城からは、晴れた日は対馬がよく見える。ここから海上二十里もない。城が出来上がってからも、隆景はよく足を運ぶ。

「やっぱり、ここでしたか」

鉢坊主の声である。熊川へ行ったが、こっちと言うので船を出してもらった、と恵瓊は言った。恵瓊は釜山にいる。

「いい便りを持ってきました。近々、上様からも知らせがありましょう。帰国です」

「また、お節介をしたな」

「悪うございましたか」

恵瓊がへらへらした笑い方をした。

正式な帰国命令なら、直接隆景に通知があるはずである。輝元や隆景の身体を気づかって、それとなく秀吉に訴えたのだろう。

「西堂、上様のことでついでに頼みがある」

「なにごとです」

「秀元の宗家跡目を、確かなものにしておきたい」

「と申されると、あの金吾《きんご》中納言を」

正気かという目を恵瓊はした。

「前から考えていたが、帰国となれば覚悟を決めるしかない」

「秀包様をどうします。あんな立派なご養子がいるのに」

「秀包には、わしから話す」

「それで、鉢坊主に頼みとは」

「隆景が、金吾中納言殿を小早川の養子に貰いうけたい、そう申していたと、西堂から上様の耳へ入れてほしいのだ」

「造作もないことですが、話はそこで決まってしまいますよ。上様にすれば渡りに舟、間違っても、否とは申されません」

それでもいいのかと恵瓊は念を押した。

「わしの口から、いきなり上様に、そうは言えない。わかってくれ、西堂」

隆景は腕を組んで恵瓊から目をそむけた。死んでも言えないと思った。

「お気持ちはよくわかります。しかし、小早川が潰れてもいいのですか。あの中納言は出来損ないですよ。はじめは上様も可愛がっていましたが、近頃は持て余し気味で、世間でも〔胡乱《うろん》の公子〕と噂のある……止しましょう。言っても始まらない」

恵瓊も脇を見て、口をつぐんだ。

金吾は秀吉の妻の兄・木下家定の五男で、今年ようやく十二歳の幼年である。

しばらく二人の間に沈黙が下りた。めずらしいことだった。

「西堂、広家に嫌われているそうだな」

隆景が口を開いた。

広家が一本気な若者で、昔から恵瓊を嫌っていたことは、隆景も分かっている。

「虫が好かぬというやつでしょう。よくあることです」

事もなげに恵瓊は言った。

「戦場での怨みもあるらしい」

「幸州山城のことですか」

「幸州山から、わしは庭場を踏んでいないが、手傷を負ってまで戦功を立てたのに、奉行の石田三成と安国寺に無視されたと、広家は怒っていた」

「お若いから無理もないが、あれは、抜け駆けです。軍法法度だから、三成も鉢割れも問題にしなかった。それだけです」

「京城へ諸軍が集まってから、妙に諸将の間がぎくしゃくしてきた。とくに若い者たちは二つに割れて、いがみ合っているようだ」

「上様も、そのことを聞かれたから、隆景様に、若い者たちの重石になってくれと、申し越されたのでしょう」

「わしは、あれから喘気で、思うように動けなくなった。情けない」

「人間、大勢寄れば敵も作る、味方も出来る。ひもじいときは、むやみと腹が立つものです」

「広家には、鬼庭《おにわ》に在っても、武士は仁愛を失ってはならぬと諭《さと》したが、勇一途《いさみいちず》の好漢《おのこ》が心に留めたろうか」

「先の先まで気を配られる。疲れる御仁に鉢割れ坊主も惚れたものだ。広家様ならご心配は要りませぬよ。鉢頭は嫌われても、あの一本気のご気性はいい。立派に宗家の扶翼をつとめるでしょう」

鎮海の広い入江に夕日が差してきた。縁の外を番《つがい》の鶏がおっとりと歩いていた。戦が何処にあるのかといった長閑《のどか》な島だった。

恵瓊が去ったあと、隆景は『小早川日記』の筆を執った。

「文禄《ぶんろく》二年　癸《みずのと》　巳《み》七月十六日――。

かとかい（加徳島）の城にて記す。

分別の肝要は仁愛なり。万事を決断するに仁愛を本として可否を断ずれば、万一その思慮理に当たらずと言えども遠からず。仁愛なき分別は才智巧みなりとも、ひがごとなりと知るべし。……」

三原夕凪《ゆうなぎ》

一

秀吉の帰国命令が、輝元と隆景のもとへ届いたのは八月の初めである。釜山《プサン》の輝元には、秀元と広家に後を任せ、熊川《ウンチョン》の隆景には、秀包《ひでかね》と立花宗茂、年寄衆に後を委ねて、帰朝するようにとあった。

輝元は九月に釜山を発って広島へ帰ったが、隆景はふたたび体調をくずして、帰国が遅れ、閏《うるう》九月になった。

隆景は帰国に先だって、秀包を熊川の陣屋へよんだ。帰国の前に金吾《きんご》中納言のことを話しておかねばならない。

「打ち分けて話そう。親子の間にしこりを残してはならない」

隆景は、そう前置きをすると、ありのままをすべてを秀包に話し、小早川の跡目は秀吉の養子・豊臣秀俊（金吾）を貰い受けて継がせる、秀包には別に一家を立てて独立させるつもりだと打ち明けた。

聞き終わると、秀包は背筋を伸ばし、隆景をまっすぐ見て言った。

「親父様、秀包のことなら、いささかのお気遣いもご無用です」

半ば予期した通りの返事である。

「了見してくれるか」

「もちろんです。跡目はなくとも、親子の縁は切れるわけではありません。親子であることの方が、秀包には大事です」

秀包は微笑していた。

隆景の下で、秀包と戦場を共にしてきた一つ下の立花宗茂が、「侍従《じじゅう》笑い」と言って、ときどき真似をしてみせる爽やかな微笑である。侍従は秀包の官位で、所領の筑後久留米と合わせて、久留米侍従と呼ばれ、誰からも親しまれている秀包だった。

「唐陣はくたびれた」

ほっとしたのか、隆景は肩を下ろして、ふっと洩らした。戦《いくさ》よりも朝鮮の寒暑が堪《こた》えたこの一年八カ月だった。

「帰国されたら、有馬の湯でゆるゆる養生なされては如何です」

「そうしたいものだ。御所坊では、よく碁を打ったな」

「久々に囲みましょうか」

隆景が気負いを見せて言うと、秀包は気軽に碁盤を取りに立った。

「おもしろい」

「近頃は、宗茂とよく手合をいたします」

碁盤を抱えてもどりながら秀包は言う。

「宗茂なら、けんか碁だろう。碧蹄館《ビョクジエグァン》では大変な暴れようだった。もっともあの時は、家老の（十時《ととき》）伝右衛門が討たれたせいもあったろう」

「それが宗茂は、意外と守りの碁です」

「ほう、わからぬものだな」

養子跡目の話など、いつのまにか、どこかへ飛んでいた。いつのまにかと言うより、さり気なく、秀包がそう仕向けていくのだ。

秀包の優しさである。隆景は救われる思いだった。

帰国の日がくると、釜山の広家と恵瓊《えけい》が、熊川の船着きまで、隆景を見送りにきてくれた。この二人にも帰国命令がきて、近々、帰る予定という。

広家は胃腸を壊して下痢症に罹《かか》っていたから、そのための帰国だろうが、丈夫な恵瓊の帰国は、秀吉が手元に必要で呼びもどしたのだろう。

仲の悪い広家と恵瓊が、釜山から一緒に出てきたのも意外だったが、船着きでも並んで隆景の乗船を見送ったのは可笑しかった。

隆景は対馬をへて、名護屋《なごや》へは寄らずに筑前名島《なじま》へ直行した。

名護屋には秀吉はもういなかった。この八月三日、大坂城二之丸で、淀殿が二人目の男児を産んだからである。先年、鶴松に死なれてからの秀吉は、子供のことは諦めて朝鮮遠征に没頭した。そこへ男児出生である。思いがけない授かりものに、有頂天になった秀吉は、文字どおり、わが子に、

「お拾《ひろい》(秀頼)」

と名付けると、名護屋をあとに大坂城へ飛んで帰ってしまったのである。

壱岐を過ぎ、玄海灘から船は博多湾へ入った。外海の荒い波が、湾江へ入ると、にわかに落ち着く。志賀島《しかのしま》と残島《のこのしま》の間を抜けると、博多の町や浜が前面に広がった。しばらくぶりの眺めである。

名島の船着きには家臣をはじめ大勢の人々が、殿様のお帰りを出迎えていた。宗室、宗湛《そうたん》も博多から来ていた。御用達の商人、出入り町人、漁場の親方衆の顔も揃っている。

浜の手前で小舟に移り、船着きから上がると、浜がわあーっと歓声に包まれた。筑前では名君と慕われている隆景である。こんなうれしいことはない。

帰国を祝って参上する人々との応対やら、家臣や町方が用意した凱旋祝賀などで、

慌ただしい数日が過ぎた。名島がいつもの名島にもどって、やっと人心地がついたところで、隆景は永《えい》と連れ立って、乃美宗勝《のみむねかつ》の墓参に出かけた。

宗勝は、昨年、朝鮮から後送され、領地の秋山へ帰って病床を温めたが、まもなく世を去り、菩提寺へ葬られていた。九月二十三日で、ちょうど一年前になる。

宗勝は小早川の一族で永の遠縁でもあった。小早川の船手を今の水軍に育て上げた海将で、洋上の戦略用兵では隆景の師といってもよかった。隆景より六歳年上になるが、隆景が小早川を継いだ昔から実直に仕え、隆景を守《も》り立ててくれた宿老である。

墓参をすませると、隆景は寺の茶室をかりて、宗勝の菩提を弔う夫婦だけの茶会を催した。夫婦で宗勝の思い出話など語り合ったそのあと、隆景は秀包のことを永に話した。

金吾中納言を小早川へ迎えることは、永もすでに承知していた。朝鮮から手紙で伝えてあった。

「秀包には二重の借りを作ってしまった。高松陣のあと、秀吉の質子に出し、そして、こんどは分家だ」

「それを申すなら、罪は私でございましょう。秀包殿を殿のご養子に迎えるよう、家老たちとお勧めしたのは私でございます」

「承知をしたのはわしだ。でも、秀包は笑って了見してくれた」

「心の広い、優しいお人です。秀包殿は」

「中納言を小早川へ迎えたら、わしは三原へ隠退しようと思う」

「それがよろしゅうございます。そうなされませ」

少し強い調子で永は言った。早くそうなりたい気持ちが、言葉にも表れていた。

「上様から、帰国報告の返事がまいっている。ゆるゆる養生して、春には上洛せよとの仰せだ。その時は、御方《おかた》も一緒に上方へ行き、都見物でもいたそうか」

「まあ、うれしゅうございます」

永は手の中の茶碗を胸元で抱き締めるようにした。そんな時を思うだけでも、永は幸せを感じた。

二

正月、恵瓊が名島へきた。

例の話の報告に来たのである。

「上様に話をしました」

不機嫌な顔で、吐き出すように言った。

隆景は苦笑して、

「まだ、こだわっているのか、ここまできて反対しても、どうにもならぬのに、往生際のわるい坊主だ」

わざとそんな言い方をした。

恵瓊は太い口を尖らせながら、

「上様は大よろこびでしたよ。金吾は果報者だ。小早川が貰ってくれるなら、こんな幸せはない、わしも大満足だと、手放しの喜びようだ。よろしく申せと仰せられた」

「ご苦労かけた」

隆景は、こんどは慰労した。

「こんな使は、二度と御免です」

「すまぬ。もう二度はさせない」

隆景はかるく頭を下げた。

酒が運ばれた。隆景が勧める。

「博多練貫《ねりぬき》だ。過ごしてくれ」

やっと恵瓊は機嫌をなおし、

「あとの取り回しは、小早川のご家来衆に任せます。鉢割れの役目はこれまで」

「御礼言上に上がらねばならぬな」

「お身体の塩梅《あんばい》は如何です」

「息災と言いたいが、ときどきまだ喘気が出る。足腰も弱くなった」

「正月早々、曲直瀬《まなせ》道三が亡うなりました。八十九歳だそうな」

「天寿だな。毛利から悔やみの使者を上洛させたが、輝元様は、すっかり元気になられた。広家もな」

「上様が伏見に新しい城を築かれる。大坂城へお拾様を入れて、伏見城はご自身の隠居所になさるようです」

「上様が隠居所を建てるというのは、お拾様に大坂城を譲るということか」

隆景は眉をくもらせた。

秀吉の居城・大坂城は天下も意味する。

秀吉はお拾が生まれた翌々月、聚楽第《じゅらくだい》の関白・秀次を伏見屋敷へ呼び、生後わずか二カ月のお拾と、秀次の娘との婚約を、秀次に承諾させている。尋常とは思えない。

恵瓊は言う。

「そういうことでしょう。鉢坊主などよりも、世間が囃していますよ。

大坂城は　お拾はん
伏見の御城は　太閤はん
聚楽の第は　関白はん
世間は、秀次卿を関白から下ろして、お拾様に天下を継がせたい上様の腹の中を、先刻お見通しということです」

「もっともだ。秀次卿を関白に就けたのを、上様が悔やんでいないと言ったら嘘になろう。養子に家を継がせたら実子が生まれる。世間でもよくある話だ」

不運といえば不運だが、嫌なことにならなければよいがと隆景は言った。

「上様は、朝鮮のことより、お拾様の方が六倍も心配なのです。名護屋の方はそれっきりだし、唐入りのことなど忘れたように、能だ茶会だと浮かれる明け暮れです。あれほど浮かれ遊ぶのは、お拾様が心配だからです。朝鮮では在番衆が、半分帰国をあきらめて、畠を耕しているというのに」

遠慮のない口で恵瓊は秀吉を批判した。

以前の恵瓊にはなかったことである。恵瓊が変わったというより、秀吉が変わったと言った方が正確なのかもしれない。

去年の暮れに、秀吉は朝鮮の日本軍を、在番衆を残してすべて帰国させたが、朝鮮南部の守備はかえって厳重にした。

在番衆に長期滞留を覚悟させ、九州や四国にいるつもりで、城の周りに畠を作って耕作せよと命じている。どうしても朝鮮の南半分を日本の領土にしたいのだ。

名護屋城で、明の和議使節を接見したときも、使節に与えた七カ条の条件の中に、朝鮮南部四道の日本割譲を、はっきりと提示している。

「在番衆も気の毒だが、朝鮮から日本へ連れて来られた捕虜たちが、大名領で畠仕事をさせられている。あの者たちこそ、生涯、母国へは帰れないのではないか」

「上様も大名に命じて、朝鮮の縫工官女や焼物師を集めさせています。農耕奴隷よりはましだが、この者たちも衣装を縫ったり、茶碗を焼いたりして、一生、飼い殺しの暮らしでしょう」

「しかし、異国の技芸が伝わるのは、それ自体わるいことではない。西堂《せいどう》も、朝鮮人に日本の言葉を教えていたろう」

「埒《らち》もない。あれも天下様の気まぐれから出たことです。上様一流の考えで、朝鮮人を日本人にしてしまえ、つまり朝鮮は九州と同じという、あの考え方です」

それからそれと話が尽きない。

恵瓊は、いつもの恵瓊に返り、機嫌のいいときの癖で、巨《おお》きな頭をゆらゆら揺するようになった。

「気早ですが、婚礼は、いつごろになりましょうな」

「秋には挙げたいと考えているが、これはかりは、わしの一存では進められない」

金吾中納言は十三歳である。十三歳の政略結婚はごく普通である。養子を迎えるからは、結婚も誠意をしめす条件になることもある。当然、隆景も考えていた。

「花嫁は、意中にありますか」

」

「隆景様のことですから万事遺漏はないでしょうが、「婚礼は華やかな方がよろしい博多の無口とお喋りに、たっぷり金を使わせましょう」

やがて恵瓊が帰るときがきた。

いささか酔いを発した恵瓊の巨きな顔と頭が、玄海の蛸のように見えた。

隆景が秀吉へ御礼言上のため、大坂へ向けて名島を発ったのは二月初めである。永が一緒だった。夫妻は大坂城へ上がって秀吉に対面し、御礼言上をすませると、京都の小早川屋敷へ落ち着いた。

この屋敷の敷地は、天正《てんしょう》十六年、毛利三家（輝元、隆景、広家）が上洛したとき、秀吉が選び、屋敷も建てて贈られたもので、輝元、広家にも与えられた。これとは別に、大坂にも小早川屋敷があるが、こんどは京屋敷の方へ泊まった。

大坂城での秀吉は、下へも置かぬ歓迎ぶりで、夫妻を遅くまで引き止めて歓待し、帰国する前に、もういちど立ち寄るように言い、土産の引き出物を山と持たせた。

むろん金吾中納言の養子縁組には、諸手を上げてよろこび、何度も座を下りて隆景の手を握り、永にも頭を下げた。感情を率直に剝き出すところは、昔と変わっていない。

このあと夫妻は京都、奈良を見物して大坂へもどり、ふたたび大坂城へ上がると、秀吉に帰国の挨拶をすませ、二日後、堺へ出て、海路、名島へ帰った。

三

養子・秀俊（金吾中納言）の婚儀は、その年、十一月十六日、小早川の故地・三原で盛大華麗に挙げられた。

花嫁は毛利の重臣で一族も同然の宍戸《しし ど》隆家の女という。隆家の妻は元就の娘・五龍《ご りゅう》で、隆家の次女は吉川《きっかわ》元春の嫡男・元長の妻、三女は輝元の妻になっている。隆家はすでに病没しているが、毛利一族の娘ということで、秀吉も快く承諾した。

秀俊は、秀吉から付けられた家臣たちを引き連れて、十三日に三原へ到着し、輝元、隆景、広家ほか毛利三家の重臣たちに迎えられ、三原城中へ入った。

十四、十五日と饗応をうけ、十六日の婚礼にのぞみ、その後も二十四日まで滞在、船遊び、鷹狩、猿楽など、連日にわたって歓待され、盛大な贈答があった。

婚儀の席には、博多の有力町衆も招かれていた。秀俊の小早川継嗣が決まり、隆景が隠退すれば、筑前の領主は小早川秀俊になるからである。

島井宗室、神屋《かみ や》宗湛、日高宗暦《ひ だかそうれき》らで、彼らも十四日に三原へ着いた。着いた翌日、隆景は彼らを茶会に招き、婚礼のあと十七、十八日も茶を振る舞った。隆景にとっては、幼年の秀俊を彼らに託すことになるので、心をこめての振る舞いであったろう。婚礼がすむと、秀俊は正式に小早川の嗣子《しし》となり、名を秀秋と改めた。秀秋が京都へ帰る日は、隆景は三原の東・糸崎まで秀秋を送っていった。

一行の姿が遠ざかると、隆景のそばにいた珠《たま》が、目頭を押さえて肩をふるわせた。

「どうした、珠」

「金吾殿がおかわいそう」

珠は言った。みんなが祝福している秀秋に、涙を流したのは珠一人である。

「わしは九歳で竹原の養子になり、十二歳で小早川を継いだ。金吾も小早川の人間になればよい」

隆景は諭《さと》すように珠に言った。

珠の涙は、運命の非情に流される秀秋への傷みだったろう。死んだ子供が秀秋と重なったかもしれない。

このとき隆景の胸も、ある予感に締めつけられていた。

秀秋は色白の美少年である。花嫁と並んだ姿は、一対の飾り雛のようだった。だがその美しさには光がなかった。動くものもない。やはり「胡乱《うろん》の公子」だったのだ。

「出来損ない」

と恵瓊はひどい言葉を吐いたが、ひょっとすると秀吉も、秀秋の美貌に「胡乱」を見たのかもしれない。

秀秋は三歳で秀吉の養子となり、非常に寵愛されたという。幼児の頃の秀秋には、胡乱はまだ見えなかったのだろう。胡乱が見えはじめた頃、鶴松が生まれ、そして死んだと思うと、こんどはお拾が誕生したのである。

たしかに運命は苛酷といっていい。かつては秀吉の跡取りとさえ取り沙汰された秀秋は、たんに養子の余り者となり、他家へ放出される境遇に転落したのだ。

「小早川が潰れてもいいのか」

恵瓊はそうも言った。

予言者・安国寺《あんこくじ》恵瓊の言葉が、いま隆景の胸を締めつけている。胡乱も覚悟で養子に貰いうけたはずなのに、悔いに似た苦い思いがこみあげるのだ。

秀秋が筑前へ下国したのは、翌文禄《ぶんろく》四年の八月下旬である。

それより一月前、関白・秀次が謀叛の疑いをかけられて伏見へ召喚され、関白を剥奪されて高野山へ追放され、つづいて切腹させられる事件が起こった。秀吉の妄執と秀次の疑心暗鬼がもたらした、おどろおどろの事件である。秀次は二十八歳だった。

秀次切腹のあと、秀吉は、前田利家、徳川家康、宇喜多秀家、毛利輝元、小早川隆景の有力大名に、お拾（秀頼）に忠誠を誓う血判起請文を書かせた。七月二十日のことで、伏見騒擾《そうじょう》の風説が流れた。

事件はまだ終わらない。二十七日、秀次がいた聚楽第が破却され、ついで八月二日、秀次の幼児三人と愛妾三十余人が、洛中を引き回されたあと、三条河原に晒《さら》された秀次の首の前で、皆殺しにされるのである。

狂気の極みといってよい。人々は目をおおい戦慄した。市中には落首が立った。

「天下は天下の天下である。関白家の罪は関白家の例をもって行うべきであるのに、今日の惨刑は平民の妻子の処刑と変わらない。これでは行く末めでたい政道とは言えない。因果のほど、御用心あれ、御用心あれ。

世の中は不昧因果《ふまいいんが》の小車《こぐるま》や

よしあしともにめぐりはてぬる」

人々はかつての信長と重ね合わせて、豊臣政権の末路をそこに見ていた。

隆景は、そのとき筑前へ向かっていた。筑前へ国入りする秀秋より、一足早く先着するためだが、都で起こった忌まわしい事件から、少しでも遠ざかりたい気持ちが、船足を急がせていた。

八月十七日、名島へ着いた隆景は、あらかじめ秀秋の入国に備えて、受入れ態勢をととのえた名島城中や城下を、自ら検分してまわり、家臣たちに、若い新領主に実心をもって仕えるよう訓示した。

翌日、隆景は名島で茶会を開き、宗室、宗湛の二人を招いて茶を振る舞った。三原の婚礼でもそうだったが、名島の受入れ準備でも、博多の年寄衆、とくにこの二人には、面倒をかけたからである。

二十三日には、こんどは宗湛が肝煎《きもいり》で松原茶屋で茶会が開かれ、隆景が招かれた。秀秋は、それからまもなく名島へ到着した。十四歳の秀秋には、山口宗永が後見役で従いてきた。隆景はしばらく名島に滞留し、秀秋が新しい家臣や博多の商人たちに、早く馴染むように気を遣った。

かくて十月、隆景は家督を秀秋に譲り、秀秋は筑前名島三十七万石の領主となった。

（終わった――）

隆景の中を、筑前を渡る最後の風が吹き抜けた。そしてその日、隆景は、譜代の家臣だけを連れて三原へ隠退した。

四

慶長《けいちょう》元年（一五九六）、晩秋が三原に訪れている。静かな海の向こうに、向島《むかいじま》、因島《いんのしま》、佐木島《さぎじま》が霞んで見える。朝のうち風が出ても、午後になれば海は凪《な》ぐ。

「三原の夕凪」と人は言う。

その夕凪と同じ穏やかな毎日が、ここしばらくつづいた。隠退しても、世事に煩わされることは多いが、それでも公務から解放された気分は悪くない。ただ来客は多く、いちいち応対するのが少々うるさい。

その客が来ていた。客と言うほどでもないが、上方と広島を往来して、諸家との連絡役をしている林吉兵衛である。三原へもよく来る。三原は通り道だから、宗家《そうけ》の心安い家臣もよく立ち寄るが、吉兵衛は恵瓊に参禅しているので、なおさらである。

隆景は、酒好きの吉兵衛に吉備酒《きびざけ》を出して相手になった。

「近頃、都でどんなものが流行っている」

「隆達《りゅうたつ》の句で、老人子供にまで流行っている小唄がございます」

「ほうどんな小唄だ、歌ってみせてくれ」

「はい、ではご無礼して」

ほろ酔いも手伝い、調子に乗って吉兵衛は、手真似まで入れて歌ってみせた。

「面白の春雨や、花の散らぬほどふれ……」

「面白いな、広島へ帰ったら、輝元様にも、歌って聞かせるがよい。ただし、小唄の句はこう変えて歌うのだ。

面白の儒学や、武備の廃《すた》らぬほど嗜《たしな》め。

面白の武道や、文筆を忘れぬほど嗜め。

面白の歌学、面白の乱舞、面白の茶の湯の道や、身を捨てぬほどに嗜め。輝元公はまだ若いゆえ、万事、好みに偏ったりしてはならない。どれほど善い事でも中庸を超えれば弊害が出る。ついでに老臣たちにも聞かせてやるがいい。わかったな」

隆景はわざとしかつめらしく吉兵衛を睨んで言った。

思わぬことに吉兵衛は、首をちぢめ、

「痛み入ってござります」

頭を低くして詫びを入れた。

隆景は笑い出した。

「今のは退屈で申したのだ。説教ではない。ただし輝元公にも老臣にも、わしの小唄はしっかり披露いたせよ。ところで、ほかにまだ、面白いことはないか」

「恵瓊和尚から、三原の殿に会うたら、話してみよ、と言われたことがございます」

「ほう、どんな話だ」

じつは、と吉兵衛は話しづらそうだったが、思い切ったように話しだした。

「過日、東福寺の塔頭《たっちゅう》で説法を受けてから、退耕庵《たいこうあん》で恵瓊和尚に会いました。その折り、人間はどうしたら円満具足に到達できるかという話になり、和尚が申すに、それは三原の殿を日頃から見習うことだ。ただし、少しばかり気楽を混ぜること、それで円満具足だ、こんど殿に会うたら、話してみよと、かように申されましたので」

「西堂が、どこまで皮肉を申す坊主だ」

思わず隆景は吹き出した。

「それが真面目な話でございました」

真剣な目をして吉兵衛は言った。

「東福寺も、大地震の修復は済んだのか。傾いていた柱が、あの地震で真っ直ぐになったそうだが、放ってもおけまい」

「いやはや、大変な地震でした。恵瓊和尚は東福寺の庫裏《くり》の再建に、ようやく取り掛かったところでございます」

前代未聞といわれる大地震が、畿内を襲ったのは、閏七月十三日で、今から三月前である。死者数万といわれ、伏見では伏見城が大手門をはじめ、すべての建物が倒壊し、天守も石垣まで崩れ落ちた。城中では女房七十人、仲居下女五百人が死んだ。

京都では方広寺《ほうこうじ》の大仏殿が倒れ、東寺《とうじ》の五重塔が倒壊した。京坂の大名屋敷のほとんども倒壊全壊し、毛利や小早川の屋敷も潰れた。伏見城は地震の翌日、早くも築城再建の杭を打ったが、小早川では先月やっと普請にかかったばかりである。

「ひと頃は、やたらと浮説が飛び交いました。関白（秀次）の祟りだとか、天帝の怒りだとか、空から赤い砂が落ちてきたとか、長い白毛や黒毛が降ってきたとか」

「国が乱れて、百姓が苦しむときは、天が土や毛の雨を降らすと故事にある」

「妖霊星（彗星）も走ったとか、妖霊星は不吉の前兆だと申しますが」

「前兆であれば、朝鮮再出兵のことかもしれぬな」

「なるほど、あれは唐入りを知らせる妖星でしたか」

吉兵衛が、妙に力んで感心した。

秀吉が、地震で延期されていた明の冊封使《さくほうし》との会見を大坂城でおこない、明皇帝の誥命（国書）、金印、冠服を受領したのは九月一日である。

翌二日も、引き続いて冊封使を饗応した秀吉は、その席で西笑承兌《せいしょうしょうたい》に命じて、明皇帝の国書を読み上げさせた。

このとき小西行長は、事前に、国書の中に「爾《なんじ》を封じて日本国王となす」とある箇所を「大明皇帝に封ず」と、読み変えるように承兌に依頼した。ところがなぜか承兌は、秀吉の前で国書の通りに読み上げた。

「茲《ここ》に特に爾を封じて日本国王となす」

秀吉はそこで激怒した。しかも国書は、先に秀吉が提示した七カ条の和議条件について、一言も触れていなかった。

秀吉はただちに講和を破棄して明使を追い返し、その夜のうちに朝鮮再出兵を命じた。ここに、三年におよんだ行長たちの和平の裏工作は、最後の土壇場でひっくり返ってしまったのである。

行長はその場で秀吉に殺されるところを、石田三成や承兌の執り成しで、また行長自身の弁明によって、あやうく一命を助かった。

この通報を真先に三原へ知らせたのも恵瓊である。恵瓊はその手紙の中で、豊臣政権は、この出兵で破綻すると書き、上様は完全に風狂したと書いてきた。

国が二つに割れて天下が決まる年が来る、と恵瓊が予告したのはいつだったろう。恵瓊の予告が現実なら、その年は目前ということになる。

隠退しても、隆景の望む「日々是好日」はなかなかやってこない。一日静かでも明日は何かが起こる。

「三原夕凪とはいかぬものだ」

隆景はつぶやいた。

五

三原城の裏山は桜山という。桜の木が多く、花の季節はなかなかの眺めだが、今は盛りを過ぎて、風情は侘びである。

ところが花が終ってから、にわかに三原城中は客の出入りが多くなった。朝鮮へ渡海する武将や代理の使者が、征途の留別にやってくるのである。

秀吉は、年が明けた二月二十一日(慶長二年)、出征軍の部署を定めた。すでに先鋒を担った小西行長と加藤清正は、前年十二月に名護屋を出発しているが、先陣につづく三軍から八軍まで、総勢十四万余の出陣と編成を決めたのである。

渡海は三月からはじまった。

毛利は輝元の養子・秀元が八軍の三万をひきいて出師する。小早川秀秋は一万で釜山浦城の守備につき、分家した小早川秀包も千人で竹島の守りにつくことになった。吉川広家、安国寺恵瓊も出陣する。

大坂から出発した秀秋は船で筑前へ向かう途中、三原へ寄って養父・隆景に出陣の挨拶をしていった。

秀包も久留米からやってきた。

「親父様、元気でいてください」

自分のことより隆景の身体を気遣う秀包に、隆景は藤四郎吉光の脇差を贈った。

「こんどの戦は長くは続かぬ。無理をせずと元気な顔をまた見せてくれ」

思うことがそのまま言葉に出たのは、相手が秀包だったからだろう。

「ご安心ください」

さわやかな笑顔で秀包は応えた。

宗家の秀元も広島から留別にきた。秀元は十九歳である。養父の輝元に代わって出陣する責任の重さを感じるのだろう。いつになく緊張していた。隆景はその秀元を上座に据え、輝元に対すると同じように、一段下がったところから、

「毛利の名に恥じぬよう、功を立て名を著し、武将の亀鑑たるべく、お励みなされよ」

と力強く激励の言葉をかけた。

最後に来たのが恵瓊である。

三原は六月に入っていた。

「西堂の地震はまだ続いています」

出発が遅れたのは、東福寺通天橋《つうてんきょう》の修理架け替えに手間取ったためだという。

「いつまでも楽はできぬな。丈夫といっても年齢《とし》は争えぬ。せいぜい自重いたせ。酒もほどほどにな」

「上様からは若い者たちの監督を申しつけられました。こんどは三成や吉継は留守なので、軍監奉行は鉢割れ一人です」

溜め息まじりに恵瓊は言った。

「それは気骨が折れることよ。くれぐれも広家とは仲良くやってほしい」

「筑前の仕置き（内政）は、その後如何です。小早川の当主をつかまえて、もう胡乱

第一などとはいえませんが、金吾中納言のことは、やはり気になります」

「家来どもが上手くやってくれているようだ。宗湛からも、折々便りがまいる」

「留守中、お手を煩わしたいことがございます」

「何だ。わしにできることか」

「児玉就英《なりひで》の件です。隆景様から輝元公へ、よしなにお取り持ち願いたく存じます」

「そのことか」

　児玉家は、元就の時代から毛利水軍の将として武勲に輝いた家柄だが、就英の子・元方の代になって家産が傾き、今度の朝鮮役では外征の費用がととのわず、やむなく外戚の元道に家督を譲り、元道の資力をもって軍役を務めようとした。

　これに対し、就英の弟・元昌らは児玉家の血筋が絶えるのを憂えて恵瓊に相談し、恵瓊は児玉家は元昌が相続し、元方には別に領地を与えるようにしてはと答えたが、渡海のために、輝元の許しを得ている隙がなくなったのだ。

「按ずるな。任せておけ」

「では、鉢坊主もこれにて御無礼申し上げます。ご壮健にお過ごし下され」

「西堂もな。武運を祈っている」

　恵瓊ともゆっくり話す間がなかった。

　誰もが鳥が飛び立つ慌ただしさで、去っていった。まさか、その人々との留別が、生涯の訣れになるとは、当の隆景はもちろん、誰ひとり思わなかったろう。

城中がにわかに閑散となった。

そして六月十二日がやってきた。

三原も梅雨が明けてから、連日、暑さが続いていた。夏は海もねっとりして動かない。朝から三原夕凪である。

隆景は、午睡をとるのが日課になっていた。その日、午睡の前に右筆の後藤四郎兵衛を呼ぶと、朝鮮にいる恵瓊と児玉元昌、児玉内蔵太の三人へ宛て、手紙を書いておくように命じた。

書状は、出陣前に恵瓊から頼まれた児玉家相続の一件で、宗家が、元昌の相続を認め、元方には、桑原右衛門の遺領二百石を与えることになったという内容である。

（これで西堂も元昌も安心だろう）

隆景は開け放った居室で昼寝に入った。

午睡の中で夢を見た。夕立が通り過ぎる夢である。驟雨《しゅうう》一過、激しい雨音に目を覚ましたが、外は、強い日差しで、空には白い夏雲が群がり立っていた。

目覚めを知って、四郎兵衛が代筆の書状を持ってきた。隆景は書面に目を通してから、末尾に日付と署名、宛名を書き加えて、飛脚に託すよう四郎兵衛に命じた。

四郎兵衛が去ると、隆景は自室の書棚にある日記や著作の稿本を出し、それを縁側へ運んでいって積み重ねた。日差しは暑いが、前から考えていたことを決行することにした。

日記、記録類一切の焼却である。

永が温《ぬる》めに点《た》てた茶を持ってきた。三原に隠居してから、永はつとめて隆景の身の回りの世話は、自分でするようにしていた。

「虫干しでございますか」

隆景のふるまいを見て、永は怪訝《けげん》な顔をした。虫干しにしても変である。

「焼却する。庭へ薪を持たせてくれ」

微笑しながら隆景は応えた。

かねて決めたことである。迷いも未練もなかった。四十数年書き綴ってきた『小早川日記』もその時から筆を断っていた。

「まあ」

と永は洩らしたが、それきり何も言わず、家人をよんで焚き火の用意を命じた。

「御方も手伝ってくれるか」

隆景は言うと、庭へ下りた。

家人が庭隅で火を焚く間に、隆景は稿本を両手に抱えてそっちへ運んだ。永も庭先へ出た。夏日の下で炎がゆらゆら燃え立った。

永は無言で隆景の横にかがみこんだ。まだ焼却の理由を訊こうとはしない。夫のなすままに任せるといったふうである。

すぐ膝元に稿本が積んである。

「『みはらのあけぼの』『隆景詩文集』『雄高山《おだかやま》雑記』『小早川日記』……」

永は一冊ずつ手にとって、その表題を小声にしながら、『小早川日記』のところで日記を膝に置き、上表紙をめくった。

「――」

それを見て隆景が、ゆっくり首をふると、永の手をもどし、表紙を閉じさせた。永は静かに微笑んでうなずき返した。

隆景が最初の一冊を火中へ投じた。表紙の文字に炎の舌が走り、和紙が生き物のようにめくれ上がった。

隆景の額から大量の汗が流れ出した。永が袂から手巾《てきん》を出し、夫の汗をぬぐった。

「御方に詫びておくことがある」

「何でございましょう」

「小早川はわし一代で潰れる。それを覚悟で金中を養子にした」

「わかっておりました」

「後悔している」

「その先は、おっしゃいますな」

永は言って、また微笑んだ。

「わしはいま隆景を滅ぼしている。左衛門督《さえもんのかみ》隆景はこの世に残ってはならぬ」

隆景はつぎの草稿を火にくべた。前より勢いよく燃え上がった。

「まあ、何という汗……」

永がまた額から噴き出す隆景の汗を拭った。異常なほどの大汗だが、夏の日の焚き火では無理もないと永は思った。

隆景は最後の一冊を火中へ投じると、

「これで終わりと思うが……」

そう言って腰を上げた。

まだ稿冊が残っていないか、もう一度、見に立ったのだ。縁側まで引き返し、夕凪が近い三原の海をふり向いて、そして座敷へ入ろうとした。

ふいに吐き気がし、目の前が暗く霞んできた。汗が止まり顔面が蒼白になり、何かが重く頭を圧迫し、立っていられなくなった。

（御方――）

と呼んだつもりが声にならなかった。

隆景は縁側にかがまり、そのままことんと前へ倒れた。

慶長二年六月十二日、未《ひつじ》の刻（午後二時）である。隆景、六十五歳だった。永は、最後にくべた『雄高山雑記』が燃え尽きるのを、じっと見ていて、しばらくその隆景に気が付かなかった。

六

慶長三年八月十八日、秀吉が六十三歳の見果てぬ夢を伏見城中に閉じた。隆景の死に後《おく》れること一年二カ月である。

巨大な専制君主の死は極秘にされ、その月二十五日、五大老の徳川家康、前田利家らは、秀吉の命令として、朝鮮に在留する諸将に日本への引き揚げを指令した。

安国寺恵瓊が帰国したのは、十月の初旬である。同月、恵瓊は京都東福寺第二百二十四世の住持《じゅうじ》になった。伊予六万石の大名でもある恵瓊は、禅僧としても最高の地位である五山の院主に出世したのである。

帰国後、故郷の安芸安国寺で静養していた恵瓊は、まもなく東福寺の入院式に臨むため上洛したが、その途中、備後三原へ寄り、米山寺《べいさんじ》に眠る隆景の墓に詣でたあと、三原城で永と対面した。

椋梨《むくなし》珠も一緒だった。隆景の死後、珠はほとんど永の側で過ごしていた。

「こたびは東福寺の住持出世、おめでとう存じました」

「鉢坊主には、過ぎた栄誉です。早速ながら、隆景様のご逝去の模様をお聞かせねがえませぬか」

五山出世はどうでもよかった。

永の話を聞くうちに、恵瓊の巨きな頭が、だんだん重たげに下を向いた。

「宗家の輝元公は、悲しみのあまり、中陰《ちゅういん》（四十九日）が過ぎるまで、お部屋に籠もって何方《どなた》様とも面晤《めんご》いたしませんでした」

珠が目頭をおさえて言った。

輝元はまた、朝鮮にいた恵瓊に、

「隆景に急死されて、毛利が世間から軽く見られるのが残念だ」

と申し送ってきた。

尉山《ウルサン》で訃報を受けた広家も、

「あと五年、六年は永らえてほしかった」

と言って悲しんだ。

誰もが隆景の死を惜しんだ。秀吉も、

「才知が人間の寿命を延ばせるものなら、隆景は百まで生きたろう。寿命ばかりはどうにもならない」

と悲嘆したという。

地元の三原はもちろん旧領の筑前でも、隆景の死を悲しまぬ者はいなかった。

恵瓊にとっても、隆景は生きがいだった。毛利の外交僧は、いつのまにか隆景の虜になっていた。

「頓死も同様のご逝去で、西堂殿にも言い遺したいことが、たんとございましたろう。さぞや心残りと思います」

永が言った。永もまた、残された者の心残りは深いものがあったろう。

「小早川は一代で滅びると、申されたのですね」

「私には、以前からわかっておりました。殿は、万一の場合は小早川を潰す覚悟でおりました。殿が、私に詫びると申されたのはそのことです。金吾殿を養子にしたことを詫びたのではありませぬ」

「殿様は、お優し過ぎました」

珠がまた、涙をうかべた。

「ご自身を偽《いつわ》れないお人でした」

と永がつづけた。

その通りだと恵瓊も思う。偽れないおのれを偽り続けた一生に、最後は訣別したかったのだろう。それが日記や記録の焚書《ふんしょ》になったのだろう。左衛門督隆景の形骸を、地上から永久に抹殺したかったのだ。

そしてそういう隆景に、いつのまにか、のめり込んでいる自分を、恵瓊は感じないわけにいかない。秀吉の天下に絶望を深めていった恵瓊が、ようやく見つけた安らぎが小早川隆景だったのだ。

「これからの世に、誰よりも必要なお方に先立たれてしまいました」

恵瓊は言った。

豊臣が自滅したあとに、隆景のいる毛利が代わる、それが恵瓊が描いていた天下だった。隆景なら秀吉の風狂はない。円満具足の天下が期待できる。

（あと十年遅く生まれてほしかった）

広家とは逆に、恵瓊は隆景の生誕が早すぎたことが哀しかった。

「殿には、安らかにお休みいただきたいと思うばかりです。憂世《うきよ》に疲れたお身体は、ぼろぼろでございましょうほどに」

永が静かに言って合掌した。

珠もそれにならって手を合わせた。

しばらくおいて恵瓊は言った。

「ところで金吾中納言殿の様子は、その後、如何です。噂では、鬱々と楽しまぬ日々を過ごしているとか」

「そのようでございます」

永は短く応えただけだった。

金吾秀秋が第二次朝鮮役の総大将として、釜山浦へ渡ったのは、隆景が急死した翌七月のことである。

秀秋には前々から筑前の施政でも悪評が絶えず、朝鮮派遣も悪評を躱《かわ》す意味合いがあったが、朝鮮でも血気に逸《はや》って蛮行があり、ついに秀吉の怒りを買って内地へ呼び戻され、筑前三十七万石から越前北庄十五万石に減封されたのである。

筑前の旧領地は、石田三成が太閤の置目《おきめ》（法律）に従い、太閤死後も引き続き蔵入《くらいり》地《ち》（秀吉の直轄地）として管理をしているが、この間、家康が、秀秋を筑前へ戻すよう画策しているという。

「金中殿も、とんだ狸に恩を売られました。筑前に戻ることになれば、あとは内府の思うままに働かされるでしょう」

恵瓊には、金吾秀秋はどこまでも「胡乱第一の公子」だった。それだけに気がかりで、いつも頭の隅から離れたことがなかった。

事実、二年後の関ケ原で、西軍敗北のきっかけを作った秀秋の裏切りは、余りに有名である。

「これからの世は、どうなりましょう」

永が遠くを見るような目をして言った。隆景を見ているのだろう。

恵瓊は言った。

「ここ数年のうちに国を二つに割って、大きな戦が起こりましょう。さりながら御方様には、お心安くお過ごし下さい。毛利はかならず次代に残ります。なぜなら、それこそが、隆景様が生涯かけての務めでございました。この安国寺も、生きてあるかぎりは、隆景様の務めを引き継いでまいります」


恵瓊の予言は二年後に起こった。

家康が上杉景勝討伐の軍令を諸将に発したのは、その年の五月である。毛利へも参陣を促してきた。輝元は、すぐさま広家に恵瓊を添えて、家康の東下に従わせようとした。

折から恵瓊は京都にいたが、報せをうけると、すぐに出雲の富田城へ向かった。出雲富田城は広家の居城である。

家康が諸将をひきいて東下すれば、その隙に石田三成が挙兵することは、恵瓊ならずとも、目に見えている。ついに東西けじめの決戦が起るのである。

恵瓊は富田城外の農家で、ひそかに広家に会った。両人はそこで、東西両軍のどっちが敗れても、毛利を存続させるには、どうすればよいかを話しあった。

恵瓊は若い広家に言った。

「鉢坊主を徹底的に悪者になされよ。毛利の罪は塵ほどのことでも、すべてこの鉢坊主に背負わせて、後世までも残されよ」

「わかった」

恵瓊を嫌いぬいている広家は、密談の最後に、一言そう言うと、深くうなずいて、恵瓊の大きな手を握りしめた。

恵瓊は、これも巨大な頭をゆらゆらさせ、顔いっぱいに満足を広げて、広家の手を握り返した。

恵瓊は出雲から真っ直ぐ、隆景が眠る三原の米山寺へ出かけ、委細を隆景の墓前に報告した。

「ちょっと汚い手は使いますが、これで毛利は残ります。ご安心くだされ」

誰もいない静かな墓地で、恵瓊は熱い涙を流した。

恵瓊が、三原から向かったのは、石田三成の居城・近江佐和山城であった。

東西決戦の火蓋は九月十五日に切られたが、西軍が敗北したことは周知の通りである。恵瓊は捕らえられ、石田三成、小西行長とともに大坂、堺の町を引き回され、十月一日、京都三条河原に斬首されて、巨大な鉢頭は三条大橋に梟首された。

その夜も更けてから、橋畔に晒された恵瓊の首の前で、年若い一人の武士が割腹自殺を遂げた。辺春《へばる》五郎丸義行である。

恵瓊の辞世は、

「清風払《ヒ》二明月《ヲ》一　明月払《フ》二清風《ヲ》一」

だという。

恵瓊の澄んだ心をいちばん理解したのは、先に地下で眠っている隆景だったろう。

この作品は、一九九七年五月にＰＨＰ研究所より刊行された。

著者紹介
野村敏雄（のむら　としお）
1926年、東京都生まれ。明治学院大学英文科卒業。教師、雑誌記者、劇団文芸部員などをへて作家となる。小説『葬送屋菊太郎』『新田義貞』『源内が惚れこんだ男』、史伝『武田信玄』、ノンフィクション『新宿うら町おもてまち』など。日本文芸家協会会員。

PHP文庫　小早川隆景
毛利を支えた知謀の将

2000年8月15日　第1版第1刷

著者	野村敏雄
発行者	江口克彦
発行所	PHP研究所

東京本部　〒102-8331 千代田区三番町3番地10
文庫出版部　☎03-3239-6259
普及一部　☎03-3239-6233
京都本部　〒601-8411 京都市南区西九条北ノ内町11
PHP INTERFACE　http://www.php.co.jp/

制作協力 組版	PHPエディターズ・グループ
印刷所 製本所	大日本印刷株式会社

ISBN4-569-57437-8

PHP文庫

会田雄次　名将にみる生き方の極意
相部和男　非行の火種は3歳に始まる
相部和男　問題児は問題の親がつくる
青木　功　勝つゴルフの法則
青木　功　ゴルフわが技術
赤根祥道　2時間で元気が出る本
赤根祥道　今日を生きる言葉
阿川弘之　論語知らずの論語読み
秋庭道博　疲れた心をなごませる言葉
秋山さと子　自分らしく生きる心理学
麻倉一矢　吉良上野介
阿部　聡　「人間の体」99の謎
荒川法勝　長《ちょう》宗《そ》我《か》部《べ》元《もと》親《ちか》
飯田経夫　「脱アメリカ」のすすめ
飯田史彦　生きがいの創造
池田良孝　漢字の常識
池波正太郎　霧に消えた影
池波正太郎　信長と秀吉と家康

池波正太郎　さむらいの巣
池ノ上直隆　会社をつくって成功する法
石川能弘　山本勘助
石島洋一　決算書がおもしろいほどわかる本
磯淵　猛　おいしい紅茶生活
板坂　元　人生後半のための知的生活入門
板坂　元　人生後半のための優雅な生き方
板坂　元　人生後半のための知的紳士学
板坂　元　何を書くか、どう書くか
板坂　元　男の作法
板坂　元　紳士の作法
板坂　元　「人生」という時間の過ごし方
板坂　元　男のこだわり
稲葉　稔　大村益次郎
稲盛和夫　心を高める、経営を伸ばす
稲盛和夫　新しい日本 新しい経営
稲盛和夫／梅原　猛　哲学への回帰
井上洋治　キリスト教がよくわかる本

井原隆一　財務を制するものは企業を制す
入江雄吉　「経済学」の基本がわかる本
梅原　猛　『歎異抄』入門
瓜生　中　やさしい般若心経
瓜生　中　仏像がよくわかる本
江口克彦　心はいつもここにある
江口克彦　経営秘伝
松下幸之助 述／江口克彦 記　松翁論語
江口克彦　王道の経営
江坂　彰　良い上司 悪い上司
江坂　彰　サラリーマン、明日はこうなる
江坂　彰　2001年・サラリーマンはこう変わる
江坂　彰／堀田　力　あなたがやらずに誰がやる！
江宮隆之　小西行長
大島昌宏　結城秀康
大島昌宏　柳生宗矩
大隅清治　クジラは昔 陸を歩いていた
大前研一　柔らかい発想

PHP文庫

PHP文庫

田川純三 中国の名言・故事100選
竹内靖雄 イソップ寓話の経済倫理学
武光 誠 世界戦史99の謎
竹村健一 運の強い人間になる法則
竹村健一 人生は自分勝手でちょうどいい
立石 優 忠臣蔵99の謎
立川志の輔 選・監修 PHP研究所 編 古典落語100席
田中誠一 ゴルフ上達の科学
田中真澄 心が迷ったとき読む本
田中真澄 なぜ営業マンは人間的に成長するのか
田中真澄 人生は最高に面白い!!
田中 実 決定版 差をつける英会話
谷沢永一 司馬遼太郎の贈りもの
谷沢永一 司馬遼太郎の贈りものII
谷沢永一 山本七平の智恵
谷沢永一 読書の悦楽
谷沢永一 回想 開高健
谷沢永一 紙つぶて（完全版）

谷沢永一 反日的日本人の思想
谷沢永一 渡部昇一 人生を楽しむコツ
田原 紘 「絶対感覚」ゴルフ
田原 紘 右脳を使うゴルフ
田原 紘 目からウロコのパット術
田原 紘 田原紘のイメージ・ゴルフ
田原 紘 飛んで曲がらない「二軸打法」
田原 紘 ゴルフ下手が治る本
田原 紘 負けて覚えるゴルフ
田原 紘 実践 50歳からのパワーゴルフ
田原 紘 ゴルフ曲がってあたりまえ
吉田 豊 中国古典百言百話1 菜根譚
西野広祥 中国古典百言百話2 韓非子
丹羽隼兵 中国古典百言百話3 三国志
村山 孚 中国古典百言百話4 孫子
奥平 卓 中国古典百言百話5 唐詩選
守屋 洋 中国古典百言百話6 老子・荘子
久米旺生 中国古典百言百話7 論語

村山 孚 中国古典百言百話8 十八史略
奥平 卓 中国古典百言百話9 漢詩名句集
吉田 豊 中国古典百言百話10 戦国策
西野広祥 中国古典百言百話11 史記
丹羽隼兵 中国古典百言百話12 宋名臣言行録
久米旺生 中国古典百言百話13 孟子・荀子
守屋 洋 中国古典百言百話14 大学・中庸
千葉康則 ヒトはなぜ夢を見るのか
柘植久慶 北朝鮮軍 ついに南侵す！
帝国データバンク情報部 編 危ない会社の見分け方
出口保夫 イギリス怪奇探訪
出口保夫 文 出口雄大 イラスト 英国紅茶への招待
出口保夫 英国紅茶の話
出口保夫 ロンドンは早朝の紅茶で明ける
寺林 峻 服部半蔵
土居健郎 渡部昇一 いじめと妬《ねた》み
童門冬二 「情」の管理・「知」の管理
童門冬二 勝海舟の人生訓